U0933401

谜托邦

MYSTOPIA

华文推理新大陆
推理迷的乌托邦

朱公案

广思 著

图书在版编目（CIP）数据

朱公案 / 广思著. -- 北京 : 北京联合出版公司,
2022.8

ISBN 978-7-5596-6259-0

Ⅰ. ①朱… Ⅱ. ①广… Ⅲ. ①侦探小说－中国－当代
Ⅳ. ① I247.5

中国版本图书馆 CIP 数据核字 (2022) 第 110147 号

朱公案

作　　者：广　思
出 品 人：赵红仕
策　　划：牧神文化
责任编辑：徐　鹏
特约编辑：华斯比
营销支持：蔡丽娟
美术编辑：周伟伟
封面绘图：高嘉阳
排版设计：江心语　蔡丽娟

北京联合出版公司出版
（北京市西城区德外大街 83 号楼 9 层　100088）
北京联合天畅文化传播公司发行
上海盛通时代印刷有限公司印刷　新华书店经销
字数 172 千字　889 毫米 ×1194 毫米　1/32　8.5 印张
2022 年 8 月第 1 版　2022 年 8 月第 1 次印刷
ISBN 978-7-5596-6259-0
定价：56.00 元

目录

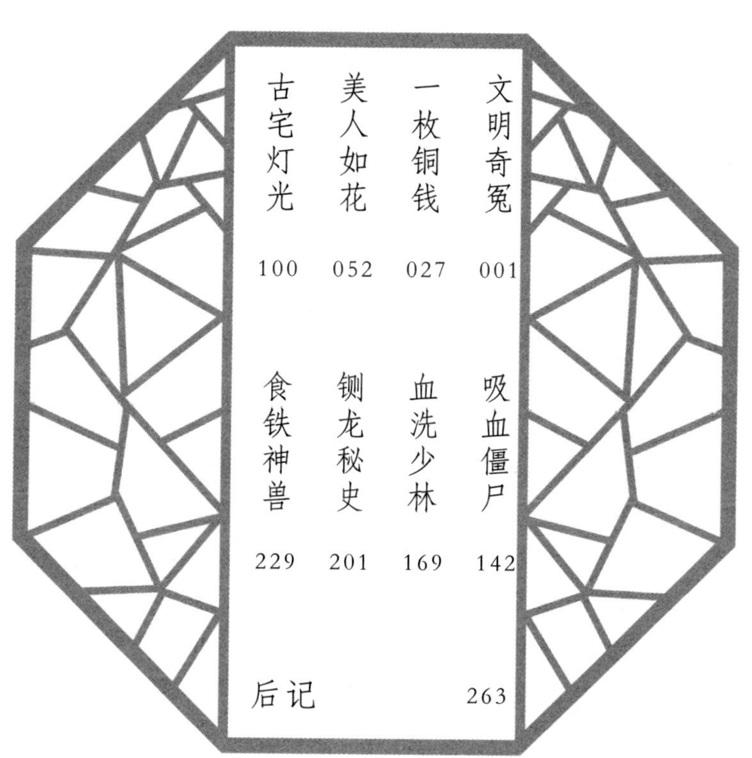

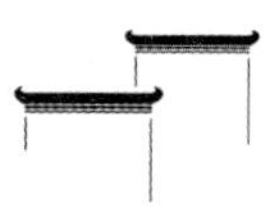

文明奇冤

-

“这是我的一位当县令的祖先的故事，只在我的家族内部流传。可惜的是，那位朱县令所在的朝代、地域都已经无法考证了，甚至连他的名字都没有流传下来，人们记住的只有这些故事的精彩部分。”心理医生喝了口茶，好像突然想起什么似的，继续对当历史学家的好朋友吉仑说，“对了，大家都尊敬地称呼他为——朱公。”

※

朱县令刚上任，翻看旧时案卷，看到这么一则凶案，顿觉非同一般，案卷写道：“东庄书生文明，独居甚贫，常向邻人借贷度日。本年十一月初五日晨，见自家地窖中有男尸一具，惊呼之。四邻闻声而来，将文明扭送县衙。经查，此男尸乃四十里外西庄富户王豫园，身形高大肥胖，约四十岁。衣着光鲜，貂帽狐裘，然双靴甚破，怀中另有金银铜钱若干。头上有钝器伤一处，系一击毙命。经仵作验罢，应死于二日之前，即十一月初三日左右。经推问，文明招供其图财害命，以砚台击杀王豫园，现已画押签字，押入死牢，次年秋后问斩。具结完。”

朱公看罢，叫来师爷道：“你来看，此案甚是蹊跷。”师爷本是服侍过上任县令的，一看是文明的案件，便道：“此案三日之前才完结，上任老爷审理此案时，小人也在旁边，见那文明当堂招供，无甚差错。”朱公思忖道：“听说上任县令完案之后便暴毙，因此本官才调任至此，莫不成是冤案？”师爷道：“大人多虑了，咱们公门中人，凭据查案，这善恶报应之事，万不可信。”朱公道：“我刚说此案蹊跷，并非顾虑报应之事。你来看，此案至少有三处蹊跷。”师爷凑近仔细览阅：“小人愚笨，未看出有甚不妥。”朱公道：“你看这处，书生独居甚贫，恐他连一日三餐都不能保全，既然图财害命，为何不先将王员外的钱财拿去换些吃食？若说穷书生拿金银上街会引人猜疑，为何不将铜钱先拿去用？再者，王员外衣帽也可拿去典当，换些钱财。若说怕被怀疑而案发，可先将那破靴子当几个钱，就说在路边捡得，也无人疑心，书生却未曾这般行动。三、若是文明自己杀人，因何假作不知，高声呼叫，让四邻擒住，而不是趁夜深人静之时，将尸首悄悄另埋他处？”师爷道：“可四家邻舍将文明送至官府，都指认文明有杀人之嫌。”朱公道：“常借人钱财却无力偿还之人，债主怎会说他好话？不必多言，先将文明带上堂来，本官再问他一问。”

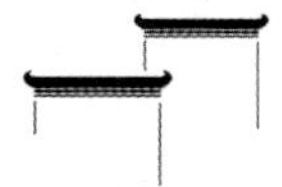

不多时，书生文明被衙役押来。朱公见他面容憔悴，骨瘦如柴，毫无半点生气，唯有手铐脚镣叮当作响。见了朱公，便死气沉沉拜倒：“大人在上，罪民文明给大老爷磕头了。”朱公问道：“你便是东庄书生文明？”文明道：“正是罪民，图财害命，杀死西庄王员外。”朱公道：“我且问你，你如何杀害王员外？前前后后并未在案卷中写明。本官恐怕是上一任县令未能仔细查证，草草结案，因此特调你出来问清楚。”文明沉思片刻，慢慢抬头说道：“小人实在不知如何答对。”朱公俯身道：“你若真是杀人凶犯，本官自然不会有所宽恕；若是蒙冤受屈，可告与本县，本县为你做主。”文明抬头望望朱公，见其满面和善，似能为之做主，登时涕泪横流，不能言语。朱公道：“你有甚冤屈，快细细讲来。”忙吩咐手下人，给文明搬来一板凳，暂时卸去镣铐，让他慢慢讲来。

文明道：“大人明鉴，那日早上小人实在腹中饥饿，想起自家地窖可能还有些存粮，便去查看。谁知一开门，便见一胖大男人躺在窖里，头上一片血迹，小人吓得连连惊叫。四家邻舍听声赶来，便一齐怪小人杀了那人。小人与他们分辩不成，被扭送县衙。上任县老爷听邻舍们都说我杀人，便一口咬定小人就是凶犯。小人怎能承认？无奈挺刑不过，只得招了供。”朱公道：“本官看你的案卷，便觉蹊跷，决定重审此案。今日才是初八，案发才三日，待本官再去勘查，或许尚有蛛丝马迹，可助本官厘清此案，还你个公道。”文明千恩万谢。朱公拦住道：“秉公执法乃本官分内之事，若是查得凶犯确实是你，本官也绝不留情。”说罢叫来狱卒，叫好生看管文明，不得打骂勒索。

朱县令点齐六名衙役，并叫来县中杜捕头，要七人与自己外出查案。捕头问道："大人，咱们先去哪里查看？"朱公道："先去文明家中查看，再去王员外家。"杜捕头笑道："王员外家尚有可看之处，那文明家里我们已去查过，家徒四壁，连像样的家具也没有，家门和地窖连锁都没有，有甚可看？"朱公道："还是先去看看罢。"到了文明家中，果然如杜捕头所言。只见破桌破椅、破床破窗。朱公看到桌子上有几张纸，上写着：

瓦檐易逝砖石起，
芳草长青未闻啼。
凝见家燕寻春泥，
绕墙数周无可依。

朱公看罢，感叹道："一时不知是说燕子还是说他自己。"又看其他纸上又一首："余于道旁采得花数朵，欲为标本，暂养药瓶中，置于书案。次日花益盛，一花大开不似寻常，余奇之，始作：仰首寒风不见怨，跻身窄器志益坚。无视他日嘲其境，伴书汲水求灿烂。"朱公道："倒是个努力求学的人。"

又看旁边另一篇，上写："书生志·自度此曲：
莫笑苏老泉，读书不辍正当年。也学番僧半入禅，哪管世人笑咱。
骑驴仿岛寒，穷瞎太祝也领叹。旁人沙场逞英汉，我以文章动天。"

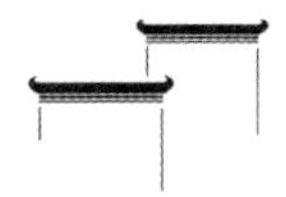

朱公道：“这人也有乐观之处。”

又见一首《念奴娇·春情》：“阑珊春意，万籁恢生机，馨盈耳际。东门各有鹊报喜，黄土再被青席。粉萼素蕊，缤纷成趣，恰似朱唇启。故燕将归，客友风尘遥寄。料峭微暑相依，拥衾早卧，睡眼自慵起。暗忖青丝当尽力，无负华发之期。落地杨花，啼血杜帝，催人行步疾。韶华已逝，将惜白驹过隙。”朱公暗想：“一首春情词，却不写儿女私情，看来这书生也无相关故事。”

还见一首古风诗：

海中复激浪，跳梁又践足。

百年图寸屿，微人心计毒。

天狗嚣吠帝，壮士气冲颅。

愿使笔生刃，挥剑斩凶徒！

朱公笑道：“此人贫困至此，心中竟然还有些大义在，想着边疆有碍，要为国尽力。”

朱公将室内所有物件仔细看辨，未曾发现甚可疑之处，便又叫手下人带路，向县城西庄王员外家赶去。

朱公一行人到了王员外家中，看那家业确实丰盛。院中古木参天，宅院虽大，却十分清净，无有余缀之物。朱公见此状，暗想道：“想必这王员外也是世代富户。”王员外新丧，管家王旺便带领几个家奴来迎接。朱公与他客套几句，便问道：“案发之前，你家员外是何时外出的？”管家想了想道：“初二日晚上，我家老爷突然外出，不知有甚急事。小人放心不下，半个时辰后骑马前去寻找，只可惜未曾找到。”朱公问：“他是如何出门的？步行、骑马还是坐车坐轿？”王旺答道：“员外出门时并未交代小人，只与四名看家护院的保镖打了下招呼。”朱公道：“王宅上还有何人？”管家答道：“只有老爷和太太两人，他们也没有子嗣，其余都是我们这些下人。”朱公又求见王员外夫人，不多时，只见一个妇人袅袅婷婷走来，给县令飘飘万福。朱公一看，这妇人约莫二十七八岁，脸似莲萼，虽无十分姿容，也有八分动人颜色。朱公问道：“王员外遇害之事，本官深感痛惜。但今日此案疑有冤情，要重审。敢问夫人可有甚内情告与本官？”妇人道：“小奴家王门水氏，自幼嫁予王家，大门不出，二门不迈，对外子遇害之事，只是任凭大人查办，无从知晓其内情。”朱公道:“那王员外被害之前外出，可曾与夫人说知？”王水氏道:“不曾，那天员外提前说晚上有事，去了其他房中，因此我夫妻二人并未同睡。”朱公又到宅中各处察看，王水氏打发走下人，不远不近跟随着。及到了后院，朱公突然转身问道：“王夫人，此间无有外人，有甚下情，可诉予本县。”王水氏略惊道:“大人如何知得奴家有话？”朱公笑道：“刚听管家说，府上只有你夫妻二人，其余全是下人，可见王员外不曾有妾。案发前未曾与夫人同睡，必然有事。”王水氏拜道：“大人明鉴，王豫园这人，常常拈花惹草，离家当天白日，曾将本庄农家之女杨翠儿掳来。那杨翠儿乃刚烈女子，王豫园见她不从，便捆了锁在这后院的屋子里，又差家里四个打手看着，叫半夜之时

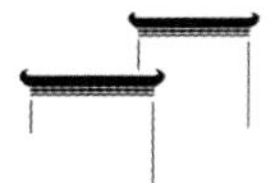

再送至书房。王豫园当晚便说要连夜看书，去书房歇宿，让奴家独睡。他们以为奴家对此全然不知，实际奴家心里如明镜一般！”朱公听罢，略作思量，又问道：“能否将那四名打手招来，本官有事相问。”王水氏诺声离去，朱公对杜捕头道：“你去看看这后院小屋。”杜捕头推门进去看，空空如也。

此时王宅四名打手到来施礼。朱公一看这四人，甚是魁梧，个个身高八尺，都是短衣襟小打扮，发髻梳得整整齐齐，全身上下收拾得干净利落。朱公细细打量了四人，问道：“你们四人抢来的民女杨翠儿，今在何处？”四人面面相觑，半日才有一人答道：“此事甚是蹊跷，且与王员外被害一案无关，恐不是大人力所能及。”朱公道：“但说无妨。”另一个打手道：“我等四人，一夜没合眼，靠在屋门口看着那女子。可到早上再看时，屋内却空无一人，消失不见了。又一打听，杨翠儿已回到她家中。”又一个打手道：“恐怕那杨翠儿是个妖怪变化而成，所以不敢与大人说知。”朱公绕着四人看了看，拍拍这个肩膀，敲敲那个后背，问道：“汝等四人如此身强力壮，岂无半点察觉？”四人面上微有不悦，敷衍道：“小人委实不知。”朱公又吩咐衙役到小屋房顶查看有甚痕迹，衙役虽不知为何，也听令上房摸索一遍，答道：“大人，这房顶有几片瓦有些松动，但还连在房顶上，不会掉落。”朱公点头叫衙役下来，又去王员外书房探看，却见屋中空荡，也无甚家具，便问那四人为何如此。那四人道：“小人不知，这都是夫人安排的。”朱公又一转脸，见墙上新刷了一大片白，便问打手为何只粉刷此处，四名打手支吾答不上来。朱公看也问不出甚事，便辞别了王宅的上下众人，打道回衙。

师爷见县令回来，忙上前问道："大人此去，可有甚收获吗？"朱公道："王宅中人的答话，矛盾之处甚多，还容我再细细思量。有些事情本官尚未确定，物证中可留着王豫园的靴子？你先把那双靴子拿来给我看看。再把文明杀人的砚台拿来。"师爷取来这两样物件。朱公一看，那靴子果然破烂不堪，靴底破损尤甚。正在这时，有衙役来报，说有人拾得一匹马，特来交公。朱公叫捡马之人，一看却是街面上的闲人刘二。只见刘二牵着一匹黄骠马，膘肥体壮，鞍鞴缰绳俱全，只是腿脚瘸得厉害，嘴唇还有些破损。朱公问道："你在哪里捡到这马？"刘二道："今天小人在城外闲逛，见这匹马有一搭没一搭地边走边吃路边枯败的野草。大人见笑，小人见它长得也好，马具也华贵，便起了贪心，见周围无有主人，便想拉回家去，谁知这马腿瘸，不得使用。小人又想拉去汤锅卖几个钱，谁知那马有灵性，不肯随我往那边走。小人累得筋疲力尽，好歹走了一程，看县衙正在眼前，索性交公了事。"朱公笑道："难得你实诚交代。这马你卖不得，马具也可拿去典当几个钱。"刘二也笑道："此马不听我使唤，可见与小人无缘。若是再剥去它马具，岂不弄巧成拙，引人疑心？小人也认了。您说这事可奇怪？它不肯随我去街市那边，到了衙门口，却拖着要我往这里走。"朱公一看，果然这马往自己这边来，若不是刘二牵着，早就到了案桌边上。朱公夸奖道："刘二，你可是立功了。"赏了他一吊钱，刘二千恩万谢走了。那马一瘸一拐朝朱公走来，百般温存。朱公抚着马鬃仔细查看一番，叫衙役把马牵到后槽，请

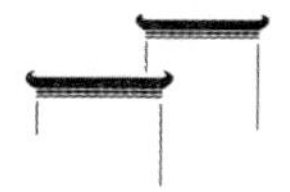

个兽医与它医腿。朱公又拿起文明的砚台看了看，还算干净，可里面墨汁早已干涸，还略有灰尘，便叫取来一盆水，将砚台放入水中，洗净墨迹，却并未见水中有何殷红之色。朱公道：“人血干涸便会发黑，但若放入水中磨洗，也会略有红色渣滓，与墨迹不同。另外由这灰尘也可判定，文明已无钱买墨来写字，此砚台已多日不用，又怎会被文明拿起来杀人？当时县令定是草草结案，按文明所招而宣判，未曾让仵作察验这凶器。”师爷点头称是。杜捕头此时上前问道：“大人，接下来我们当如何做？”朱公思量一阵，道：“现在升堂问案，传审西庄民女杨翠儿。”

新县令头一次升堂，自然引来众多百姓前来观看。杨翠儿还未曾来到，堂下却早已人头攒动。朱公换了官服，师爷差役站列两厢，不多时，杜捕头便领着杨翠儿上来。朱公一看那杨翠儿，心中也不由一惊：“怪不得王豫园起了歹意，果然姿容非凡。”但见那姑娘不过十八九岁，鬓似乌云，肤如霜雪，秀眼丹唇，甚是标致。朱公按公门惯例，一拍惊堂木，故意厉声喝道：“堂下何人？”杨翠儿拜了个万福道：“民女杨翠儿拜见大老爷。”朱公道：“我且问你，西庄富户王豫园之死，与你可有瓜葛？速速说与端详！”杨翠儿抬头道：“大人明鉴，小女子有下情回禀。”朱公突然问道：“西庄可曾有会妖术之人？”杨翠儿道：“小女子未曾听得。”朱公又审视杨翠儿一番，探身问道：“敢问小娘子可曾许配人家？”杨翠儿满面羞红道：“不曾。大人问这般做甚？”朱县令点点头，对杜捕头笑道：“本官今夜里要审讯这个妖女，你今晚便押她来本官屋中。另外再去置办一身红裙绣袄来，另买一大红绢帕、一坛好酒。本官一并与你银两。退堂！”堂下百姓听得，顿时一片嘘声。有人议论道：“没料到新任知县是如此人面兽心之徒，定是看杨翠儿生的一番好颜色，起了歹心。”旁边一人也附和道：“就是，刚才差捕头去买的那些东西，定是今晚要圆房成亲哩！”又问旁边另一人，“你说是不？”被问的那人眉头一皱，攥拳咬牙，半天说不出话来，却急匆匆离了人群。

再说当日晚上，朱公房中灯火通明，却未有嘈杂之声。半夜子时，只见一黑影悄然推门而入，见屋中并无人在，只有桌上摆着烛台与一些酒具。细看时，却见一人被捆在床榻之上，一身红衣，头上盖着红帕，打扮如新娘子一般。此人道：“此番必然是杨翠儿了，真是刚出龙潭又入虎穴，多灾多难也。”伸右手要揭那红盖头，只见床上人突然脱开绳扣，一把抓住那人手腕。那人吃了一惊，幸得武艺还在，左手便一把扯下那红盖头。定睛看时，却是县衙杜捕头。那人又撇了红盖头，要抽出腰刀行凶，正在这时，忽听杨翠儿在房门口喊道：“壮士手下留情！切莫伤了好人。”那人回头一看，杨翠儿正好好地站在门口，正在疑惑之中，又听得床后有人朗声大笑：“壮士不必担惊，我等俱无伤人之意。若不用此下策，焉能引得壮士出来？本县在此有理了。”只见朱公从床后缓缓走出来。杜捕头见此，也将那人的手腕松开了。

朱公冲那人施个礼道：“壮士想必是江湖人士，能通个姓名否？”那人一挺胸脯，叫道：“本人行不更名，坐不改姓，姓展名乱麻……”朱公惊道：“足下莫不是名震江湖的快刀展乱麻？久仰大名，幸会幸

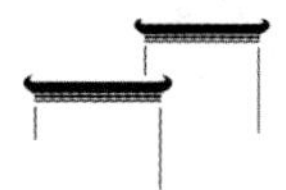

会。”展乱麻也道：“浪得虚名罢了，只是爱练几手刀法。”杜捕头擦了擦额角道：“幸好杨翠儿来得及时，若不然我此刻岂不早已成了刀下之鬼？”大家都笑。展乱麻也笑道：“杜捕头也练得一手好擒拿法，着实吓得我不轻。”杨翠儿走到展乱麻近前道：“上次承蒙壮士相救，今日当面拜谢。”展乱麻忙道：“若要谢我也不难，把此事来龙去脉告诉我便了。我现在还是丈二金刚一般，摸不着头脑。”朱公道：“这是我等三人定下的计策，只为是引你现身，确认一些事情，以证实本官的推断。”展乱麻道：“大人因何定计？可否与我说知？本人又当如何帮大人查案？”朱公叫杜捕头暂做书吏来记录案情，又细细讲来。

朱公道：“本官去王宅，听管家说王员外是晚上出逃，出门时只与四名打手搭话，管家本人并不知晓；那四名打手却说，在后院小屋旁守了一夜，杨翠儿却不知为何消失不见。本官觉得这两般答对有所矛盾，只是不知是谁欺瞒本官。我素来不信有神鬼作祟之事，便想到是那四名打手未能尽责守住杨翠儿，就编出瞎话。依本官后来所见，果然是这四人不老实。”杜捕头问道：“那四人如何撒谎？”朱公道：“那四人想必是因故未能守住杨翠儿，便假托妖媚作祟出逃。杨翠儿本是一个弱小女子，若是自己会一身武艺能逃走，便不会在开始时被抓。于是本官便想，她定是有高人相助，才得以逃脱。我又假意寒暄，拍打那四人肩背，从他们脸上神色来看，都是被打伤过的，果然与本官的推断一般无二。本官又想，从受伤处看，那四人极有可能是被人从后背偷袭的，当时四人背对着门，那高人难不成是从房顶跳下来打伤他们的？我让衙役上房验看，果然有瓦片松动，却未曾掉落。本官便更确信那高人不是在房顶挖洞，而是从瓦上走过的。”展乱麻笑道：“大人真是神断，好似在当场看着一般。其实在下的轻功绝对踩不松动瓦片，只是走时带着杨翠儿，身法加重了些。”

朱公又接着讲道：“那四人被打伤，忙跑去告诉王员外，王员外便慌忙过来查看。无论四人告诉王员外是妖魔作祟还是高人从天而降，都足以将其震慑。特别是他回书房之后，又见墙上有字，想必是威吓警诫之言，便急匆匆吩咐四人用白粉刷去字迹，自己又连夜骑马出逃。”展乱麻应声道：“这个不假，我送杨翠儿到她家中，便回来要收拾这王豫园，到他书房看时，却不在，便写了几句话吓唬他，说今晚定要他的人头。想必是王豫园从后院回来时，看到我的字迹，吓得落荒而逃。”

杜捕头又问道：“大人如何得知王员外是骑马出逃，这事情连管家都说不知道。”朱公笑道：“这就要说那匹捡来的马了。刘二把它交公时，说了它种种异状，本官便对此上心思量了一番。俗话说，老马识途，皆因马儿鼻子最灵。它见了公堂就要进来，见了我又主动上前，实则是闻到当时我手中那一双靴子的味道，便以为主人在近前。因此本官便推断这马是王豫园出逃时所骑。”杜捕头又问道：“可王豫园又是如何一个人死在东庄的？”朱公道：“你可记得那马是瘸的？据本官推断，王豫园急于逃命，催马狂奔，不料马失蹄跌倒。王豫园本身生得肥胖，马儿这一摔必然不轻，因此那马嘴唇上有一

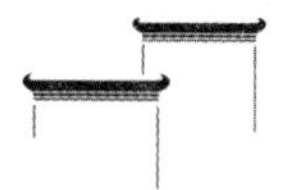

处破皮。那马还摔坏了腿脚，王员外见那马不能骑了，便徒步飞跑，加上荒郊野外路途坎坷，以致他脚上那双靴子破烂不堪。那马虽走不动路，却嗅着主人的气味，一步一步往前跟着。如今寒冬季节，路边也无青草，它也只得啃些路边枯草充饥。似这般又饿又瘸，主人气味也逐渐变淡，所以它几天也没找到东庄，却被刘二在路上捡了来。再说王豫园，他身形肥胖，想必平日里也没徒步跑过这般远路，走到东庄，早已筋疲力尽。这时节……展壮士，我且问你，你是否追上王豫园？”展乱麻道：“我留下字迹只是为了吓唬他，以示警诫，并非有伤他性命之意。”朱公低声道：“莫不是你追上王豫园，将他杀死，却不敢承认？”展乱麻道：“我是江湖中人，杀几个贪官污吏、土豪劣绅，也是常有的事，还用着此般藏头缩尾不成？就是被官人抓住，押入死牢，凭我这一身本事，也逃得出来！再说好汉做事好汉当，我是坦荡之人。不瞒您说，前几日西庄的赵财主家、北村的李员外家、南庄的张乡绅家，那几桩案子都是我……”朱公素闻展大侠是个血性豪侠，刚才也是故意试探他，便忙摆手说：“那几桩窃案我就不予追究了。江湖上都知道，展大侠是劫富济贫的好汉。如此看来，王员外是又冷又乏，看到文明家地窖门没锁，本来要进去歇歇，却自己失足跌死了。”杜捕头道：“大人此番推断，听上去也颇有道理。小人都记录在案，请大人过目。”朱公看罢捕头写的案卷，笑道：“写得倒是详细，只是字迹歪斜，笔法太差。”杜捕头笑道：“大人见笑，小人一介武夫，会写字已经不错了。”展乱麻又问：“那大人是如何想到定下此计策的？”

朱公捋着颔下胡须道："本官传讯杨翠儿，就是想验证本官推断是否准确。当时她说有下情回禀，我便更是确信，是有江湖好汉曾相助于她。并且杨翠儿也以为你可能是杀害王豫园的真凶，为了袒护你，不敢当堂讲出你的事情。我便想，若要案件水落石出，还是请英雄出来为好，便故意当堂调戏杨翠儿，引得百姓非议。我想你们江湖中人消息灵通，就算你不在堂下人群之中，也必然会听见些许风声，当夜即会赶来救助。下堂后，本官和杨翠儿以及杜捕头商议，如此这般打扮，定计等你到来。"杜捕头笑道："朱公刚在堂上让我买那些东西时，我也以为朱公是好色之徒，倒白白生了半天闲气。"杨翠儿也笑道："刚开始也吓了小女子一身冷汗。"展乱麻道："说实话，我当时就在人群之中，气得直咬牙，手里攥着飞刀，准备结果大人性命。可当时人太多，又怕伤及无辜，只好愤然离去，准备晚上再来救人。"杜捕头又说："幸好当时你未能出手，否则朱公自己也要死于一场冤案了。"

朱公道："如此说来，此案已水落石出，明日升堂可与百姓讲清了。"展乱麻道："明日我当堂做证，必然让大家心服口服。"朱公听罢，在桌上取来一杯好酒，躬身敬道："展大侠能为公门做证，我替蒙冤者在这儿谢谢您了。"展乱麻大为折服，也倒了一杯酒道："朱大人为给无辜百姓平反昭雪，不惜牺牲自己名节，宁受万人指责，我当敬您一杯。"二人对饮了几杯，展乱麻突然大叫："原来朱公早就料到今晚咱们要在此饮酒，才叫杜捕头去买酒的，我到现在才明白过来。吾真乃混人也！"朱公等三人看他如此天真直爽，都大笑

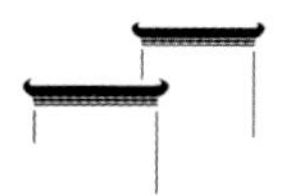

不止。杜捕头调笑道:“说混人您也不配,那是一位古人。”展乱麻问:“你道是谁?”杜捕头道:“我说说,你听听,想当初——”朱公虽看他们谈得起兴,却也只好打断说:“天色已晚,明早还要升堂。谈文论武之事,以后再细细畅谈罢。”杜捕头与展乱麻谈得投机,便请他去自己房中休息。朱公给杨翠儿另安排休息之处,着官婆子照顾,杨翠儿再三拜谢。朱公道:“若论谢,你还有大事要谢本官——明日如此这般,不知你可愿意?”杨翠儿略略点头,便转身疾步回房了。

次日清晨,朱公手持案卷到文明牢中探看,见文明这两天果然不曾受苦,心中也安稳许多,便将案卷付与他看。文明看罢,掩面失声痛哭。朱公问道:“你看这案卷,还有何想法?”文明道:“就是这书法差些。另外,大人在升堂之前先与我说明,无大碍乎?”朱公笑道:“不愧是书生,还似这般之乎者也离不了本行,本官也由此可知你是个聪敏之人。本县此番前来,主要跟你商议另一桩事。你看这书法不好,这是县内捕头所写——县衙中现缺一书吏,不知你可有意担当?”文明怔了半晌,叩头痛哭道:“朱大人大恩大德,小生没齿难忘!”朱公搀扶道:“免礼免礼。你若要谢,还在后边,请本官吃杯酒就便了。”文明正不解,朱公接着道:“敢问书生今年有多大年纪,不,按你们书生说法,应说足下贵庚?”文明答道:“小生今年二十一岁。”朱公拊掌大笑道:“年岁也相当,真是一桩佳事。”说着俯身耳语几句,文明大喜过望,不住施礼。朱公又与他吩咐几句,便向前堂审案去了。

只听得两边厢衙役喝喊堂威,朱公再次升堂。王门水氏、杨翠儿、文明都跪于堂下，展乱麻是江湖中人，不愿跪官府，便站在朱公旁边，将昨晚始末都说与堂口百姓。百姓们都知道展乱麻是江湖义士，素来劫富济贫，也都服他，更为朱公暗挑大指。此番人群中议论更是非比寻常。这个道："展大侠闯荡江湖，极少服人。今日愿为朱公做证，可见咱们县令非同一般。"那个应声道："就是，朱大人真乃民之父母也。"又一个道："朱公之智谋也甚是高明，难得难得，今后咱们百姓可是有好日子了。"朱公一拍惊堂木，止住人声，接着判道："王豫园强抢民女，理应处罚，但念其已经跌死，便罚王家白银五十两，赔与杨翠儿家。王门水氏，你可同意？"水氏忙叩头道："愿意愿意，就算罚我家五百两，也毫无怨言。"说罢交了银两，千恩万谢磕了几个头，便要离去。朱公又吩咐杜捕头道："王家打手四名，帮助王豫园行凶抢人，也拘押过来！"

杜捕头领命欲走，王水氏也要同去，谁知朱公突然喝道："等等，本案中还有一事未明。王门水氏！"水氏吓得忙又跪下答道："奴家在。"朱公问道："王水氏，本官问你，你丈夫新近丧命，未能抓到凶手，又罚了你五十两银子，你为何无有丝毫悲痛之情，反而面带侥幸之色？"王水氏再拜道："想必大人也知道，王豫园这人素来寻花问柳，不守规矩，我们夫妻并无半点情分。此番大人不追究我们家人，只罚些银两，奴家便是上辈子积了德了。"朱公看这妇人口齿甚是伶俐，话锋一转又问道："本官上次去王宅查看时便看到些蹊跷之处，只是还不曾与他人说得。"水氏低头道："我家有何蹊跷？"朱公又一拍惊堂木，厉声喝道："王豫园才过世几日？似你等这般阔

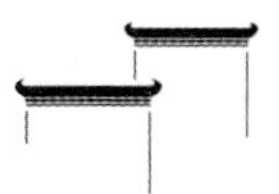

绰人家，应当高搭法台请和尚念经，院子里边立三棵白杉槁，打七级大棚、过街牌楼、钟鼓二楼，蓝白纸花搭的彩牌楼，还要竖着三丈六的铭旌幡，旁边是纸人纸马：有开路鬼、打路鬼、英雄斗志百鹤图，方弼、方相、哼哈二将，秦琼、敬德、神荼、郁垒四大门神，有羊角哀、左伯桃、伯夷、叔齐名为四贤，做满七七四十九日，才得下葬……可是本官去得你家，却见干干净净，无有余缀之物——若是没有蹊跷，为何丧事只办三天便收了场面？你且与本县细细讲来！”

那妇人听朱公这番铿锵之言，浑身瘫软在地，半哭半叫道：“大人着实冤杀奴家了！我家老爷平时一贯叫我等勤俭持家，因此丧事上不曾奢侈。”朱公又一拍惊堂木道：“一派胡言，若是王豫园平日里吝啬，为何你交这银子时丝毫没有心疼之色？王豫园却又为何穿着光鲜，比本县这般做官之人还要铺张？”王水氏支支吾吾，一时语塞。朱公又看着她问道：“那日本官去你家时，见你面色粉润，若是操劳丧事，面色必然憔悴。莫不是你微擦了些胭粉？怕不是本县到来之时匆匆擦掉的罢！”那妇人顿时慌作一团，忙叫道：“大人明鉴，奴家一个妇道人家，如何在四十里外杀得王员外，也不能在家将其杀害再移尸四十里啊！”朱公紧接着道：“你一个小脚妇人，谅也害不得王豫园，因此本官另有一番推断：常言道，女为悦己者容——本官疑心你另有奸夫。你与王豫园相差十来岁，红杏出墙之事也不是毫无可能。王水氏，你可曾伙同奸夫，合谋害死王豫园？速速从实招来！”王水氏“哇”一声大哭道：“大人此番言语，便是冤杀了奴家了！全乡上下，哪个不知奴家谨守妇道？奴家走到哪里，贞节牌坊恨不得背到哪里，怎会做出这种伤天害理之事？大人可招我们家上下人等盘问，若是不信，可将管家等人拘来问讯。”朱公点点头道：“如是正好。管家想必知道家中上下事务。”便叫杜捕头带人去押来那四名打手，顺道把管家也找来，还特意交代让管家速速到来，免得耽误问案。

不多时，只见王宅管家王旺骑着一匹枣红马风尘仆仆赶来。朱公看他在堂口拴好马匹，匆匆赶上来叩头，口称：“草民王旺拜见大人！”朱公缓缓道：“管家不必如此着急，先歇口气来，再问话不迟。”管家连忙称谢。朱公不问案，却先拉家常道：“堂下那红马，甚是肥壮，是你专用的吗？”管家答道：“小人身为管家，平日里事务繁杂，因此宅中这匹马专为小人所用。”朱公听罢，捻须笑道：“王旺，你所作所为，王水氏俱已交代了，你此番还有何说？”管家猛然站起来，冲王水氏喝道：“你这贱人！你平时那些勾当，我不检举你便了，如何又诬陷于我？”王水氏欲与他分辩，却又不知如何说起，哑口无言，只在柱脚缩作一团。

管家又忙上禀朱公道：“大人休听那妇人胡言。王水氏平日里便行动有损妇德，几次三番勾引小人，只是小人不肯罢了。”朱公又问道：“你怎知王水氏在堂上说了何话来？”管家拜道：“王水氏自小便入了王宅，小人跟随她也有十几年，还不知她这人脾气秉性、办事作风？”朱公点头道：“却也有道理。但据本官所查，你与王员外之死，并不能脱得干系。”王旺略有慌色道：“大人此言何意？莫

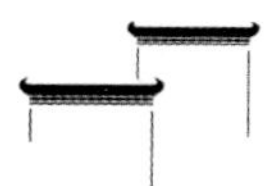

不是怀疑小人杀害王豫园？”朱公冷笑道：“刚才你来之前，本官之所以不当堂说明想法，便是怕你畏罪潜逃。据本官所想，你是在王员外受到展乱麻威胁出逃之时，借外出寻找王员外之机杀害他，以除心中之患。你连夜赶上了王员外，借口天冷，将他引到文明家那没上锁的地窖之中，将他杀害。”管家道：“大人此番推断，可有根据？为何如此怀疑小人？”朱公道：“你初次在王宅与本官答话，虽然寥寥数语，却破绽百出：你且讲来，身为管家，为何不知王员外是如何出门的？”管家慌忙道：“小人又未曾亲眼见他出走，怎生知道？”朱公道：“你刚才道，你在王宅侍奉十余年，如何不知道王宅有几匹马？既是半夜骑马追赶，你牵马时看那棚中马匹数量，便知王员外是否骑马外出，又因何假推不知？分明是欺瞒本官，阻挠查案！”管家此刻叩头如捣蒜道：“大人明鉴，小人那时一心只为寻主人，心中焦急，确实忘了看了。”

朱公此刻心中已明白八九分了，但还要故意试他一试，便厉声喝道：“你这刁民，口舌甚是伶俐，若是不动些刑法，谅你也不会招供——左右，与我打！”说罢便要掷刑签。王旺急忙拦道：“大人新来乍到，初次审案，若是没有人证物证，只凭推断便动刑拷打，何以服众，日后怎得担任一县父母？”朱公收起刑签道：“果然巧舌如簧。好，本县就带上人证与你当堂对质。”说罢一扬手，只见有差役从后堂牵一匹黄骠马上来。那马见了管家，怒嘶几声，前蹄不住踏地。朱公笑道：“此马你可认得？”王旺定睛看了半天，缓缓答道：“好似我家员外骑的那匹马。”朱公道：“你也不必假装不认得，你其实已在路上见到这匹马。那时它已跌坏了腿脚，因此王员外便撇了它徒步逃命，此时见了你这相熟之人路过，必然昂首呼叫。可你却急于追杀王员外，见空有马匹在此，便未曾理会它，因此它便心怀恨意，故今日见了你，毫无喜色，却怒气冲冲。”王旺强笑道：“大人玩笑了，这一个披毛带掌的畜生，如何嘶叫，人怎可知得？大人待公案这般玩笑，任意推断，岂不是冤杀了小人？此番草菅人命，还如何为民做主？”朱公一拍桌案，忽然笑道：“本县并非信口雌黄，还有一样证物与你看看。”说罢亲自起身，不多时，便去后堂取来一样东西。

只见朱公拿着这样物件，对王旺笑道：“刚才本官与你分辩半日，并非强词夺理，故意要治你罪责，乃是暗派仵作去办一件事。”王旺满脸疑云，只是盯着朱公手中物件发愣。朱公接着说道：“我招你来时，故意说叫你赶快来，便料定你会骑马赶来，却好中我之计。到了公堂，我又问你这枣红马是否是你专用，你又说是，本官心里便明白了七八分。刚才与你对质之时，我早已安排仵作暗自检查你那枣红马的牙齿，又与文明家旁所生的蜡梅枝上的印痕相比照，果然一般无二。你若是不曾在西庄停留办事，即下地窖杀害王豫园，你的马怎会在你不知情时，在这西庄的蜡梅树枝上留下齿痕？”说罢便将手中蜡梅树枝抛在堂下。王旺到了此处，顿时如尿脬撒了气，扯下帽子往地上一摔，叹道：“畜生坏我大事！”便瘫卧在地上，把如何与水氏有染，又如何定计杀害王豫园之事，一五一十交代了。有差役拿过案卷，王旺乖乖签字画押，认罪伏法。那王水氏见状，

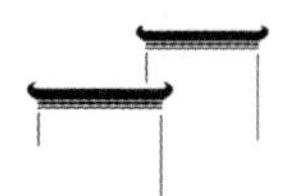

只好招认与管家私通，定计杀害王员外。

正在这时，杜捕头与一干差人也押着那四名打手赶来。朱公见案中所涉众人已悉数到齐，便作宣判：“王豫园与四名打手，强抢民女，本该严惩，但念其已死，只得改判罚金。四名打手皆判杖刑，每人重打二十，再罚戴上七十斤铁叶重枷，游街示众一天。管家王旺行凶杀人，又与主母有染，押入死牢，明年秋后问斩。民妇王水氏，败坏人伦，参与谋害亲夫，也押入死牢，次年秋后问斩。文明确系冤枉，当堂释放。本官此判，汝等可认同，还有甚分辩否？”堂下跪着的几人都诺诺应声，俯首认同。有差役将犯人带走，各自受刑。文明又在堂上拜了数次才肯起身。堂下百姓看了朱公这次审案，无不佩服，都称赞朱公明察秋毫，能为民做主。

朱公又对杜捕头道：“这里有王家赔付的五十两银子，你去置办些花红果品、酒菜宴席、新衣爆竹，就在这堂上好好庆贺一番。”杜捕头问道：“若是大人破了这案子高兴，去街上酒楼吃便了，怎生要买新衣爆竹，难不成还要办喜事？”朱公笑道：“正有此意。”便对堂下未散的百姓朗声道：“书生文明，与民女杨翠儿，因本案相识，也算有缘；又因双方年纪相当，品貌相配，且都未曾订婚，因此本县征得二人同意，特意做个媒人，现在便与二人完婚。堂口百姓，都是见证。另外县衙中尚缺少书吏，本官今日便任命文明为本县书吏，今后就住在衙中。”百姓听得，无不拍手喝彩。不多时，酒席果品买来，衙中众人纷纷与文明敬酒，都来祝贺，文明也连声致谢。还有不少百姓，也上来与文明见礼。文明也知道自己以后要在公门中当差，街面上众人常来常往，必然要认得，也乐得与大伙相识。其中偏有那昔日诬告文明的邻居，也觍着脸来与文明贺喜，师爷暗暗示与朱公。朱公便持着酒杯，到那几家邻舍面前，作色厉声喝道：“文明此番遭祸，皆因汝等不分青红皂白，诬赖好人所致，还有脸面前来贺喜？想必也是看文明发迹，心中忧惧，才前来试探。”那几家邻人吓得连忙磕头谢罪。朱公道：“你们几家也理应惩处，就判你们借与文明的债务，折半偿还，你们意下如何？”那几家邻舍忙谢道：“大人宽宏大量，那些债务，我等情愿不要了，当作贺礼送与文明。”朱公摆手道：“既然文明欠下你们债务，自然要还。汝等都是农户出身，能有多少浮财在手上？此番惩戒只是告知汝等，勿要以自家之好恶来评判人。回去后，也务必将今日事情告诉其他几家没来的邻舍。”说完又让文明写清与这几家邻舍债务情况，朱公自己拿出银两来，折半还予这几家。几个邻人千恩万谢，满面含羞带愧走了。

朱公见事情已全清了，便叫众人纵情饮酒。众差役今后要与文明共事，自然如兄弟一般，都来祝他双喜临门；也有不少差役敬展乱麻是条好汉，纷纷与他碰杯。朱公见此状，正高兴处，忽然县中仵作将他拉在一边，悄声问道：“大人，小人可没有验出马齿痕的本事，大人如何敢在堂上做这险事？”朱公笑道：“这也是一着险棋，若是没有九成半的把握，切不可使用。”仵作不解道：“那九成半把握从何而来？还望大人指教些。”朱公道：“你且听我细细讲来：我去王宅探看，见王宅上下人等无有穿孝的，也没纸人纸马，也没有灵棚，便觉有可能是王宅内之人作案，就疑心了一分；又见那妇人面色粉润，

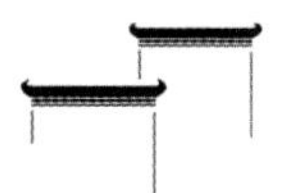

似有胭脂涂抹过，听说本官前来，便匆匆洗去，因此便疑心了二分。”件作笑道：“这妇人真是弄巧成拙！若是自称近日操劳丧事，面色憔悴，恐冲撞了大人，故略施淡粉，或许能唬得过去。”

朱公接着道：“这便是凶犯胆虚，欲盖弥彰之处。我又听那妇人说起王豫园背地里做的种种恶行，就察知王宅中必有人与王豫园不一心，给王水氏通风报信——又想到那管家说不知王员外怎样外出，当面说谎，推断他可能与王水氏有所勾结，便疑心了三分；到了王豫园书房中，本该在屋中的家具书画却都没有，便想是王水氏与管家恐日后事情败露，想要搬家，故此变卖物件，更觉蹊跷，便疑心了四分。”件作点头道：“若是咱们再晚些发现案中破绽，他们恐怕早已逃出千里之外了。”朱公道：“正是如此，今日假作结案之时，王水氏却未曾感谢本官弄清她丈夫死因，却只拜谢本官不曾重罚，我便怀疑了五分。接下来王水氏与本官分辩，无言以对，便让管家替自己说话，我便疑心了六分。”件作思忖着道：“那妇人不知如何是好，只得请来管家帮忙，由此便可知管家知道其中内情——若是请其他人来，便容易说漏了嘴，彻底害了她自己。另外两人平时不曾叫王豫园为‘我家老爷’，大人审案时却突然改了称呼，如此恭敬也是非同寻常之处。”

朱公道：“不错，难得你能有所察觉。那管家若听了杜捕头的传讯，畏罪而逃，此案便可清楚，只消撤下海捕公文便是了。可那管家偏偏理直气壮，见了主人王水氏又破口大骂，因此便疑心了七分。若是其他百姓，身陷命案，必然慌张，他却巧舌如簧，想必是路上已想好对策，分辨得细致，因此便疑心了八分。”仵作又道：“那管家虽是口齿伶俐，但时时有慌张之色，想必还是有心虚之处。”

朱公颔首道：“确是如此。那管家虽然应答如流，但本官说到某处，便慌忙磕头，本官觉说到了正处，因此更是疑心了九分。”仵作笑道：“难得大人心思如此细密，那马匹做证，便是疑心了九分半了——大人竟然能想到这般妙计，属下真是佩服。”朱公摆手道：“那马匹不会口吐人言，只得做一辅证。也是为了后边计策，故意拖延些时辰。只可算作半分。”仵作又问道：“属下还有一事不明，校验马齿痕时，大人并未通知小人参与，却是为何？莫不是故意诈那管家？”朱公道：“然也。区区一枝蜡梅，本官为何亲自去后堂取来？那蜡梅是我从咱们后院中折来的！凶犯作案之时，当场必然有其不能注意之处，若已推出其手段，却无真凭实据，则不妨抓住当场他不能注意之处诈他一番，常会有奇效。此案之中，不论是王旺在地窖中杀害王豫园，还是先杀王豫园再拖入地窖，必有一时半刻，人在地窖中，注意不到他的马匹在做甚。况且那时他只顾杀人，必然不会看周遭有无蜡梅。”仵作疑惑道：“大人那时虽然有九分疑心，还不十分确信那管家和王水氏是凶手，若是此番相诈，不怕冤枉了好人？”朱公答道：“本官自有分教：面对此如山铁证，他若是确实无辜，必然表现慌张，不知所措，忙说‘小人实在不知’；若是心中有鬼，便会被这一击打垮，甘心伏法。但本官刚才也说，这是一着险棋，不可随意使用。若是被犯人识破此计，便不好接着问案了。”仵作听得，心中甚是叹服。二人谈罢案情，便又走到桌前，与众人一醉方休。

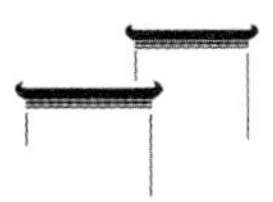

※

“朱县令哪里知道，几百年后，这就是刑侦审讯中常用的心理战术啊！”心理师兴致盎然地结束了故事，却看到好朋友的情绪丝毫不与他合拍，反而正在沉思什么。“你怎么了？”“怎么可能呢？”历史学家若有所思地说，“故事倒是很精彩曲折，内容也挺严密，怎么可能不知道所处年代和地域呢？”心理师拍了拍他的肩膀说：“故事精彩不就得了，你想这么多干吗？”“不过有一点我实在不明白，你祖先怎么还会说相声《白事会》呢？”心理师笑了笑：“那是和你开玩笑的，不过据传说朱公确实口才不错。我为了突出他这一特长，就即兴加了这么一段。”

“虽然不知道他是哪个朝代的，推断他所处的年代其实不难，你把那本旧书给我拿去考古部门化验一下就知道了，简直就是送分题。”吉仑说着，就想要心理师的旧书。

“可这本书不一定是当时的人写的呀！没准是唐朝故事被宋朝人记下，明朝人又抄了一本，清朝人又抄了明朝人的……”心理师摊摊手。

“不过呢！”吉仑突然像发现新大陆一样站了起来，“我通过你的描述已经差不多推理出了大概年代。故事中多次用到凳子，所以基本可以推出是在唐朝以后，因为之前人们大多是跪坐在地上的；另外从那些人的穿着打扮和发髻来看，我推测故事不是发生在清朝；

另外那天气十分寒冷，应该是发生在北方，因此南宋也可以排除……”心理师打断了老朋友的推理秀：“好啦，你也没必要为这传说计较太多，咱们先去吃晚饭吧。关于朱公的故事还有好多呢，等到下次有空的时候，我再与你慢慢讲来。”“那好，一言为定！”

一枚铜钱

眼看元宵佳节，朱公因政绩卓著，上面特批下假期一个月，他便带着师爷、杜捕头、文书吏与仵作一起，去汴梁城游玩。

朱公进了汴梁城一看，果然热闹：街上推车骑马，往来买卖，络绎不绝。看那汴梁河上，更是拥挤，各色大船，或运货，或拉客，将河面占得满满的。朱公看这一片繁华景象，甚是欣喜，又盯着那撑船的竹篙看了一阵，自言自语道："这汴梁城人撑篙，手握着竹子细的一端，却用粗一头撑在河底，与本县中不同。本县人行船撑竹篙，却是手握竹竿粗头，用细一端着底，有人还在细的一端上安着铁叉头。"师爷搭话道："这汴河水乃黄河支脉，河底想必多黄沙淤积，若是细头撑河底，必然陷入其中；而本县河底多硬石，才用那般方法撑船，若是似汴梁人这般手握竹竿细一端，便容易折断。"朱公点头笑道："正所谓'十里不同风，百里不同俗''不读哪家书，不知哪家理’，今日方知，处处学问也。”

一行人有说有笑，又走到一处市井。只听得前边人声鼎沸，热闹非凡。朱公等人上前看时，原来是一家斗鸡场子。只见那场中有三只斗鸡，高颈壮足，每只都有主人把着。那斗鸡场主人见围观人已不少，高声叫道：“各位看官，今日三只斗鸡一决胜负，大家来下注押宝，赌个输赢玩玩。十文钱一注，花钱不多，找乐不少。这三只鸡，甲鸡两岁，乙鸡两岁，丙鸡三岁，都是常胜将军，大家都押些钱来耍呀！”师爷看这三只鸡，悄悄问朱公道：“大人，您看这三只斗鸡，哪一只能胜？”朱公捋着胡须道：“我看甲鸡易胜，你看那甲鸡甚是活跃，主人按它几次不住，必然好勇斗狠。再者丙鸡年龄最大，或许最有阅历，也易获胜。”杜捕头听得，便掏出钱来，下了一两银子的赌注。果然，两局下来，甲鸡场场得胜，杜捕头得了不少银两，好不高兴，便要请其他四人吃酒。

正这时，只听有人嚷道：“今日真是背运，手气真臭！”几人转脸去看，却见一个和尚，喝得醉醺醺的，手里还提了个酒罐子，正骂骂咧咧道：“押了三十文铜钱，竟然全输了。”杜捕头见他那样子，便调笑道：“你这出家人，为何敢在光天化日之下，吃酒耍钱？”那和尚随口应道：“一年也难得有几天痛快，再者我那庙里也没有老和尚管着，我念了一辈子经，玩玩怎么了？接着找乐，接着赌！也不妨事！”说完晃晃悠悠哼着小调走了。

文明笑道：“这到了上元佳节，和尚也临时开了荤了！”大家都笑。朱公道：“我等赶快找家酒楼吃了晚饭，莫耽误了去那钟鼓楼前

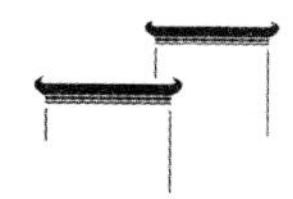

看花灯。”

大家吃完晚饭，便向钟鼓楼前街市走去。汴梁城白天热闹，到了晚上，更是行人如织，摩肩接踵，甚是拥挤。朱公看那花灯景象，大呼精彩：有狮子灯，摇头摆尾；火龙灯，舞爪张牙；孔雀灯，抖翎开尾；金鱼灯，动眼闪鳞；神龟灯，目分四色；牡丹灯，盛世雍容。更有那双双才子、对对佳人，谈笑风生，赏月观灯，甚是可心。朱公正赞叹这一片太平盛世之景象，突然听有人叫道：“朱大人，来买些烟花吧！”几人扭头一看，正是本县街上的闲人刘二。朱公问道：“你如何在这里做买卖？”刘二笑道：“小人有一个亲戚在此处营生，节日生意兴隆，忙不过来，便请小人来帮些忙，不想朱大人也来此游玩。咱们如此有缘，大人何不照顾一下小人生意？”朱公笑道：“既是如此，理应照应。”说着摸出一锭银子，交与刘二，“来二十支烟花，剩下的便与你做茶钱了。”刘二挑了二十支好烟花包好，又往里加了三支，笑道：“朱大人历来照顾我们百姓，如何能再要朱大人多破费？这多余的钱还是要找给大人，另外再送大人几支烟花。”说罢，麻麻利利数出几十枚铜钱，与烟花一并交与朱公。

朱公见刘二这般挚诚，也没推托，便将解开一串铜钱，将刘二递来的铜钱往上穿，却又突然止住。随即问刘二道：“刘二，你看这一枚带血的铜钱，却是怎么回事？”刘二一看，忙说：“小人不曾注意，再给大人换一枚便是。”朱公拦住道：“且慢，你可记得这铜钱是哪里来的？”刘二答道：“今日来小人摊子上的有好几十人，如何记得是谁给的？”朱公又问道：“看你卖得的那些钱中，还有无带血的铜钱。”刘二仔细翻找一遍，答道：“没有，只有那一枚。”朱公看了看那枚铜钱，接着问道：“你这里可有卖一文钱的东西？”刘二道：“没有。”朱公便告别了刘二，带着手下人走了。

师爷见朱公不住盯着那铜钱沉思，便劝道：“大人不必多虑，想必是哪个屠户，不拘小节，将血迹弄在铜钱上了。”朱公摇头道：“不会。平常人都将铜钱穿在绳上，只有散碎的才不穿，这元宵节上街赶集，岂不多带些钱财？必然会带成串的铜钱来买东西。这铜钱穿在一起，必然将两边两枚也染上血迹，刘二那里又没有一文钱的货物，却只有这一枚铜钱，因此必然不是你说的那般情况。”杜捕头又道：“抑或是那屠户在血迹干涸之后，才将它穿在绳上。这血渍又是干涸极快的东西，没沾在其他铜钱上，也是理所当然。”朱公答道：“若是屠户所为，他手中的铜钱上应该都沾着血迹和油脂，可刘二那里并无其他这样的铜钱。再者说来，这钱上血迹，略带污灰之色，似是病体之血。况且屠户也不会用刀杀死得病的牲口，只会用棒子打杀再掩埋，以防污了刀案。”杜捕头又劝道：“既然这般，也可能是生肺病之人咳血，染污了铜钱，也是正常。再说我等是外地官吏，就算真有命案在其中，也当上报开封府衙，与我等无关。”朱公思忖道：“可先让仵作验看一下，看到底是何血迹，再作计较。”四下里看仵作时，却不见他与文明。

朱公三人各处找寻一番，但见不远处，文明与仵作正在一灯谜摊子前，与那摊主争辩。朱公上去问其缘故，文明道：“大人，刚才我和仵作大哥见这里有猜灯谜的，便停下来玩。我看这个灯谜‘半

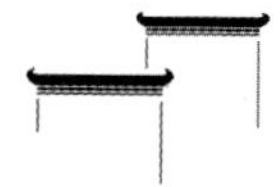

夜叫门闻声谁’，便猜是个‘我’字。可那摊主却不承认，我便要假扮半夜来访，与他演练一番，他若说得‘我’字便输了。可这摊主甚是不爽利，硬是不说那字。”那摊主也分辩道：“这位客人没猜对，我怎能答应？”朱公觉得好笑，便说：“既然这摊主说你猜得不对，也不用尽力争辩了。待我也来猜一个。”那摊主道：“这位客官来猜一次吧，两文钱，若是猜对了，可得笔墨一套。”朱公付了钱，看那摊子上的灯笼，挑了最大的一个，只见那灯笼上写着十行诗文：

说去云亦去，

天下怎无人？

春日尽散客已离，

遥见罗敷采药夕阳沉。

欲语停言难开口，

玉手相交无下文，

素衣加体竟显墨，

人却相隔未能诉情深，

尽碎杂木心中恨，

怨天晴，未成伞中两点人。

（每句打一字）

朱公略作思量，对那摊主道：“这是‘一二三四五六七八九十’十个字。”摊主笑道：“这位客官真是聪慧过人。以前也有客人猜出，只是第七句解释不清，不能算赢。”朱公笑道：“你看那‘不分青红皂白’的‘皂’字便知。”又望着那灯笼道，“看这诗文，虽是书法精妙，语句流畅，可作诗之人似有难言之隐。”杜捕头笑道：“大人真是多虑，出来游玩，也如查案一般。”文明也笑道：“难言之隐倒是不曾看出来，可依小生经验，此人虽书法高绝，可是字中却少了几分力气，似有重病缠身。”仵作也应和道：“纵然不是重病缠身，也是受了不少内伤。”朱公听言，便问那摊主道：“这灯笼上的诗句是何人所写？”那摊主满面喜色道：“这位书生的眼力真好，这灯笼上的诗句，正是咱们汴梁城有名的苏金雨苏相公所作。只是苏相公宿疾缠身，身体欠佳，很久不给人写字了，我们托了关系才求来了这些诗句。”朱公一听，便来了精神：“这苏相公住在何处？”那摊主笑道:“客官想必是外乡人,汴梁城人有谁不知道苏金雨苏相公的?就住在前边三胜街上，最高的一座小楼便是。”朱公又问道：“哦?这么说这苏相公在汴梁城颇负盛名?”那摊主见朱公要问端详，更是神气，笑道：“那当然，这苏相公可是汴梁城的名家。他住的那三胜街，更是汴梁城的福地。那三胜街上住着三位胜者，头一位便是苏相公。他曾在汴梁城书法会上拔得头筹，书法可称得上是当今一绝，诗词歌赋、琴棋书画也非常人能比；这三胜街上第二位，便是‘画胜’伍云一，去年汴梁城赛画，他力压群雄，得了第一；还有一位邬大成邬大镖师，别看现在年近半百，可精神矍铄，前几年在汴梁演武大会上，用金钱镖技压众英雄，扬名中原。平日里他又为人最好，我这灯笼便是托他求苏相公写上字的。这三人都是汴梁城一等一的名家，又是街坊邻居，前几年结拜为异姓兄弟，从那时起更是声名

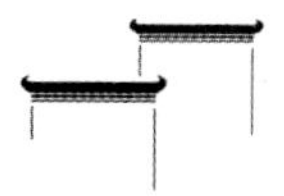

大振。这苏相公的表妹还做了伍云一的夫人。”

看到摊主说得眉飞色舞，朱公也不住点头。听罢摊主所说，朱公道：“这苏相公题字的灯笼，我甚是喜欢，可否不要那套笔墨，换这套灯笼给我？”摊主道：“这灯笼却不值几个钱；苏相公的字，可是宝物，若要买来，再给五两银子才行。”朱公略思量一番，取钱递与摊主道：“我等欲拿着那灯笼去拜访苏相公，若是这字是假，我们再来要回银子。”摊主笑道：“苏相公的字，汴梁城中学子争相模仿，但都不及他的十分之一。客官若不信，在路边随意问人便是，随便找来个读书人就认识他的字。不过听说苏相公好像是得了病，咳嗽不止，近日极少见人了。”

朱公谢过摊主，拿着那灯笼，带着四人向三胜街走去。别看钟鼓楼附近一片繁华，可这三胜街，此时却清静非常。原来汴梁人素来敬仰苏相公，都知道他身体欠佳，不愿去打扰；更兼邬大镖师照顾义弟，凭着人脉深广，多面吩咐关照，因此连沿街叫卖的走商菜贩，到了三胜街也不肯高声吆喝。

五人到了三胜街，便看到那苏相公的宅邸。上前敲门时，有一个老家人开了门。朱公叉手拜道：“在下朱某，在街上看到这苏相公写字的灯笼，甚是倾慕，特来拜访苏相公。”那老家人揉揉眼道：“真是不巧，苏相公外出了。”朱公惊道：“街头传言，苏相公久病，为何今日外出？”老家人道：“我也不知，下午苏相公便独自出去了，说是去城隍庙上香，此刻去方灵验。还说若是天晚，便在城隍庙住下，我们不用等他。”杜捕头忙问：“既然身体欠佳，为何还独自前往？”

老家人道："却也奇怪，苏相公平日里并不信鬼神，今日却主动去上香，还不让我们这些下人跟随。只是前几年没病时，时常到庙里与和尚下棋，并不上香。"朱公又问城隍庙位置，老家人答道："这城隍庙甚是偏僻，在东南边城外大树林中。平日里百姓也很少去。"朱公便拜别了老家人，领着众人离了苏宅。杜捕头性急，问道："大人，我们现在该往何处去？"朱公满带严峻之气道："城隍庙！"

这城隍庙果然偏僻，五人到了那大树林中，见一轮明月当空，白光泻地，远远看那城隍庙，好似蒙上一层霜雪，又似罩上一层灰尘，有小风微冷，更觉阴气重重。文书吏与师爷都是文人，平日里没见过这般景象，不由得隐在其他人身后。杜捕头和朱公平日里经常查案，常去案发之地，却也习惯。仵作平时常验尸收尸，就算守着尸首吃饭也是常有的事情，故此也不怕。朱公上去一推那门，竟然不曾锁住。几人便进了那庙。朱公请呼几声，却不见有人应答，便叫众人分头去找人。

众人穿过几重院子，却不见有人。最后还是杜捕头在东边小院里的一棵大树下，发现躺椅上睡着一个人，便上去推醒。刚推两下，却又乐了：那人正是白日里吃酒耍钱的和尚。那和尚此时还醉醺醺的，被人推醒，颇为不满，怒声问道："大夜里不去看灯，却来搅老子的好觉！有什么事情非要这时候来？"朱公等人此时也闻声赶来，见了那和尚，哭笑不得道："哪里有和尚自称老子的，出言不逊，还吃酒耍钱？若是本官严厉，便可将你抓入衙门中。"那和尚听得几人是公门中人，虽然醉眼惺忪，看不甚清楚，却也连忙下拜求情。

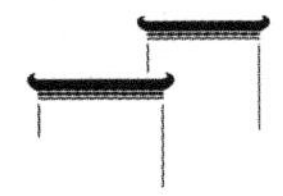

朱公厉声道：“此番先不查办你，你可见到苏金雨苏相公来此了吗？”和尚忙答道：“确实见得。”朱公大喜：“你何时见到苏相公？现下他却在何处？”和尚说：“贫僧是在半年前见到苏相公的，那时他还常来帮忙给庙中掉色神像壁画补些颜料。”朱公佯怒道：“这和尚真是胡闹，本官问你今晚可曾见到苏相公？”和尚吓得又拜道：“苏相公重病缠身，这汴梁城中谁不知晓？怎会在这大半夜来我这破庙里？”朱公道：“苏相公家人明明说他来城隍庙了，你却说不曾见到，也不知是谁在欺瞒本官。但我估计苏相公可能还在庙中，大家分头寻找一下。”朱公吩咐和尚点亮庙中各殿灯烛，以便众人寻找。

灯烛点亮之后，朱公看这殿堂破败，便问那和尚道：“这城隍庙为何如此残旧？”那和尚答道：“这城隍庙地处偏僻，如今百姓求神拜佛，都去城里关王庙了，几乎没人来这里。这儿只有我一个和尚，权且作庙祝。贫僧平时也只是靠些许微薄香火钱度日。今日发现神像前有好心施主供上两坛好酒，便想乘过节之时，松松这戒规。于是下午吃了一坛，睡了一大觉。傍晚时又拿些香火钱上街，还买了些烟火玩耍，看斗鸡之时，便遇到几位大人。”这时杜捕头等人也返回来，向朱公禀报道：“大人，我等仔细搜查了一番，并未见苏相公踪影。”朱公思量一番，又问那和尚：“苏相公修补壁画神像，是在哪间屋里？”和尚带路道：“是在这边阎王殿中。”一行人便进了靠后的一间大殿。

城隍庙从外看阴气重重，这阎王殿更是如阴曹地府一般：正当中高高供着阎罗王，青面红须，眼珠突出，虽是泥胎，却仿佛会随时起身杀人一般。神像面前是个功德箱，两边厢各色小鬼，张牙舞爪，甚是可怖。那众泥像上的毛发胡子，并不是刻在泥胎上，而是用彩色兽毛粘在上面，与一般庙中神像不同，那衣衫也全是真的，更如活物一般，狰狞万分；再加上数量众多，使这殿里真如活地狱一般。文明和师爷本就心惊胆寒，又见这般景象，都不敢直视。

师爷正要往众人身后躲，突然一阵寒风吹来，将一物啪一声打在他脸上，吓得他不由惊叫一声。将那东西拿下来看时，却是半张残破纸片，定睛观瞧，上边还有些字迹。朱公拿过来，只见那纸上写着：蜂蜜一两、甘草三钱、陈皮二两……剩下的字因纸片残破看不到，但看纸边焦痕，估计是烧掉了。和尚凑过来道："小僧也知道些医道，看这几样药材，都是润肺的药。可这搭配剂量，却似胡乱写成，不合医书药理。"

朱公略微点头，又看了看那残破纸片，便收入袖中，复问那和尚："这里泥像众多，哪些是苏相公的手笔？"那和尚答道："这些小鬼年久失修，有些掉色了不少，那些颜色较新的，便是苏相公和画工补上的。"杜捕头不解道："苏相公是汴梁城中名流，怎会来这里帮你修庙？"和尚笑道："大人有所不知，小僧年幼时，读过几天书，正与苏相公同窗，颇有交情。实不相瞒，苏相公小时候常来这里玩，与这里老庙祝相熟。小僧后来贫困出家，还是苏相公介绍来这里干活。现在老和尚圆寂了，小僧便在这里主事。苏相公前几年没病时，还时不时来与我下棋，看这些神像破旧，他又是读书人，深知绘画之法，就顺便帮我修补几笔。若不是前几年苏相公身体不适，未去比赛绘画，

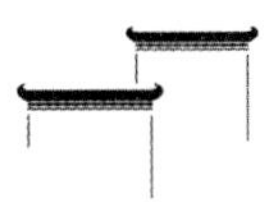

这‘画胜’之名，便是他的了。只是这两年生病之后，身体糟得厉害，时常咳血，便不常来这里了。我这里平日素来偏僻，消息也不通，小僧也只是逢大节才往城里看看，往常都是苏相公来与我说些城中故事，近日他不来了，我这里也甚是冷清。后来又有一画工愿来帮忙修补泥像，隔三岔五便来。”

朱公听罢，又问：“你最后一次见苏相公，是什么时候？”和尚思量道：“最后一次？怎么说也有好几个月了。苏相公生病之后便不常来了。”朱公又问：“那画工你可认得？”和尚道：“不认得，只是和苏相公年龄相仿。况且苏相公也几乎将泥像壁画修补完了，那画工的活计也没有多少，因此并没有来过几次。”朱公沉吟不语，左思右想，却又不能完全厘清头绪，便坐在殿中小桌旁，抬头挨个儿看那些泥像。突然朱公指着一尊泥像道：“你们看那个青面小鬼，为何睫毛只长在眼下边，上边却没有？”杜捕头笑道：“大人与这小鬼也计较。它既是鬼怪，纵使头上生角、背上长翅，也是寻常。这眼睫毛只长下半边，又有何稀奇？”仵作看那青面鬼，却颇感异样，爬上泥像基座仔细看时，却发现那小鬼不是粘在基座上，只是双臂架在两边小鬼身上，靠着身后边墙壁。仵作抓住那小鬼使劲往上一提，便举起来。几人怕把泥像弄坏，连忙接住，放在地上。那青面鬼还是兀自伸着双手。

朱公看那青面鬼：一头黑发，头上还戴着头巾，一双蓝色大眼。身上着一领青色长袍，胸前还画着紫红色纹案，两手直直伸着，也染作青色。左手掌微微收拢，手心里还有一圆形凹痕。杜捕头看着地上泥像问道："这泥像虽不是粘在基座上，却也无甚出奇，为何将它取下来？"仵作低下身又摸了两下道："这不是泥像，而是一具僵硬的尸首。"众人大惊。师爷问道："这死人为何还睁着眼睛？"仵作并不搭话，只是叫和尚打一盆水来，自顾给尸首洗脸。众人才发现，这尸首的青色面皮是画上去的，那眼睛画在眼皮上，死尸原来双眼紧闭，故此朱公看到那睫毛只在眼下边。也多亏此人面貌清秀，睫毛甚是修长，才被看出端倪。待仵作将尸首脸上全洗干净，叫和尚来辨认。和尚盯着尸首看了半日，说道："看着应该是苏相公。只是苏相公有些时日不来，近日病情又加重，和前几个月相貌大有差别，清瘦得多。"说着忍不住单手立于胸前，闭眼默念了几句佛经。

朱公又见那尸首腰带上掖着一个笔袋，便取下来看。那和尚惊呼道："这且不是苏相公的笔袋？由此说来，这必是苏相公了。"朱公又细细端详，却见那笔袋上的细绳断作两段，断口还略带深红。朱公自言自语道："这笔袋之类，平时都用绳子拴在腰间，这个为何胡乱掖在腰带上。"并无人应声。仵作又解开死尸胸前衣服，只见胸口刀伤一处，正中心脏。仵作道："这胸前所画图样，正是为了掩盖衣襟上的血迹。"打开笔袋来看，里头有一信笺，上写一首《长相思·愁御》：

数次醉，千般醒，七念八忆百恨生，三思五脏冷。

万难做，六根静，四肢九窍十分醒，一步双脚轻。

朱公又低头看着苏金雨，思量一阵，便觉茅塞顿开，起身吩咐

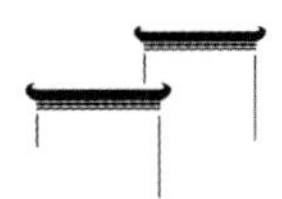

道：“既是苏相公尸首，那师爷与文明先去苏相公家中，告知此事，让他们来领尸首，仵作去开封府上报此案。”杜捕头道：“那属下有何差事？”朱公道：“你去告知邬大镖师，我去告诉伍相公，他们都是死者至亲之人，不可不知。”和尚问道：“这邬大镖师小僧知道，这伍相公是何人？”朱公道：“想必苏相公未曾与你提起。他们都是苏相公结拜兄弟。”那和尚牢骚道：“这苏相公也是，这般大事，我这多年竟未曾听他说起。”又恳求道：“无论如何，大人若是厘清头绪，了结此案，还望来此与小僧说知。”朱公答应了，托和尚照看苏金雨尸首，便与众人出了城隍庙。

刚出了庙门口，师爷便问：“大人想必已看破其中原委了。”朱公道：“若是本官推断不错，应当是如此这般这般。”几人听罢，拍手称妙。朱公止住道：“这还仅是推测，我等还要求证几件事情，刚才我已吩咐你们，各自去吧。”杜捕头道：“大人可否将那一枚铜钱交予小人？小人自有办法，破解此案。”朱公递给他铜钱道：“你平时最沉不住气，这次办事一定小心，若无充足把握，切不可妄下结论。”杜捕头拜道：“大人放心。大人刚才已将范围缩至最小，可小人已知道凶犯为谁了。”说罢便大步向城中走去。朱公见拦不住他，叹了口气，便吩咐众人干事去了。

且说杜捕头一路走到邬大镖师家中，通报了姓名，门人便引到邬大成屋中。那邬大成正在喝茶，见有陌生客人来到，忙起身相迎。杜捕头并不还礼，只是冷笑道：“邬大镖师干的好事！”邬大成疑惑道：“这位客人何出此言？”杜捕头喝道：“大镖师不必再装聋作哑，苏金雨相公在城隍庙被杀，正是邬大镖师所为！”邬大成惊道：“什么，苏三弟被害了？”杜捕头道：“正是。幸好苏相公被害不过几个时辰，手中给我等的暗示尚存。若不是我家朱大人明察秋毫，待到尸首腐烂之时才发现，恐怕大镖师便逍遥法外了。”说罢将那枚血污铜钱丢在邬大成面前茶几上，喝道：“这苏相公左手心里有圆形凹痕一处，必是这铜钱痕迹。苏相公死前曾死死握住这枚铜钱，就是暗示我等，杀人者正是你这擅打金钱镖的邬大镖师！”

邬大成一听，顿觉晴天霹雳一般，一屁股坐在椅中。又将那铜钱捏起来细看一阵，喃喃自语道：“苏三弟怎会被人杀害？我知苏三弟素来身体欠佳，还曾特意送他一柄匕首防身，三五个痴汉也近不得他，怎会被人杀害？”杜捕头逼问道：“难道苏相公之死，不是邬镖师所为吗？以邬镖师的武功，空手入白刃，也并非难事。”邬大成垂泪道：“可我前几日练功伤了手腕，今日并不曾外出啊！我这家奴院公，都能做证。”杜捕头冷笑道：“这宅子里上上下下，都是你家下人，怎能不包庇隐瞒？”说罢拿出腰牌亮明身份道：“大镖师莫再做戏，这场官司，你是打定了！与我去开封府说话！”伸手便扯邬大成走。那邬大成哪里肯去，分辩道：“大人可曾看到案发之处有一柄匕首？”杜捕头问道：“什么匕首？”邬大成道：“我曾定做了三把上等匕首，柄上嵌有红宝石，价值连城，更兼刀刃锋利无比，是难得佳品。我曾送与苏三弟一把，若是它被贼人发现，必然将这匕首拿去首饰楼等地出卖，大人由此便可查证。小人也认得些绿林人物，也可帮忙查找。”

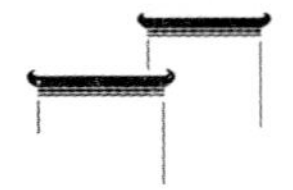

杜捕头怒道：“哪里有贼人刚刚得宝物在手，就去街市上出卖，定要等风声过了再出手。再者，你说曾送苏相公匕首，有何凭证？”邬大成道：“我当时订了三把好匕首，送与苏三弟一把，同时还送了伍二弟一把，他知道这事，大人可去问清楚。”杜捕头冷笑道：“好一个嘴尖舌利之徒！好，你我便去伍相公家问个清楚。”便拉着他向外走去。有家人想要阻拦，邬大成摆摆手，便都退下了。

刚出了邬大成家门，就见仵作领着几个开封府官人走来。杜捕头大喜道：“你来得正好，我正要去他二弟伍云一家问些事情。若是伍云一见了他的面，受他眼神示意，便会包庇于他。这人是疑犯，你们正好先看住他。”仵作答应了，就和两个差官留下看住邬大成，另外几个差官飞也似往城隍庙方向去了。那留下的开封府官差对仵作道：“我们跟你来这里，本来是要听朱大人说清其中原委，现在却临时看住犯人，似石柱一般，杵在这路边上。喝西北风不说，还不明这案中缘由。这元宵佳节，哪有这般道理？”仵作笑道：“二位放心，朱公自有办法，若是二位贸然闯入苏家去找，或许反坏了朱公大事。”

再说朱公到了伍云一家，敲门拜道：“在下朱某，素来仰慕伍云一伍相公才华，今日特来拜访。”那门人听得大喜，立即报与伍云一。不多时，伍云一亲自迎出来，满面红光施礼道：“元宵佳节，客人登门拜访，伍某备感荣幸。”朱公还礼道：“在下朱某，素闻伍相公画艺高超，今日特来汴梁城拜访。”伍云一忙道：“区区雕虫小技，何足挂齿？朱兄今日来得正好，伍某马上要做完一幅新画，就差几笔，尚未与人看过，请朱兄赏光。”说罢便领朱公步入书房。那伍公子脸上还甚是欢喜，左手提起紫砂壶，右手拿起白瓷杯，亲手倒了一杯茶递与朱公，朱公也双手接过吃了。又见桌案上正摆着一幅卷轴，上面画着几朵紫色牡丹，墨迹尚未干涸。画旁还放着文房四宝，并朱砂、赭石等一应颜料。朱公走上前去观看，捋须点头道："果真栩栩如生！这花旁所题诗句，字体词句，都是绝妙非常！"伍云一面上微露一丝不悦，随即又笑道："这画上诗句，是提前请我那结拜三弟苏金雨所作。"朱公突然面色凝重道："提到苏相公，伍公子可知一事？"伍云一问道："是何事情？"朱公道："今晚城外城隍庙，有人发现苏相公被害。这事现已在汴梁城传遍了。"伍云一焦急道："如此大事，为何没人告知予我？"朱公道："我这番不是来告诉公子了？"伍云一又问道："兄台可知道苏三弟是被何人所杀？那凶手可曾伏法？"朱公道："凶手是谁还未曾得知，只是鄙人在案发之处，发现些许蛛丝马迹。现在只是要再问公子几桩事务，便可破解此案。"伍云一将信将疑道："朱兄非公门中人，何故插手？为何不上报开封府，好早早结案抓住凶犯，替我苏三弟报仇？"朱公道："公子此言差矣，本官也是朝廷命官。"伍云一拱手问道："敢问大人是何官职？"朱公道："本官乃堂堂七品县令。"伍云一不禁笑道："区区一县之长，怎来这开封汴梁城里查案？"朱公道："无论如何，本官也是公门中人，又最早得知此案，为何不可过问？却说伍公子，难道不想与义弟报仇？"

伍云一便让朱公将所见所闻讲述一番。朱公将前边所述文字，都告予他。伍云一听罢便问道："那依朱大人所见，我三弟是如何被

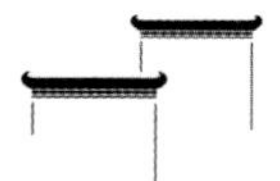

害的？”朱公道：“依本官所见，那苏金雨相公近来疾病缠身，鲜少外出，今日突然前往城隍庙，必然是熟人相约。”伍云一思忖道：“确是不假，那城隍庙的和尚，与苏三弟自幼相识，三弟以前身体康健时，常去他那里下棋谈天。此次想必也是那和尚相约。”朱公摇头道：“非也，若是那和尚相约，庙里没有其他人，和尚必然自己前来，苏相公家人也必然说是和尚相邀，而不会说是苏相公去上香。因此本官推断，必是苏相公家相熟之人，平日常出入苏家，故此门人也不会注意。这熟人便定下一计，在苏家与苏金雨商量，说在城隍庙求得药方一张，可治苏相公肺病，约他一同去神前敬拜。苏相公虽不信鬼神，但因与这人交情匪浅，推托不过，便答应了。那人又道心诚则灵，不让苏金雨与家人说明内情。又找些借口，提前一步去了城隍庙，不与苏金雨同时出门，以免路上行人认出。”伍云一问道：“这苏相公乃汴梁城的名家，他若上街，必然有人见到。”朱公摆手道：“非也。苏相公有些时日不曾出门，因疾病缠身，面容枯槁许多，与往常大不相同，那和尚才半年不见，就辨认不清楚。更兼三胜街素来是清静之处，很少有行人过往，没人见得苏相公出门，便不会认得那是他。若是两人同行，路上必然谈话，万一被行人认出，这杀人之事，便办不成了。那凶犯提前到那城隍庙，还有一件要事相办。”

伍云一又问道：“哦，却是何事？”朱公道：“伍公子可记得，那庙中还有一个和尚。若是杀人之时被那和尚看到，反为不美。那人提前数日扮作画工，假意与那和尚修补画像。去了几次，摸清那庙中情况与那和尚习惯，得知他有些不守戒律，便偷偷将好酒放在神前。那和尚见得，定会喝个大醉。凶犯提前去城隍庙，就是要确认那和尚睡熟。话说回来，就算那和尚不曾喝醉，他提前到了庙中，也会将那和尚灌醉，以防碍事。”

伍云一听得入神，不由得上身前探。朱公又道：“凶犯将苏金雨引至阎王殿中，给他看那药方，乘苏金雨无暇他顾，便一刀将其刺死。至于那张药方，行凶后便就着灯烛烧掉，或许风大，吹灭灯烛，故此那药方还留下一角，被风刮去了。”正这时，杜捕头大步进来，俯在朱公耳边将刚才事情都说了一遍。朱公微微点头，并不与他搭话，又继续对苏金雨讲道：“凶犯将苏金雨刺死后，便将他扮作一个小鬼，放在两边群像之中。那庙中小鬼数量众多，平日里极少有人去看，一时半刻，便不会被人发现。就是苏相公腰上掖着的笔袋，本官本来不知是何缘故。可现在便知道了：那凶犯一刀插在苏金雨胸膛，苏金雨必然以惯用手抓住胸前那人刺他的手，另一只手去摸那笔袋，掏那邬大成送他的匕首，反过来捅那人。可那凶犯与他熟识，必然知道他笔袋中有匕首，怎容他掏出？便也伸另一只手来抢他笔袋。可怜苏金雨，只是抓住那笔袋绳头——往常读书人笔袋，为方便拴在腰间，绳头都系着一枚铜钱——可苏金雨只是将那绳头拉断，将绳头上缀着的铜钱扯下来，抓在手里。随着苏金雨魂飞气泻，手中铜钱也掉在地下。”伍云一又问道：“那铜钱，却又如何落到集市之上？”朱公道：“那凶犯见那铜钱掉在地上，又不敢带在身上。看到旁边功德箱，里面也有些铜钱，便随手丢入其中，想是大海捞针，

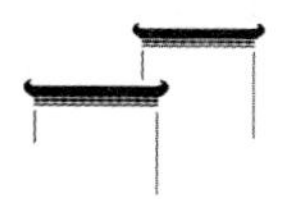

死无对证。这人血干涸最快，故此时也不易沾污其他铜钱。谁料今天那和尚要去城中游玩，便拿了功德箱里的香火钱。他买烟火玩耍时，却将这枚铜钱递给摊主了。后来又落在本官手里。”

伍云一低头不语，思量半晌，又问朱公道：“朱大人所说，甚是周密，可知是谁杀害我三弟？”朱公正色道：“伍公子怎没注意到刚才本官话中有两大疑点？”伍云一道：“哦，愿闻其详。”朱公道：“其一，这苏金雨胸膛受刀，手中铜钱，如何会沾上血迹？其二，照本官刚才所说，苏金雨如果右手护伤，左手抢笔袋，必然惯用右手，那笔袋也该挂在右边。左手够右边腰上，岂不是太不方便了？”见伍云一脸上惊讶，朱公又道：“因此，那笔袋，应是放在苏金雨面前桌上，阎王殿中，正巧有一小桌。”朱公又上前一步道，“如此这般，凶犯隔着桌子刺死苏金雨，苏金雨伸手夺笔袋，动作方才合理。另外，苏金雨平常咳血，那痰血若来不及掩住，必然吐在桌上。因此那铜钱上和那绳头上便有血迹。”伍云一点头称是。朱公又道：“可若是这般，便又有两疑点：为何苏金雨要将笔袋放于小桌之上？既是吐血，那桌面上为何没有血迹？因此本官便推断出来：那人必是请苏相公题字，因此苏相公便解下笔袋，放在桌上用。那凶犯又将宣纸铺在桌上，趁苏金雨咳血虚弱之际，将他刺杀。那咳出来的血，便都落在纸上，只有一点溅在绳头铜钱上。这便解清了刚才那两大新疑点。”朱公又走近一步，道，“伍相公，你我可演练一番：苏相公右手护伤抓住那凶犯手腕，左手抢笔袋。那凶犯对面刺杀，必是左手拿刀。综上所述，那犯人与苏相公熟识，又常有来往，精通画工，又不能被那城隍庙中和尚认出。更重要者，那犯人惯用左手，正与伍相公相同！”伍云一惊呼道：“朱大人如何知道小生惯用左手？”朱公道：“刚才伍相公倒茶时，朱某看得。”伍云一听言，又坐下将巴掌拍得山响，冷笑道：“朱大人果然机敏，说得天花乱坠、地涌金莲，可惜全凭主观臆断，并无半点凭证。”朱公走近桌案旁，指着那画道：“这画上诗句，莫不是你诱使苏相公今天在阎王殿小桌上写的？这些紫色牡丹，正是苏相公之血迹描成。伍相公素来迷信，若是平时不信鬼神，贸然请苏相公去上香，他便会生疑。你这番杀人留血，便是想借苏相公些灵气，让你画艺大增。”伍云一又冷笑道：“我与三弟最好，请他写字，岂不是寻常之事？另外说这颜色是血迹，朱公有何证据？”朱公答道：“刚才本官听说，你结义大哥邬大成也曾送你一柄匕首，想必是用它杀害苏金雨了。”伍云一道：“有匕首却不假，正是大哥所赠。三弟也有一把，一模一样。”说罢从桌上一木架中拿起一柄匕首道：“就是这把。”朱公看那匕首，做工甚是精致，柄上嵌着一颗红宝石，又看着那幅牡丹道：“这画上颜色，若是用水浸出来，叫仵作察验，必然能知端详。”伍云一道：“万万不可，这可是小生心血！上面还有苏三弟遗作，甚是宝贵啊！”

朱公见他这般，便道：“我听那灯谜摊主一直夸赞苏金雨在灯笼上题字，却不曾说有找你画灯笼；对苏金雨一直叫作相公，却对你直呼其名；那城外和尚，虽然消息偏僻，可知道那三胜中的二胜，却不认得你；你和你家门人见有仰慕者来访，虽不认识，却分外热情。这都说明，苏金雨的名声、人缘都比你强许多，平日来找你求画者

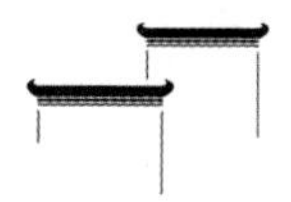

也是很少。又由那和尚与灯谜摊主话语，本官又知道，苏相公画工也不次于你。若是当年有苏相公参赛，你这‘画胜’名号，便不能保住。你心中必然认为，你们汴梁城三胜一起，正如三斗鸡相争，强出头者易胜，便将苏金雨杀害。”

伍云一道：“苏金雨确实有多处优于小生，小生若一点也不曾嫉妒，也是假话。苏金雨与小生感情极好，他表妹秦氏，正是拙荆。怎会因一时技不如人，便杀害他呀？”朱公突然问道：“刚才伍相公说，尊夫人姓秦？”伍云一惊讶道：“正是啊。城东南秦家，也是汴梁城中名门望族，大人怎不知道？大人不要岔开话语，这惯用左手的画工，汴梁城也不知凡几。大人怀疑小生杀人，若是找不到确实证物，可要给小生道歉，还小生清白来！”朱公道：“那苏相公的匕首，是专门定做，你必然不敢随意丢弃，想必尚藏在伍公子府中。”伍云一大笑道：“若是朱公疑心，便可派属下随意搜查。若找到那宝石匕首，小生甘愿伏法认罪！”说完便大袖一挥，请朱公搜查。杜捕头正要翻找，朱公拦住道：“且慢。伍相公聪敏非常，必然会将证物藏在常人找不到之处，我看你不必费事。”又对伍云一道：“这匕首式样独特，你必然不敢藏在其他地方，若是被人发现，便有危险。这匕首应该还在你府中。”朱公说着又拿起那幅牡丹图道：“朱某还有一事不明：往常文人作画，都是先画在宣纸上，再送往装裱店里裱糊成卷轴。可你这画为何直接作在这卷轴上啊？”说罢就去摸那卷轴两端。伍云一忙道：“大人可不要弄坏了！”要去阻拦，却又被杜捕头拦住。朱公摸索几下，果然将轴柄一头拔下，发现那轴心是空的，却是竹管做成。朱公将口朝下一倒，只见一匕首落在桌上，正是苏金雨那把嵌着红宝石的。

伍云一此番便哑口无言。朱公又看看那牡丹图，叹息道："伍相公，看你这般手笔，也非等闲之辈，若是再练两年，必然是无人能及，因何如此不明事理，做成这等心胸狭隘之事？正如艄公撑船，将粗壮一端撑到底方可，若是扬长避短，必然会深陷泥中。你不认真作画，何故要争风吃醋，触犯国法？"

伍云一闻言，叹息许久，望着窗外明月轻声道："若是朱大人以为小生是一时嫉妒，就杀害义弟，却也太小看我伍云一了。"朱公道："本官当然知道其中隐情。伍相公，你来看这灯笼。"说罢举起那买来的灯笼。伍云一探身看罢，说道："这不是苏金雨写的灯谜？"朱公道："这首小词看似灯谜，实则内含隐情。伍相公应知道汉乐府中有一首《陌上桑》。那诗中所说的美人秦罗敷，正是住在城东南。故此苏相公在此诗中，借罗敷之名，抒发对表妹城东南秦氏的相思之情。"伍云一叹道："大人所言不差。秦氏与苏金雨青梅竹马，两小无猜，感情甚笃，若不是苏金雨体弱多病，秦家便将她嫁予苏家了。那苏金雨常借切磋书画之名，造访我家，实则是来看秦氏的。起初家人中也有风言风语，我都喝止住了。可有一日，苏金雨来我家闲谈，谈到一幅古画，小生正好有收藏，便去阁楼取来与他看。可回到门口时，却见他与他表妹秦氏在窗边，四手相牵，含情脉脉，互诉衷肠，甚是亲密。小生窥看了约有半个时辰，才知他们多年隐情，只觉得头巾发绿、脑门发青，正如乌龟团鱼一般！却叫我如何承受得了！"

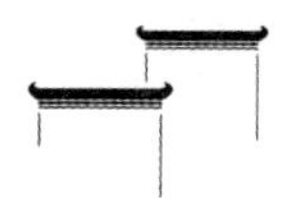

说罢狠狠向桌上一捶，不禁摇着脑袋，双目垂泪。伍云一又道：“桌上这几首《长相思》，便是他在我和贱内婚宴上所作！一直放在随身笔袋中。”只见桌上有几张信笺，每张上有词一首：

（一）

食欲尽，酒又满，平日难得此盛餐，可怜难下咽！
饭未动，杯却贪，庆贺新人强欢颜，心已碎万片。

（二）

举杯祝，言难出。空看故友为人妇，今朝愁满腹。
昔日情，忆无处。身在喜筵悲能诉？半夜独自哭。

（三）

顾往事，已成灰。只恨月老错为媒，忘泉难止悲。
玉壶空，徒增醉。惟余梦中思伴泪，遐想心神碎。

（四）

观汤鱼，心如烹，今生不得牵红绳，举箸彻骨疼。
人犹在，魂无生，旧日如烟梦不成，难寐守孤灯。

朱公看罢也叹道：“既然尊夫人对苏相公一往情深，何不索性成人之美，一纸休书，将她休回家去，让她日后好与苏金雨厮守？”伍云一大哭道：“小生对秦氏一往情深，一心想要白头到老，如何能放得下她？难道要学杨素遣红拂不成！”朱公道：“公子此言差矣，殊不知，有一种爱叫作放手？”伍云一摇头道：“我何尝未想过放手。我心中也明白，那苏金雨很心仪秦氏，比我会讨好她，不似我这般孩子气，一直为难着她。可我就是舍不得秦氏，也咽不下这口气！”说罢大哭一番，又狠捶桌案。

朱公道：“伍相公，无论如何，杀人偿命，现在当与我去开封府了。”伍云一顽抗道：“这里家奴院公，少说也有几十人，朱大人只有两人，能出我这宅邸吗？”朱公从袖中取出几支烟花，又拿起桌上烛台走到窗边道：“朱某早已与开封府官吏约好，若有紧急，放烟花为号。附近兵丁见了这烟花，便都会闯进来。”伍云一垂头丧气道：“那好，待我去里屋卧房换件衣服，便与朱大人一同前去投案。”说罢魂不守舍，走入隔壁卧房。朱公与杜捕头只在门口死死等着。

约过半炷香时间，只听屋里一声女人惨叫，朱公与杜捕头忙推门进去。只见伍云一左手握住一把剪子，深深插在脖颈之上，血流如注，眼见得是救不活了。朱公问旁边那妇人，得知她正是伍云一的妻子秦氏。刚才伍云一呆坐在窗边，一言不发，如痴呆一般，只是直勾勾看着秦氏，突然抄起一把剪刀，将自己刺死了。朱公摇头叹了几口气，便叫杜捕头喊仵作前来收尸。

次日清晨，朱公一行人出了城东南，要将这案件始末，告予那城隍庙和尚知道。朱公抬头看那一片树林，不由吟道：“日出东南隅，照我秦氏楼。秦氏有好女，自名为罗敷。”又对众人道：“那苏金雨与秦氏青梅竹马，年幼必然常来这里游玩，故此也与那老庙祝相熟。

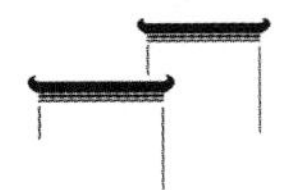

苏金雨常去和尚那里修庙，并非是帮那和尚的忙，而是想保留庙里当年他与秦氏玩耍时的模样，权作纪念，聊以慰藉。又因为每当提起伍云一，便不由想起秦氏，故此也不曾与和尚说过结拜把兄弟之事。”众人都颇为惋惜。文明叹息道：“问世间情为何物，只看那妇人走路。”众人随他手指一看，只见一妇人，面容憔悴，一身素衣，手里捧着两个牌位，如丢了魂一般，一步步向城隍庙走去。突然手上一软，瘫坐在地上，那两个牌位也掉在尘土之中。妇人满眼无神，盯着那俩牌位看了一阵，便双手掩面，在那里不住隐隐哭泣。

有道是：

门外青松，朝沐初霞夕迎鸫，

星稀云淡，月下也葱茏。

失神游子，繁发乱如丛，几番咏。

何方见绿，渐然心乂腾。

美人如花

-

话说这天正是正月十六，朱公等众人依旧在汴梁城中观灯游玩。因昨日众人未曾看得尽兴，今日都想多看些，一起游览实在太慢，朱公便吩咐众人各自游赏，看完灯后，再回客栈相聚。

其余人等暂且不提，单说那仵作。这人除了查案时爱刨根问底之外，平日里只是沉默寡言，也不甚爱热闹，走着走着便到了一处人烟较少的地方。仵作正欲歇歇脚，忽然听得身后一阵环佩叮当，香气袭人，不由得转身观看，不禁大吃一惊。

只见身后走来一年轻女子，穿绸裹缎，头上还有各色名贵珠宝，甚是华丽，手中还拿着一朵鲜花，娇艳欲滴。再往脸上看时，更是惊艳。若说美人应当是何等相貌，各人心中自有一套标准，可这女子，却是无论由谁看来，都称得上是一等一的佳人。要是用沉鱼落雁、闭月羞花之类言语来比她，便是俗了。仵作见这如此美貌的佳人向

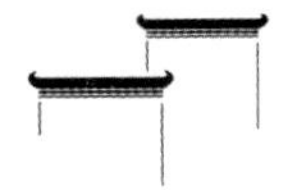

自己走来，不由得满面通红，心头如有小鹿一般，撞个不停。

那俊俏女子倒是毫无羞怯之色，见仵作痴痴看着自己，如木雕泥像一般，不由得娇笑出声。仵作见那女子笑容如芙蓉花开，朱唇玉齿，声似银铃，更是局促不安。这时远处有一婢女打扮的小女童，听得那佳人笑声，便快步跑过来，要拉那女子走。女子对婢女笑道："这儿郎相貌倒也算是周正，为何两眼如贼一般，只是这般直勾勾地看人。"说罢又大笑一番，随手将那鲜花丢在地上，便随婢女走了。

仵作一直看那女子走远，都看不见了，方缓过神来。又看那地上丢着的花，便不由自主捡起来，嗅了又嗅；又看路边花灯，再无兴致，便拿着那花，魂不守舍，一步步挪回客栈。满脑子里只是刚才那女子。这正是：

眉如黛，气似兰，丽人顾盼目流连，笑靥点清颜。

乌云浓，桃腮浅，纤腰摆柳随风转，痴看忘时年。

到了客栈，只见除了杜捕头之外，其余三人已坐在大堂桌旁，闲谈刚才见闻。仵作这才明白，自己刚才在街上发愣了许久，也不作声，只是呆呆坐在桌边，把玩手中那朵花。文明眼尖，便问那花从何而来。仵作便将刚才偶遇佳人之事告予众人，又问朱公道："大人曾经凭那一枚铜钱，便破获苏金雨一案，可否由这朵花，找到那姑娘？"

朱公道："那苏金雨苏相公，是汴梁城中名流，无人不知，无人不晓，因此容易找到。刚才你说那俏丽女子，汴梁城中也不知有多少，又不知姓名，故此难以寻觅。"

仵作争辩道："大人这次便是疏忽了！看那女子装束，绝非等闲之辈，定是名门闺秀。"

师爷插话道："我看不对。良家妇女，笑不露齿，怎会如此放肆？这姑娘想必是那风月场上的女子，她们逢场作戏，多有赏钱，也能穿起那华贵衣裳。"

文明趴在桌上叹道："不管是大家闺秀还是教坊名妓，你都般配不上啊。"

仵作失落道："说得也是。我也并无非分之想，只是想再见那姑娘一面罢了。"说完仍不作声，只是看着手中花朵发呆。

正在这时，杜捕头提着一只烧鸡进来，见仵作在把玩那花，二话不说，冲上前去，劈手便夺过来，摔在地上。仵作慌忙要去捡起，却被杜捕头拦住问道："看你脸色发暗，莫不是害了病？"

文明在一旁笑道："确实如此，仵作大哥害了相思病。"

杜捕头并不理会，又问仵作道："你也不想想，正月里，天气寒冷，哪里来的这等鲜花？我以前查案时见过这类物件：这是由能工巧匠制成的带毒的假花，江湖骗子常用它来害人，你现在已经中毒了！"

仵作大惊道："那解药是何配方，你可知道？"

杜捕头摇头道："这毒花无药可解，但也不必担心。人嗅过之后，只是会头痛几日，寝食难安，几天过后，自然痊愈，不会伤及性命。"

仵作回答道："不妨事，反正我现在已是寝食难安了。"

杜捕头又接着道："巫医神汉常用它害人。先让人闻嗅，头疼时再假意前去驱鬼，待几日过后，那人自己痊愈了，便说驱鬼成功，

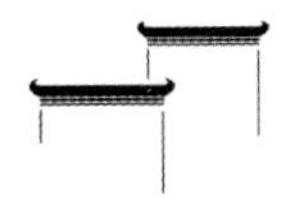

索要高额银两骗钱。”

文明道：“若是这般，便容易了。一会儿那巫女必然来做法事骗钱，我们便擒住她，罚她给仵作大哥做个家事总管。”众人听了都笑。

朱公本来半天未曾说话，此刻突然说道：“依我所见，此事并非巫医所为。”大家听了，都不由得凑了过来。

朱公继续说：“听你们刚才所言，那女子若是巫医或与巫医一伙，便有四处疑点：其一，仵作是看那女子走远才回来，若是无人跟踪，就不知住处，要想以此法骗钱，便行不通；其二，那女子浑身衣着首饰甚是华丽，若是巫医手下的骗子，所需本钱也太高；其三，仵作的相貌打扮，显非富家子弟，想必骗不出多少钱财，本钱太大，却收不回，不适于巫医下手；其四，巫医如要下手，必然会挑本地富户，像我等这般外地人，若是做法事，便只能在客栈——这里南来北往，人口众多，若是万一有人知道他的把戏，当面揭穿，反而丢了饭碗。这巫医神汉之流，平日行骗最为小心，而且最爱用小本钱赚大买卖，怎会犯下这四桩漏洞？”众人听罢，都低头不语。

仵作见众人都不说话，便对朱公道：“既然如此，我们何不顺藤摸瓜，找到这做毒花的窝点，将他们一网打尽？”

朱公笑道：“我看你不是想破案，却是想再次见到那姑娘。”

仵作正色道：“我们公门中人，管这类事情，义不容辞！”

朱公道：“话虽如此，可是此案并非我县内之事，应上报开封府，由他们来查案才是。”

仵作满脸失望，又见杜捕头拾起那花，要丢入炉火中烧掉，便急忙拦住道：“烧不得，这可是证物！”

杜捕头喝道：“我不管这花是谁给你的，看把你弄得如此神魂颠倒，还是烧了好！”

朱公也拦住道：“仵作之言，也有道理。杜捕头与我先去开封府报案，上交了这毒花。师爷与文明，在这里照料仵作，不要出什么事端。”

出了开封府衙，杜捕头抱怨道：“这开封府的官人也是，只因朱公昨夜帮他们破了一案，今日出了这桩案子，便又托大人帮忙办理。”

朱公摇头笑道：“谁叫咱们是公门中人，这事也推托不得。先回客栈看看仵作情形再说。”

二人刚刚进了那客栈，便听见师爷与文明大声交谈。只听文明说道：“仵作大哥高烧不退，一直死死攥着我手，叫什么姑娘。你看我这手指，都快被他握断了！”

师爷焦急道：“这该如何是好？”

文明道：“不如你去那烟花柳巷，找个头牌姑娘来，先解了他心病再说。或许还能歪打正着，找到今晚那姑娘。”

师爷呵斥道：“你这书生，这般时节，你还只是调笑！我们公门中人，怎能做这种事？”

他们见朱公进来，便忙起身相迎。朱公道：“刚才我们去开封府报案，他们请我等帮忙一同调查。”

仵作一听，便来了精神，病也似乎好了一半，勉强坐起身来，

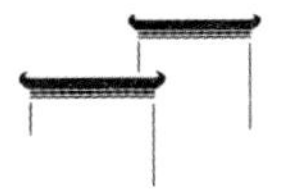

说道："如此甚好。请大人吩咐，小人自当尽全力查案。"

朱公摆手道："这次又无命案，不用你去验尸，我和杜捕头自去一趟便了。师爷和文明，继续在这里照顾你。你可记得是在哪里见到那女子？"

仵作道："这里街道不熟，我又只想着那姑娘，怎能记得是在哪里见到？"

朱公听罢，嘱咐仵作安心养病，便和杜捕头走了出去。

到了街上，杜捕头便问道："似这般无头案，大人要如何处理？"

朱公道："其实我也不知。但是我们无论如何，也要快些破案。"

杜捕头忙问为何，朱公道："你可记得你回客栈时，带回一只烧鸡？若是我们不早些破案，他们三人，便将烧鸡吃完了。"

杜捕头笑道："原来是这等小事，不妨，我一会儿再去买一只便是了。"

朱公道："说的也是。那我们现在先去买，免得天晚了，那店关门。再者仵作只说是在一清静去处见得那姑娘，并不记得具体位置，恐怕一时半刻，我们也查不到线索。"

杜捕头道："我去买烧鸡的那地方，便还算是一清静去处。可是别看那家店虽然两边路上无人，生意却兴隆，门口总有几个人买烧鸡。"

朱公一听，笑道："正巧，我们且去看看。"又对杜捕头道："你可记得，据仵作所言，他是先听到那姑娘走步声音。但是仅有环佩声响，恐不足以引人注意。这富家女子之间，时兴穿一种木底绣鞋，鞋底是空心的，里边装有香粉。鞋底还有镂空的花样，走一步便用香粉在地上印一朵花。我想那女子也可能穿着那种鞋。既然那是清静去处，那地上印花或许还在，你注意看些。”

杜捕头道：“纵然这样，汴梁城中的富家女子，出来看灯的，不计其数，这还是大海捞针。”

朱公道：“既然如此，我们先去买了烧鸡，权作夜宵，吃了有力气，再去寻找。”

杜捕头领着朱公，依旧去那家店，买了烧鸡，便继续在街上寻找踪迹。两人只顾低头查看，却不料对面一醉汉，跌跌撞撞走来。杜捕头正一头撞在那人怀中，那人“哎哟”一声，倒在路边角落里，缩作一团。

杜捕头忙叉手施礼道：“这位大哥，我们正在专心搜寻，未曾注意，一时冲撞，实在抱歉。”

再仔细看时，那人破衣烂衫，想必是一乞丐，杜捕头便又问道：“敢问这位大哥，可曾在街上见到一穿绸裹缎的漂亮姑娘？”

乞丐讪笑道：“姑娘？哪里有你们这般满地找姑娘的？若是二位大爷想寻个快活，只去前边怡红院便是。那里的买卖可是异常兴隆。”

杜捕头笑道：“想不到这里的烟花柳巷，竟然也和我们那里一般，叫作怡红院，可惜我等并不是寻花问柳之徒。敢问大哥，这汴梁城中，可有这样的大户人家：家私富足，家长早亡，只有一寡居老母带着未出阁的女儿的？”

乞丐瞪眼问道：“怎么？你二人想过去当个上门女婿怎的？”

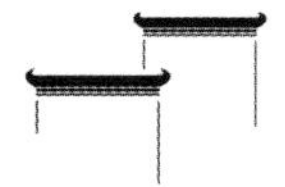

朱公笑着插话道：“刚才他是调笑来的。我们是想问：可有这样的大户人家，并非世代书香门第，而是新近发迹，家中家长早亡，由儿子当家，平日里为人豪横，时常做些违法乱纪之事，还带着个未出阁的妹妹？”

乞丐道：“照你这么说，俎一刀家便是这样。”又指着杜捕头手中的烧鸡道：“你买烧鸡的那店，便是俎家的买卖。”

杜捕头一看，包烧鸡的纸包上果然印着“俎记烧鸡”几个字。那乞丐又说道：“那俎一刀，原来是个杀鸡卖肉的，只是做些小买卖。前几年杀鸡时，在鸡嗉子里发现几颗上等珍珠，卖予一个南洋客商，得了几百两银子，因此发了家。又用那些银子置办了好几家买卖，自己只是当股东。几年下来，积攒下不少家业。前边怡红院，也是他开的买卖。这也真是世事难料，以前他也穷困潦倒，和我差不多，有时还在街上打架斗殴，偶尔还小偷小摸……可现在，真是士别三日当刮目相看了。”

杜捕头又问：“那俎一刀可曾有一妹子？”

乞丐道：“有，那俎氏小姐，听说姿容甚是艳丽，只是年纪尚小，未曾出阁，平时在街上也见不到。那说媒的人，更是踩破了俎家门槛。不过你们若是想寻些乐事，还是去前边怡红院好了，俎一刀可是得罪不起。以前未发迹时，他便是街上有名的混子，谁要是招惹他兄妹，绝得不到便宜。现在发了迹，有些个钱财，对妹子更是溺爱有加，真是含着怕化了，顶着怕掉了，要星星不敢给月亮。”

朱公听了，又问明俎家在何处，便摸出一串铜钱，答谢这乞丐。

乞丐笑道："钱却不用，只把那烧鸡分我一只腿便了。"

杜捕头道："实不相瞒，我们是公门中人，现在正在查案。这烧鸡，或许是证物，碰不得。"

乞丐一听，唬得磕头谢罪："小人有眼无珠，不知二位是官老爷。小人不要钱了，也不要烧鸡了。"

朱公忙宽慰道："这倒不必。"又塞给乞丐两串铜钱，便与杜捕头向俎家走去。

路上杜捕头问道："朱大人如何知道那姑娘家里情况？"

朱公答道："根据仵作所说，那姑娘虽举止不稳重，却未曾说半点招徕之话，连一句'欢迎客爷来我们怡红院消遣'之类的话也没有——纵使仵作不像富贵之人，那日后再与人交谈，也自然会夸赞某处姑娘姿色非常，为她带来生意。由此可见，那姑娘应当不是风尘女子。可是她那说话模样，却并不像是书香门第的大小姐，因此我又推测，她家里是新近发迹，而且是父亲早亡，家中必然娇惯非常，才似那般不懂礼数。"

杜捕头道："这些情况，属下也想到了，因此我也估计，她家里可能有一年迈寡母，才娇惯异常，这又有何不对？"

朱公捋须道："若是如你所说那般，她家没有男子抛头露面，那毒花却从何而来？因此她家必然有人当家主事，来做这不法的买卖。由此那女子必然有一长兄，平日为人豪横，称霸乡里，又对妹子十分溺爱，才会有今晚仵作所见。"

杜捕头叹服道："朱公仅凭仵作三言两语，便理出如此多的线索，

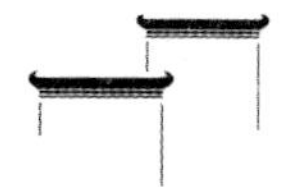

属下着实佩服。”

朱公也笑道：“比起以前，你只会蛮干，近日可是大有进步。只是还有些急于求成，以至于考虑欠些周全。”

杜捕头道：“大人教诲，属下谨记在心。”

二人边走边说，不一会儿，便到了俎家门口。只见俎家大门敞开，有个家奴模样的人，正站在大门口，哈着气搓着手指尖左顾右盼，看见朱公和杜捕头朝这边来，竟一下子慌了神，拔腿就往里跑。杜捕头手疾眼快，一个箭步冲上去，追到门里，一把揪住后脖领。那人还想挣扎，怎奈何杜捕头的手如铁钳子一般，怎么也弄不脱。

杜捕头喝道：“你这汉子，见了我们就跑，难不成是偷鸡贼吗？”

那人龇牙咧嘴道：“这位大哥，我不是贼，是这里看门的家丁，名叫俎大。”

杜捕头又喝道：“既然你是正经人，那为何见了我们公门中人，就如此慌张？”

俎大一听，忙从腰间钱袋里摸出一块银子，向后递过去：“既然这样，还望老爷手下留情，不要声张。”杜捕头本要拒绝，却被身后的朱公一把接过来了。

朱公拿了那热乎乎的银子，便收入怀中，叫杜捕头放开那家人。家丁松了一口气，又对朱公赔笑道：“这位老爷，如果还嫌不够，可让我禀明我家主人，再给老爷添些银子便是，还请老爷千万不要声张，坏了我们的生意。”

朱公点点头，笑道：“好，快带我们去见你家主人。”

组大领着二人，穿过两道门廊，来到一间书房门口，回身对朱公与杜捕头说道：“还请二位老爷在此等候片刻，待我去禀明我家主人。”说罢便敲那书房门，叫道：“主人，有两位官老爷找上门来了，您快出来看看！”

可是房内却无人应声。组大又敲了几声，还是不见有人答应。杜捕头心急，便走上去一把扒开组大，伸手用力推门，却推不动，便知屋里边插着门闩，是反插着的。

杜捕头骂道：“却又搞什么鬼？”抬起脚来，“咔嚓”一声，便踢翻了面前这两扇门。

组大慌忙冲进屋内，却看不到主人。左右寻找一阵，忽然指着墙角叫道：“看那不是我主人？怎么趴在那里？”说着便要抢上去扶。

朱公一把拦住，说道：“且慢，待本官去看看。”说罢朱公便走过去，看那地上的人，脸贴在地上，额头顶着墙根，头上有一小片血迹，墙上被头抵着的地方也有血迹。朱公将手探过去摸了一把，又翻过他的脸看了看，随即摇头道：“你家主人血脉停滞，身上已经发冷，看来已经不行了。”

组大叹道：“想必我家主人听说是官老爷来了，心里害怕，便一下纵身扑过去，栽在墙角碰死了。”

朱公一听，回头冷笑道：“你怎知他是自杀？照本官看来，你主人绝非自杀！”

组大疑惑道：“大人为何如此肯定？”

朱公高声道：“先将你们宅中的人都召集过来，不得有误！”

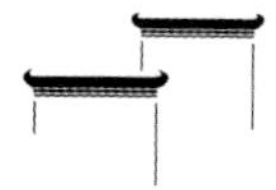

俎大道：“这个好办。”不多时，便叫来一个瘦高的中年汉子。

那汉子道：“俎宅管家段忠拜见老爷！”朱公看他面色微红，似乎还有些酒气，想必是趁此元宵佳节，贪了几杯，便问道：“其他家丁为何不来？难不成都喝醉了？”

段忠拱手答道：“回禀大人，这几天给仆人们都放了假，只留下俎大来看门。除了小姐的贴身丫鬟，其余人等都回家去探亲了。”

朱公又问道：“那俎家小姐，现在何处？”

段忠含混答道：“月芝小姐和丫鬟上街游玩，不知是否回来了。俎大，你在这里看门，可曾看到她？”

俎大摇头道：“不曾。”

朱公道：“既然这样，待本官先查看一番，再去找那月芝小姐。”说罢，朱公将刚才所见情形，又与段忠说了一遍。那段忠只是听着，并不曾有何反应。朱公讲完，便伸手扶起那两扇摔得斑斑驳驳的书房门，检查内侧的门闩——那门虽是被杜捕头踢坏了，却还是能看出，内侧门闩之前是插着的。接着朱公又在屋内桌上地上仔细查看。

俎大此时有些沉不住气，问道：“这位大人，刚才您说我家老爷定然不是自杀，有何根据？”

朱公道：“这也不难，你可演练一番：若是额头撞在墙根而死，鼻梁八成会在地上摔断。就算轻些，面门也必然擦破。可这俎一刀的脸上，却没有擦伤。”

杜捕头上前道：“如此说来，这便是一桩凶案了！”

朱公摇头道：“却也未必——不过本官觉得，此案并不重要。”

杜捕头疑惑道："出了人命案子，怎么还不重要？"

朱公低声道："这件案子，我在一炷香内便可破获。你若是仔细查看，想必也不难解决。只不过其中隐情，却盘根错节，不易察觉。你我若是不快些办完这边的事情，恐怕又有几个人要遭灾受难了。"

杜捕头在一旁琢磨，却也不知朱公是什么意思，可是见段忠和俎大在旁边站着，也不好多问，只得闷声跟在朱公身后查看书房内的各般物件。

段忠看朱大人不断低头仔细查看，有些不耐烦，便问道："这位大人，为何不赶快立案，却在这边勘查什么？"

朱公并未停下，只是皱眉答道："我只是有些不明白，你家主人既然不可能是自己撞墙而死，头上却有钝器打伤，那必然是被他人拿硬物击打头部致死，或者是自己拿钝器自杀，再被人移动尸体——因为本官刚才已经说过他不可能是撞墙自杀的。可是房中却不见有疑似凶器之物。"杜捕头一听，笑道："大人可还记得文明的案子？这屋里家具都是大件，沉重异常，用来打人想必不方便，因此这凶器，想必是桌上的砚台！"说着便走到那乌木大桌旁，拿起桌上砚台一看，不由得满脸苦笑——那砚台上满是墨迹，而且并没有擦拭过的痕迹。

朱公看屋内没有疑似凶器之物，便自言自语道："看这书桌和地上都这么干净，想必那凶手已将凶器移走了。"又走到俎一刀身边，抓起他的衣袖一看，不由得问道："这俎一刀袖口上，为何还有些较新的墨迹？"

段忠上前答道："回禀大人，我家主人是发家之后，才学了些书

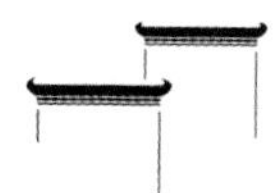

法。平时晚上闲时也练两笔字。”

朱公点头道：“那月芝小姐，也会写字吗？”

段忠答道：“月芝小姐也是在发家之后，和我们主人一起学了一段时间，认得些诗书。”

正在这时，只听那书房的两扇门“啪”一声，倒在地上。这一下，别说把屋里的四个人吓了一跳，连外边推门的两人也吓了一跳。

朱公向外一看，才放下心来，冲门口问道：“你们两人不在客栈里看护仵作，怎么摸到这里来了？”

师爷和文明有些不好意思，连忙各扶起一扇坏门板，重新摆好。

文明看到那门闩，不由得讪笑道：“我还真道是我俩变得神力非常了，原来这门已经坏了。看这样子，想必是杜捕头弄的。”

师爷上前解释道：“回禀大人，我两人在客栈看护仵作时，听到外边来了个摇串铃的巫医，唤作什么杨半仙。文明便出了个主意，骗那巫医进来与仵作治病。那巫医进得门来，看了仵作情形之后，果然说什么邪魔缠身，要驱鬼几天。我俩便当面拆穿了他，逼问那让仵作害病的毒花是从何处来的。他开始死不承认，我俩便将他捆起来，从店家的鸡毛掸子上拔下几根鸡毛，来刮他脚底。他挺刑不过，只得告诉我们，全城的毒花都是从俎宅这里来的。”

朱公听罢，不由得笑道：“这鸡毛之刑，恐怕只有文明能想到了！”

师爷又道：“我俩本来准备先来这里探个虚实，再向开封府报案，谁知听见朱大人在这里说话，便直接推门进来了。”

文明本来还想玩笑几句，忽然发现墙角死尸，惊得后退一步，忙向朱公问道："这里如何趴着一具尸体？他可是这家的人？大人可知道这命案是何人所为？"

朱公听他一连串问了这么多问题，只得肃然道："这便是俎宅的主人俎一刀。本官初步推断，看他袖口上墨迹未干，应该是刚被人杀害的。"

杜捕头接着解释道："可是我和大人刚才查看了一番，却没见到屋内有疑似凶器之物……"

朱公突然低声喝道："且慢！"说罢伸手拿起桌上那方砚台，问俎大和段忠道："既然这砚台摆在桌上，俎一刀袖口还有墨迹，他刚才便应当是在练字，不慎沾污了衣袖。为何这桌上如此干净，你家主人写的字在哪里？"

俎大与段忠面面相觑，都无言以对。朱公说罢，又看见旁边放着一块墨迹斑斑的大抹布，便展开看了看，好像是自言自语，又像是问俎大和段忠道："这块擦墨的抹布也忒大了些！上边墨迹尚湿，应当是刚刚用过，可这砚台为何还是如此不干净？"

俎大突然道："大人，外边好像有人来了！"

杜捕头有些急躁，不由得喝道："我们大人正在考虑案情，你少在这里打岔！我怎么没听到有什么人声？"

俎大辩解道："我是这里守门的人，平日里有个风吹草动，都不会听错，怎么不知有人来？"

朱公拦住道："想必是月芝小姐回来了。你们且先不要告知她，免得她见了这般情形，抚尸而泣，碰坏了这里的痕迹，有碍本官勘

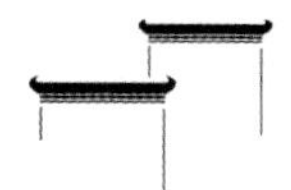

查出杀害俎一刀的凶手。”

朱公突然又问师爷道：“那杜捕头买来的烧鸡，你俩可曾享用？”

师爷道：“不曾，大人尚未归来，小人怎敢独享？只是文明那书生，禁不住馋虫作祟，三番五次要吃，都被我拦住罢了。”

文明忙在身后拉了拉师爷衣襟，示意他不要再说。朱公捋着颔下胡须笑道：“很好，很好。”

朱公又走到俎一刀的尸首旁，再次仔细查看，发现他另一只袖口上并没墨迹，却沾有一小片血迹，不禁脑中闪过一丝灵光，便离了那尸首，继续在房中其他地方搜寻。朱公走到墙角，看到有一个乌木的小橱柜，便打开来，只见一锭锭官造的银元宝摆在里边，还有一架称银锭用的小秤和一册蓝皮账本。

杜捕头上前问道：“大人可曾有所发现？”

朱公不答话，摆摆手坐在桌边，将茶壶拿起来，给自己倒了杯半温不凉的茶水，慢慢品着。其他五人只得站在一边看朱公在那里边摇头叹气边品茶，也不敢说什么。杜捕头本来就是闲不住的人，如今又看朱公兀自坐在那边饮茶，旁边还趴着一个死人，更觉阴冷非常。这般勉强等了约有一炷香时间，杜捕头实在忍不住了，便上前唤朱公道：“大人，如今这里出了命案，大人又说要赶紧解决，为何还在这边优哉游哉地品茶？”

朱公也觉时候到了，便笑道：“我看你是怪我不曾让你几杯是吗？”再拿那茶壶，却已经快空了。

朱公又道：“本官刚才是在考虑案情，并非品茶，只是不知不觉便喝了这许多。现在我已经将这案件的来龙去脉全部理清了。”

杜捕头顿觉哭笑不得：“朱公还说这次案件简单，竟然思索了这般长久。属下还记得，大人平日里断案，在屋中踱几步，便能想出其中前后情况，为何今日却坐在这里，喝着茶想了这么久？”

朱公道：“你还是怪本官饮尽了茶水吗？实不相瞒，这茶水并不可口。”

杜捕头笑道：“属下并不是计较这些，只是觉得今日大人有些奇怪，非同寻常时节。”

朱公对三位属下笑道：“我是想，这般简单的案件，不用本官亲自办理也可，刚才只是等你们几个，希望有谁能茅塞顿开，说出此案内情。其实本官刚才已经给你们三个足够暗示了。”

三位属下听罢，都面面相觑，却没一人说话。还是文明上前求道：“大人平日里不是这般爱拿堂卖关之人。今天为何如此遮遮掩掩？”

朱公低头沉吟道：“本官并非遮掩，只是思考案情。同时，还有些难言的内情在其中，希望当事之人会主动来与本官说明。”

师爷也上前道：“大人这次怎么考虑不周了？凶手怎会自己来承认？”

朱公摇头道：“师爷误会了，本官并非那般意思。”看到众人已经被绕得晕头转向，朱公突然高声说道：“好了！还望段管家与俎大引我们去月芝小姐那里，叫她一并来听证。然后，本官便将这案件的前前后后，详详细细地告诉各位。”

俎大上前请求道：“何劳大人费心，让小人去叫大小姐来便是了。”

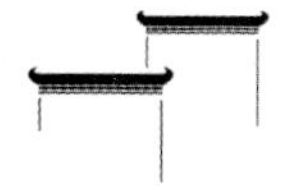

朱公道：“不妨事，只带我们四个同去则可。”

段忠忙在一旁叫道：“大人且在此等候片刻，小人去叫月芝小姐来见大人。”

朱公一摆手：“无须多言，速速带本官前去。月芝小姐可与本案有重大关联。”

段忠有些沉不住气，强压怒火道：“这位大人也不知是哪里来的官员，贸然来我们宅中，就看到我家主人被害。如今三更半夜，又要去我们小姐深闺内宅查看，不知是何居心？难道大人有某些怪癖吗？”

俎大也在一旁帮腔道：“管家说的是。这几位上来就说是官爷，却并未出示凭证。由这位刚才蹭吃蹭喝之举来看，定非真正的官人，只不过是一假扮官府前来偷香窃玉的猥琐大叔而已！”

杜捕头哪里能听得了这般话？一把掏出腰牌在二人面前晃道：“你俩睁眼看看，我们可是假官人？”又挥拳喝道：“谁在你家蹭吃蹭喝？刚才我们大人顶多是蹭些茶水喝，哪里有蹭吃的？”挥拳之际，才发现手中还提着那只烧鸡，便更加来劲，叫道：“我们自己有带吃食，也不用你的。”

俎大只得叹口气道：“我等明白，现在就带几位老爷去内宅便是。”

众人到了后院，管家介绍道：“这后边大屋，就是月芝小姐的住处。外屋住着一个贴身丫鬟，里屋便是小姐的卧房。”说罢，便敲那屋门，却不听有人回应。

俎大自言自语道：“却是作怪！为何今天敲门，屋内人都不在？

难不成又是一桩命案？”

段忠白了他一眼，低声骂道：“乌鸦嘴！”又对屋内喊道：“梅香！大小姐！段某可要进来了！”说罢伸手轻轻一推那两扇房门，那门便如活的一般，“吱呀”一声左右分开了。

朱公等人进了屋里，顿觉眼前一亮：这屋内陈设装潢，虽说不上是富丽堂皇，也颇有一番华贵的雅致。屋内不仅香气缭绕，更兼那墙上几幅名人字画，窗台上仿古瓷瓶中插着几朵鲜花，娇艳欲滴，又为这屋内添了几分书卷之气。朱公心中暗想道：“若是无人引荐，恐怕会以为这是哪家中了秀才的公子的房间。”

管家段忠四下一打量，见屋角一张小榻是空着的，便对朱公道：“这外屋并不是小姐卧房，平日里小姐只是在这里学习书画，由丫鬟伴读。晚上丫鬟便睡在屋角的那小榻上，给小姐看门。现在那丫鬟的小榻还是空着的，恐怕还在外边和小姐看灯，未曾回来。”

朱公点点头，说道：“既然这样，就可以直接进里屋看看了。”

段忠拦住道：“既然屋内无人，为何还要进小姐闺房观看？难不成真如俎大所言，大人实际上是——”尚未说完，杜捕头就上前打断，喝道：“满口胡言！我们朱大人要怎样，自有他的道理。若是你胡乱阻拦，到头来破不了案，你可要担些责任！”

段忠听言，便不敢作声了。朱公推开里屋门，叫俎大点上灯烛，屋内顿时一片大亮。众人此时才注意，屋里靠内墙处还有些轻微的呼吸之声，不由得一同扭头观看。不看则已，这一看，众人不禁都大吃一惊。

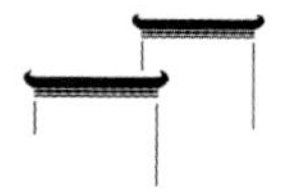

俎大仗着胆子，向那有声处探了几步，仔细观瞧，只见是一个年轻后生，独自睡在小姐的绣花床帐之中。其余众人见没什么危险，也都围了过来。段忠一看，拍着大腿叫道："月芝小姐虽然平日里有些男子脾气，可也没想到竟做出这等败坏门庭之事！竟然让这奸夫睡在屋里。"

俎大也附和道："八成是这奸夫与我们主人起了口角，将主人杀害了。"

杜捕头道："你为何如此说？可有凭据？"

段忠道："依小人所想，这奸夫多少与主人之死有关。大人应该先将他抓捕起来，到官府仔细盘问，将他这引诱良家妇女、杀生害命之行都记录在案，数罪并罚！"

杜捕头急道："你这般奸夫长奸夫短的叫！我们公门中人，查案抓人，最讲凭据，哪能这般随便定人罪过。"

俎大道："既是这般，将他叫醒了问问便是。"

杜捕头气急败坏道："你若是这人，半夜被叫醒了，即便真是奸夫，会老老实实承认吗？"说罢又转脸看朱公："朱大人，您看这……"

朱公走近仔细看了看，微微一笑道："果然不出我所料！"说罢转身面向众人，正色道："此案之来龙去脉、各处细枝末节，本官已全部厘清。现在请师爷和文明去找开封府的官差过来。其余人等，与我去俎一刀房中，待我将这案中前后详情，细细讲与你们。"

段忠问道："那这奸夫该如何处置？让俎大找来绳索，将他捆结实，在这里仔细看管才好。"

朱公道："这倒不必，只将这门反锁上便可。看他现在睡得正熟，谅也跑不到哪里去。"

师爷与文明听了朱公指派，快步出去寻找巡街的官差去了。其余三人，又跟随着朱公，重新回到俎一刀房内。

到了俎一刀房中，朱公将那两扇坏门重新立好，封在门口。又看了看墙角，那尸首还在原处，便坐在桌边，对三人说道："本来我还想去月芝小姐那里打听些事情，可现在小姐也不知何处去了——不过现在也无关紧要，因为本官在月芝小姐房中也勘查到了些蛛丝马迹，已经将此案完全弄清了。"

杜捕头上前道："既然如此，请大人快快讲明，属下洗耳恭听。"

朱公笑道："我且先说说这凶犯的手段：刚才我等搜查了半日，却不见凶器——其实，这凶器就在这屋子里，只是我等开始时没有注意。"

段忠问道："既然如此，那大人且说说凶器是何物？"

朱公笑道："这凶器就在我们眼前，其实就是——"说罢起身一指墙角的那个乌木小橱柜，"就是那些银子！"

杜捕头哭笑不得道："大人莫要这般说笑了，一锭银两，纵然够硬，却也太小了，怎能将人砸死？用这东西当凶器，最不顺手。"

朱公道："杜捕头说的也是，因此凶犯还需要另一样东西来帮忙。杜捕头可知道，有一种暗器叫流星锤？"

杜捕头拍案道："属下当然知道，这流星锤，也是常用的兵器，链子前端有一锤头，小如胡桃，大如倭瓜，形式不一……可这与本

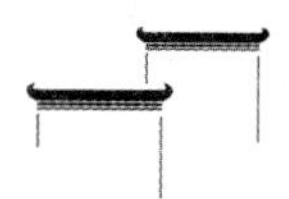

案有何关系？难道这银元宝，也能绑上绳索，做成流星锤？可是这器具一时半刻，又怎能做成？何况流星锤这东西，没有几年功夫，也使不好。若是随便拿出来用，反容易伤了自己。”

朱公笑道：“杜捕头误会了，我并非说凶犯是用真正的流星锤，而是用类似的东西。你们练武的人应该都知道，兵器抡起来，可是一斤顶十斤的分量。因此只要这东西够硬，抡起来便威力大增。杜捕头且看那橱柜中的银两，大约有多少？”

杜捕头朝那橱柜扫了一眼，答道：“虽未细细数来，怎么说也有六七十两。”

朱公道：“六七十两的银子，也顶得上锤头的分量了——依据本官推测，这银子原来是包在包袱中的。这凶犯正是拿起那装满银两的包袱，兜头打来，杀害了俎一刀。”

朱公转手一指桌上，“那包袱皮，正是那块抹布。由于包袱打破俎一刀头颅，因此包袱皮上必然沾血。凶手可能怕把包袱皮丢在别处，被人搜查到，又来不及跑远——因此为掩盖痕迹，便将墨汁倒在上边，盖住了血迹。可是俎一刀被打伤头部时，必然护住伤痛之处。因此左手袖口有一片血迹。由于被打得太重，他踉跄了几下便死了。”

三人听罢，都低头不语，若有所思。

杜捕头又问道：“刚才大人还看到，这俎一刀的右袖口上略有墨迹，那是为何？”

朱公道：“这答案还在屋内。此案当中，我们若是按照常理来想，便如何也想不通——就好比寻找凶器时，若勘查通常所想到的铁锤、板凳、砖头等凶器，便没有头绪。这墨迹也是一样：我们都以为是俎一刀练字的时候沾上的，其实另有原因——现在刚刚年初，我推测俎一刀是核对去年账目之时，将墨迹沾在袖口的。”

说罢朱公便走到乌木橱柜前，取出账本，翻开一看，笑道：“果然是新抄写的账目。你们来看，这页还有字迹被抹过的迹象。”

三人一看，果真如此。朱公道：“那本官就有些不明白了：俎一刀是生意人，账本对他来说，可算是最重要的东西，为何这般草率，将这账目抹乱？因此，他必然是在核对账目之时，发现有差错，一气之下，用手掌拂抹了这新抄的字迹，使得袖口上也沾了些墨迹。”

杜捕头接着道：“那按照朱公所言，俎一刀看账目之时，这凶犯就在他面前了？”

朱公点头道：“正是。因为现在家中没有其他仆役，俎一刀看到账目不对，必然派人将抄账目的人叫来，这便只能叫段忠或是俎大去叫那人。段忠或俎大便知道他是谁了！实际上，他二人并不承认，可见这传话叫人的事情，并未发生。”

俎大惊道：“由此说来，这抄账本之人，必然在这家中了？”

段忠拿过那账本，看了看道：“小人我虽是这里的管家，却从未见过这本账目。去年末小人核对各处买卖的账目时，也没见过这一本。难道说，主人是让月芝小姐帮忙抄账目的？”

朱公并未答话，依旧接着说道：“凶犯将俎一刀杀害之后，慌忙将尸体挪到墙根，假作撞墙自杀。只可惜尸体头部受伤处靠墙的位

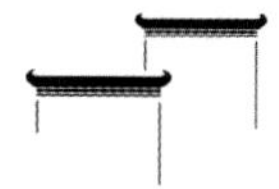

置太低，反露了马脚。接下来，他又将包袱皮倒上墨汁，改作抹布，将那些银子和账本都放在那乌木橱柜里，便自以为天衣无缝了。或许他还将组一刀那擦抹字迹的右手也擦干净，可是那袖子上的血迹和墨迹，是如何也擦不掉的！”

杜捕头说道：“大人所言甚是有理，若是再给死者换衣，便有可能来不及了。可是属下还是有一事不明：大人可曾记得，我们刚来这里时，门是从里边反插着的，还是我踢坏了门，才得以进来的。那凶犯若是在屋内杀害了组一刀，他是如何反插上门后又离开的？难不成是先躲在屋中，等我们开门进屋后，再乘机逃跑的？”

朱公笑道：“除非他有仙法，否则我等进门就查看一番，如何看不到他？”

杜捕头又问道：“既然这样，那为何门从里边被插上，屋里却不见有活人？”

朱公答道：“其实你差一点就能明白了。刚才杜捕头正巧说反——其实凶手并不是反插上门后离开的，而是先离开后再将门插上。”

段忠笑道：“大人说笑了，这么说那凶犯还是有仙法，可以隔着门将里边的门闩插上？”

朱公道：“非也。其实从外反插大门之法也很简单。”说罢朱公走到门边，指着那门上木头格子里糊着的白纸道：“大家且看，凶犯只需将一根线拴在门闩把手上，再穿上一根针，刺过白纸，将线引出屋门外侧。因此关上屋门之后，一拉那线，就可以将门闩插上。若是做这般手脚时被人发现，也可以说是里边屋门插上，叫主人又不应声，想看看里边情形，然后再假装撞开门便是。撞门时那人故意大力，将那门扑倒，门上这些白纸便极其容易摔破——这针眼痕迹，本来就难以注意，更兼天色已晚，又加上屋外人肯定心急，必然不会在意。按照这样一来，那白纸上的针眼便彻底毁掉了。即便开门时那凶犯碰巧不在场，同时那针眼又万幸未被毁掉，他后来再到这里看时，也可以悄悄捅破有针眼的那一格白纸，破门上多一个洞，又有谁会注意？至于那针线，可随意藏在身上，趁人不备时，再随意丢在院中什么地方，也不会有人注意。就算真的找到，针线上边也留不下什么痕迹，不能当作证物。”

三人都点头称是。

杜捕头听到此处，似乎明白了些，便问朱公道：“如此说来，那杀害俎一刀的凶犯，我们便不能凭什么证物将其抓获了？”

朱公道：“这倒不是，我们既然是公门中人，自然还有其他办法叫凶犯招供。”

杜捕头一拍脑袋：“对！我怎么忘了？只要将这俎宅中的人，抓到开封府大堂之上，动一阵大刑便可，不怕那凶犯不招！”

朱公摇头道：“这可不行。随意动刑，最容易屈打成招。”

杜捕头急道：“那我们该如何来办这案子？”

朱公笑道：“这个不难，刚才本官已经说过，此案只是一简单案件，重头戏还在后边；也就是说，我等看到的这个案子，只是表象而已。”

杜捕头催促道：“大人不要这般卖关子了，还望大人赶快说明凶犯是谁？”

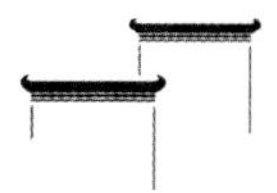

朱公道：“其实本官早就发现了，凶犯就是……”说着抬手一指，“就是你组大！”

组大一听，慌忙分辩道：“你有何凭据这样说？少在这里红口白牙地冤枉人！”

朱公笑道：“你这家伙甚是刁滑，若非本官将证物拿出来，想必你也不会承认。”

组大急忙问道：“大人指认小人是杀人凶犯，可有何凭据？”

朱公从身边取出一锭银子，在组大面前晃了晃，问道：“组大，你可还认得这一锭银子？”

组大看了看道：“这不是刚遇到大人时，小人打点用的那一锭银子？这可是官造的银元宝，有何不对之处？”

朱公正色道：“当时本官接过这锭银子后自己收起来，并非是贪图这点小利，而是发现这锭银子颇有诡异之处。”

组大不由得眼睛又睁大了些，结结巴巴道：“这银子……有何诡异？它在小人身上装了半天，小人怎不知道！”

朱公道：“不是不知道，而是未曾注意！你可记得，这银子递给我时，还是热的——这可就奇怪了，如今正月天气，正是寒冷之时，你这银子又是放在腰间钱袋中的，不是贴肉掖在身上的，为何会是温热的？”

组大一听，不由得低头倒吸了一口冷气，眼珠转了几下，低声答道：“其实……小人也不知那银子为何是温热的……”

朱公义正词严道：“那就由本官来告诉你！你用银包袱打死组一

刀时，那包袱上必然沾有血迹。那包袱皮只是薄薄一层布，因此必然也有些银锭沾上血迹。这人血干涸最快，所以你在将那些银子摆在柜中时，就不得不用那块包袱布用力擦去某些银锭上的血迹。这金银铜铁之类，最易摩擦生热，那锭银子摸上去便不似一般的银锭那样冰凉了。”

俎大叹气道：“真是‘若要人不知，除非己莫为’。大人最早是何时开始怀疑小人的？”

朱公道：“自从第一眼看到你，就觉得你十分可疑，因此之后就倍加留心。”

俎大问道：“难道小人天生长着一副作奸犯科的相貌吗？”

朱公道：“我们抓差办案，最忌讳以貌取人。本次我也不会只凭长相妄加判断，只是看你搓手的样子颇为奇怪。”

俎大道：“这天气正冷，搓手取暖，有何不对？”

朱公道：“平常人搓手取暖，都是搓着整个手掌，而你却只是搓弄指尖——后来我又联合那些关于账目的猜想，便明白了，你定是替俎一刀抄录账目，指尖沾上墨迹，为了避免让人发觉，故此用力搓掉。”

俎大听罢，垂头丧气道：“朱大人果然是明察秋毫，小人甘愿认罪伏法。”说着双手往前一递，“只是恳请大人将小人押到衙中，赐小人速死。”

杜捕头见状，便取出腰间绳索，将俎大双手拴了，就要拉俎大走，朱公连忙拦住道：“且慢！俎大，想必你还记得，本官刚才多次说过：

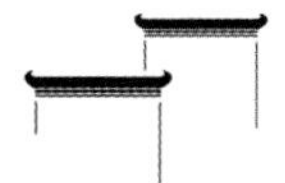

本案背后，另有玄机。你休在这里避重就轻，侮辱本官的才智！”

俎大一挺身，满脸茫然道：“小人都承认杀人害命了，还有什么避重就轻之理？”

朱公笑道：“你这刁滑之徒，只承认了杀害俎一刀之事；可是你以前和俎一刀同谋，害了多少人？还不快与我从实招来！”

俎大结结巴巴回答道：“大人这说的是哪里话？小人……实在是听不懂。”

朱公正要解说，杜捕头突然拦住道：“大人，至于这些问题，还是把他送往开封府衙，让本地的官人慢慢审问好了。您可曾记得，刚才还说要快快了结此案，若不然就会有其他祸端——可又为何这大半天来一直都不慌不忙的？”

朱公笑道：“我之所以这样，一则是由于那灾祸已经自然解除，二则要仔细理顺这案中各种线索痕迹，这第三嘛……咱们以后再说。杜捕头，你没发现这俎大的各种行为十分奇怪吗？”

杜捕头答道：“那是当然，俎大见了我俩就逃，当时便是因为刚杀人而心虚了。”

朱公听得此言，摇头道：“非也非也。”

杜捕头又连忙说道：“想必是他家平时造毒花，见我们过来，以为要捉拿他，才慌忙逃跑。”

朱公又摇头道：“非也非也，咱们当时又没有拿着毒花前来，怎知道咱们是为这事找他家说理的？”杜捕头低头沉思道：“那……却是为何？”

朱公伸手冲着杜捕头一指："答案就在你手中！"

杜捕头将手中提着的烧鸡看了看，仍觉疑惑不解，问道："这烧鸡，又有何不对？刚才连乞丐都只要它而不要钱，不正是说明这烧鸡口碑极好，让人欲罢不能吗？"

朱公并未答话，兀自说道："当时咱们两个是穿着便服来的，又没有拿其他东西，可俎大却见了我们就惊慌逃跑，我便思索他为何如此害怕。后来我再结合他的种种行迹，便做下一个大胆的猜测：这俎一刀发达之后，为了让生意更加兴隆，不惜在烧鸡中加了使人上瘾的慢性毒药。由于这种药物对人身伤害较小，因此人只有长期食用这烧鸡才可能致死，这样即使闹出人命，也不会有人想到死者是因为长期食用俎记的烧鸡而毒死的。今晚我们提着烧鸡来这里，俎大便以为是我们家吃死了人，并发现了这烧鸡中的玄机，才找他们来打人命官司的。这样的官司一旦打起来，以前吃过俎记烧鸡的民众，必然不会饶恕他们。若是官府再查出以前有多少人是因为吃他们的烧鸡而死的，那恐怕他们要被判个凌迟的罪名了。"

杜捕头点头道："这样一来，俎大所编造的俎一刀撞墙自杀的动机，也说得通了。"

俎大问道："这些隐情，大人顶多能猜测，又是如何确定的？"

朱公道："与此事相关的证据就太多了。比如说，当杜捕头挥舞着烧鸡和你斗嘴时，你满脸失落之色，本官就推断：你发现我们并不知道这烧鸡有毒，绝非因此事来找你们打官司的，便为损失了一锭银子而后悔。再者俎大刚与我们见面时，请求不要坏了他们的生意，

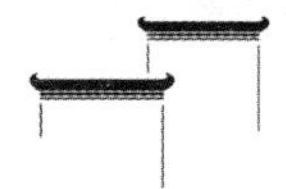

也是指不让咱们揭发他家贩卖搀了毒的烧鸡。”

杜捕头突然醒悟道：“大人，我明白了，你说的要快速办完此案，免得另外一些人遭灾，是害怕文明与师爷吃了那有毒的烧鸡。当得知他俩安然无恙，并未吃鸡时，便安下心来，慢慢处理此案了。”

朱公笑道:“正是如此。跟随我的这些时日，你可是大有长进——可惜只是答对了一半。”

杜捕头接着问道：“那另一半是什么？”

朱公道：“现在本官还不便讲明。”

杜捕头恍然大悟道：“是不是大人开始说组一刀有可能是自杀后再被人挪动尸体，是为了故意引那凶犯上钩，随着您那条自杀的思路走？”

朱公道:“这倒不是。你若是洞悉了组大的动机。这便不难理解。”

杜捕头一拍脑门，说道：“对呀，分析了半天凶犯的手法，还没想到这动机是什么。”

组大抬起头，有气无力地问道：“想必大人也知道小人杀死组一刀的动机了？”

朱公道：“本官正是了解你的动机，才断定你是杀人凶犯的！本官若是没有猜错，那个当时出高价买了组一刀几粒珍珠的南洋客商，应该不仅仅只是和组一刀做珍珠生意。南洋各国，历来盛产各种珍奇草药，当然也有不少能使人上瘾的毒物，这烧鸡和毒花中的药物，恐怕都是那个客商提供的。你倒说是也不是？”

组大答道：“朱大人猜得确实没错。”

朱公道："还不只这些，俎一刀还开了家叫怡红院的风月场所，那里给客人们吃的酒菜中，想必也搀了和烧鸡里一样的毒药，因此才生意格外兴隆。"

俎大这次干脆不说话了，只是点头默认。杜捕头问道："大人说这些毒品的来源，与俎大的动机有何关联？"

朱公笑道："你且不要着急，想想看，俎一刀做这么多见不得人的生意，是不是还要用个帮手？"

杜捕头道："若是用帮手，也应该叫管家段忠帮忙，怎会叫这个看门的俎大做如此私密的事情？"

朱公捋着颔下胡须笑道："杜捕头言之有理，俎一刀确实'应该'叫段忠来帮他处理这些违法乱纪的事情。可正是由于大家通常都会这样想，俎一刀和俎大的阴谋诡计才不会被人轻易发觉。"

杜捕头又问道："那俎一刀为何会选俎大这个普通的下人来做他的帮手？大人又是怎样发现俎大和俎一刀暗地里还有这层关系的？"

朱公对杜捕头解释道："不知你是否注意，现在年关放假，仆人们大多都回家了，只有俎大、段忠和月芝小姐身边的丫鬟留在这里。"

杜捕头答道："那是当然，俎大是看门的，段忠是管家，丫鬟又必须跟在小姐身边。"

朱公道："表面确实是如此，实际上，是由于俎大与俎一刀关系非同一般。不知捕头可还记得，俎家以前只是杀鸡卖肉，这几年才刚刚发家，因此这里的奴仆肯定都是近些年才招来的，不可能从小在这里长大。我又听了段忠的名字，便知道俎家并没有奴随主姓的

规矩；这俎姓又不是常见的姓氏，因此我就推测俎大很有可能是俎一刀的同族亲戚，而且关系较为亲密，这样他才会成为俎一刀作恶的帮凶。至于他俩的亲戚关系，可能大多数人都不知道。即便知道，看俎大不过在这里看门，地位低下，也会觉得他和俎一刀实际上关系并不甚好，俎一刀不过是看在同族亲戚的面上，勉强给他个营生罢了，绝不会怀疑他俩有何机密行径。现在宅内人员稀少，丫鬟总是跟着小姐，而段忠这人，我看他又是不愿意多管闲事的，这就正好给他二人一个机会，使他俩明目张胆地凑在书房内，商量这有关毒物的账目，也不怕别人发现。”

俎大忍不住道：“大人说的没错，我和俎一刀是同族兄弟，从小一块儿玩大，现在还帮他做这些见不得人的生意，可是他却……”说着便语气哽咽，不能说话。

说朱公叹道：“这点我也知道。俎一刀这个暴发商户，虽然有不少钱财，却极其吝啬。他正是在书房中对照你新抄录的账目核对银两时，觉得你有私匿银钱之嫌，气得抹了账目，打骂你手脚不干净。你因为是他的同族兄弟，必然和一般下人不同，便和他争吵起来。俎一刀从小就在街上打架斗殴，火气大时，就动起手来。于是你就顺手抓起桌上那还没有打开称量的银包袱，兜头砸了他，这一打便使他一命呜呼了。然后你又快速收拾好这屋里，再装作若无其事，走出俎宅想趁机离开，好扮作不在场的样子，谁知正好被我们撞见了。”

杜捕头笑道：“幸好我们来得及时，要是再晚一小会儿，那块银子恐怕就凉了。”

朱公也道：“也多亏俎大下手麻利，否则在他收拾屋里时，那银子就凉了。”

俎大低声道：“小人起先并没有杀他的打算，只是失手打死了他。为了免于官府的责罚，才把他假扮成自杀。可惜还是心中慌张，留了破绽。”

朱公正色道：“你和俎一刀一样，不过是市井闲人出身，怎能想到这从外头插门的计策？”

俎大答道：“那个南洋的客商，也是不法之徒。有一次俎一刀和他一并喝酒时，那客商当笑话告诉俎一刀，说他曾经在南洋杀了人后这样收拾，当地的那些官吏也只是当作自杀案来办。后来俎一刀又随口告诉了我。”

朱公笑道：“那个南洋客商，仗着这里与他国家远隔万里，语言也不通，便敢在这里随意说话，谁料今天竟然犯了案了。杀人之事，是在他们那边犯下的，我们不便多管；可是单单这走私毒药之行，我们就可以治他个死罪！”

杜捕头又问道：“那朱大人刚才说俎一刀这人极其吝啬，又有何依据？”

朱公道：“这线索可就太多了。你看俎一刀如此富有，却不把银子存在钱庄银号当中，还要在自家准备小秤，还要亲自称量这些已经印着分量的官造元宝才放心。正是他这多疑又贪利的脾性，才使他怀疑自己的同族兄弟，生出口角。”

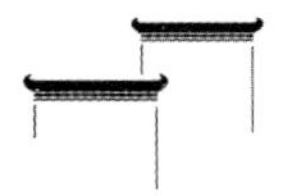

杜捕头接道：“可是俎一刀新近发家，有些以前留下的守财奴脾气，也是合情合理的事。”朱公道：“若按照你这样理解，也说得通。可接下来几件事，便颇为不合常理：刚才本官喝了他一壶茶，发现他的茶水是极其劣质的下品，还不如平常百姓喝的茶好，你说这不是吝啬非常吗？”

杜捕头笑道：“原来大人刚才喝着茶一直皱眉，是因为这茶不好啊！既然那茶水如此劣质，为何大人还在那里喝了半天？”

朱公笑道：“我刚才也说了，是想让你们几个发觉些线索——你们在屋里站了半天，难道不觉得身体有些不适吗？”

杜捕头思量道：“这么一说，当时果然是有些不自在，只是有些发冷。”

朱公道：“正是如此。现在这正月天气，尚且寒冷，可这俎一刀屋内，却连个取暖用的炭火盆也没有，足以见得这人十分吝啬。只有俎小姐房内，春意盎然，暖气融融，可见他只是对妹子十分用心。可是也正是因为这屋中寒冷，俎一刀的尸首放在地上，竟然比放在俎大荷包里边的银子冷却得快，才让一般人难以捉摸这一条条线索的发生顺序。另外，俎一刀尸首的温度较低，也是本官判断他并非刚刚自杀的证据。”

俎大叹气道：“要是这俎一刀稍稍大方些，弄个火盆在屋里，我也不会冻着手给他写账目，窝了一肚子火，更不会留下这包袱皮做证物了。”

次日晌午，仵作从床上醒来，睁眼瞥见卧房门口阳光耀眼，想必已日上三竿了。杜捕头在旁边坐着，见仵作醒来，便笑呵呵问道："你在这绣房里住了一夜，可睡得香甜？"

仵作敷衍着答应了一声，又想着昨晚的事情，低头不语。杜捕头将屁股下的板凳往前挪了几步，坐到床边，问仵作道："你还不老实交代，昨夜办了什么好事，怎睡到这小姐床上来？"

此时朱公也走了进来，止住杜捕头道："你看他身上衣服整整齐齐，能有什么事情？"

杜捕头笑道："属下明白，我是故意与他玩笑的，这床单被褥，也是干干净净的，故此昨晚并没有什么风花雪月之事。"

仵作正有些疑惑，又看到朱公背后还有一个陌生的中年汉子，便问朱公那是谁。那人抢先答道："我是这里的管家段忠。现在俎相公被杀了，俎大也进了大牢了，家产也要被查抄没收了。我只是在这里等待月芝小姐回来，将这些事情与她讲述清楚，然后我也要回老家谋生去了。这位小哥想必是月芝小姐的情夫，你可知道月芝小姐在哪里？"

仵作答道："你刚才说的那一番事情，我已经告诉月芝小姐了，她听罢便带了丫鬟，连夜走了。"

段忠讪笑道："那就没有我什么事情了，卷铺盖走人去也！"

说罢拾起身边一个大包袱，便快步走了。

杜捕头道："现在没了外人，你可以说说为何晚上睡到了此处吗？"

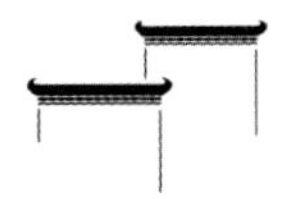

仵作只是低头不语。朱公笑道：“其实本官早已猜到了：师爷与书吏抓住杨半仙审问时，杨半仙必然挺刑不过，发出声响，引起了你的注意。因此你假装在床上睡着，将杨半仙所说的话，听了个一清二楚。杨半仙提到俎宅情况，也必然介绍俎宅中的人口。而师爷与文明两个文弱之人，正是听说俎宅人口稀少，才敢亲自前去查看。你便在他二人前去查看之时，悄悄起来，跟去了俎宅。”

仵作苦笑道：“大人说得果然有理，我因思念月芝小姐心切，只是闭着眼躺在床上，一直都不曾睡。”

朱公笑道：“其实本官见了师爷两人过来，与我说了那边的情况之后，就料到你可能会来，于是又把那两扇弄坏的屋门重新关好，免得你被人发现，坏了你的事情。另外我也知道你这人一向十分规矩，见了妇道人家，便不由得脸红，绝不会做什么越礼之事，这才放心让你随便做事。”

仵作连忙谢道：“多谢大人理解。”

朱公又笑道：“这些倒不必道谢。除此之外，你具体是何时到来的，本官也一清二楚。”

仵作听了一惊：“大人是如何知道的？”

朱公并未回答，只是问道：“你先将来俎家之后的所见所闻，原原本本告诉我再说。”

仵作答道：“既然大人问了，属下决不隐瞒。即便属下不说，大人思索一阵，也能推测得到。”

说完便讲起昨晚之事。

原来仵作听了杨半仙所说的俎宅地址，便跟着师爷和书吏，悄悄到了俎宅。又伏在书房窗下听了一阵，将俎宅中的命案，以及小姐的名字，都知道得一清二楚。想到自己终究是为了小姐而来，便又摸到了后宅。到了后院，看到一间大屋，估计就是月芝小姐的闺房了，便蹑手蹑脚进去看。仵作进门后，看到外屋还点着一盏油灯，一个丫鬟趴在桌边睡着，看头发衣着，正是在街上见到的那个，不由得心中大喜，心中想道：“想必这外屋是丫鬟的住处，小姐一定在里屋。待我摸进里屋，只是看那小姐几眼，便满足了，也了却我这一桩心事。”想罢又走到那里屋门边。

仵作并不敢贸然推门进去，先趴在门缝上看了一眼，发现屋里竟然还有烛光闪烁。再仔细一看，那位让他日思夜想的小姐，正坐在小桌前，看着那烛台发呆。仵作心想：“都说‘灯下看美人，越看越精神’，今日看来，果真如此。”不忍心轻易推门打扰，不由得又向屋内注视了一番。再看那姑娘，正是：胭脂粉淡，淡扫蛾眉，眉心微蹙睑双垂，垂头痴看红烛泪。泪生辉，辉映颓，颓颜依旧千般美，美人如花花似谁。

仵作正看得入神，不小心碰了一下门扇，发出“吱呀”一声响。月芝小姐在里边听到响动，立即惊问一声“谁”，转脸朝门口看去。仵作见此时瞒不住了，又怕惊醒了外屋的丫鬟，只得推门进来。月芝小姐一见他脸色铁青，顿时花容失色，喝问道：“你到底是人是鬼？三更半夜，来我的闺房作甚？”

仵作怕惊醒了丫鬟，连忙掩上门扇，对月芝小姐施礼道：“姑娘

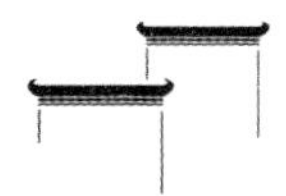

真是说笑了，却才分别了几个时辰，为何不认得小生？”

月芝小姐定睛一看，恍然大悟道：“原来你是街上那贼眼睛的小哥！”

仵作见她如此说，哭笑不得道：“小姐莫要总是这般贼长贼短的叫，小生可是公门中的差役。”

月芝小姐笑道：“既是公门中人，为何深更半夜，私闯民宅？若是被人当作采花贼，当场打死，岂不是冤枉？”

仵作苦笑一下道：“只因为小生拾了姑娘丢的那朵花，反复观赏，睹物思人，若是不再见姑娘一面，恐怕这病也好不了了。”

月芝小姐听罢，面色却更加黯然，叹了口气，对仵作低声说道：“我也早料到你们会来。既然小哥已经知道这其中内情，便无须这般冷言讥讽了，我跟你走便是。”

仵作一听，更是摸不着头脑，问道：“姑娘这是哪里话？”

月芝小姐答道：“小哥难道不是官府派来抓我去打官司的？我这就随你去。只是我那个丫鬟，年幼无知，那一干事物，都与她无关。我也不怨谁，这全是我自作自受。”

仵作心中一惊，连忙问道：“难道这毒花之事，你都知道？”

月芝此时已满脸通红，如石榴花一般，没有说话，只是点了点头。仵作长出了一口气道：“既然这样，小生都明白了。”

月芝小姐听仵作这么一说，反而觉得如堕五里雾中，抬起水汪汪的一双大眼，问仵作道：“小哥知道什么了？”

仵作道：“本来小生以为姑娘对小生有一丝情意，才丢下那朵花来。可惜你并不知道那花有毒，才害了小生。可是现在，小生又有一番完全不同的推断了。”

月芝小姐闻得此言，还是满脸疑惑，秀目圆睁，不由低声脱口问道：“还请小哥说清楚。”

仵作见姑娘好奇，更有些得意，便解释道：“小生来到姑娘闺房之后，看到这里养的花朵，便明白了——依小生推断，姑娘是爱养花的人，嗅觉应该不差。平日里姑娘痛恨尊兄私造毒物之行，想趁元宵节上街之时，到官府将其检举。当姑娘恰好走到小生身边时，因为闻到小生身上那洗不净的尸臭，便料到小生是衙门里的仵作，应该也认得那毒花，便将它丢给小生，想让小生顺藤摸瓜，揭露你哥哥的罪行。这样一来，也免得亲自上官府告发，和尊兄坏了和气。另外小姐并未想到小生不认识那毒花，刚开始还以为小生所说的‘睹物思人’是嘲讽之言，后来明白小生真的不认识那花，才知道是你不慎害了小生，故此羞愧脸红。不知小生这一番演绎，说得可对？”

姑娘听罢，叹了口气道：“仵作哥哥说的并不全对。你身上其实干净得很，并没有什么尸臭，恐怕只是平日里大家都这样认为，你才这样想的。另外，若要告发检举，平日里在深闺中不便出来，为何我昨夜正月十五时不去官府？”

仵作道：“这些缘由小生并未细想，不过刚才看到姑娘的模样，便知道，姑娘还是为此事后悔的。”

月芝小姐又一愣：“后悔？此话怎讲？”

仵作走近了一步道：“姑娘不必隐瞒。刚才小生看到姑娘对烛光

出神，面色憔悴——想必是由于得知官府的人已经来到这里，你哥哥畏罪自杀，才如此容颜颓废。”

月芝小姐听到此处，竟吓得一下站起身来，冲仵作问道：“小哥说的可是实情？我哥哥是什么时候自杀了？”

仵作也觉有些意外：“你哥哥刚才自杀，我家朱大人觉得颇有蹊跷，正在你哥哥的书房里勘查。难道姑娘不知道吗？”

月芝小姐一听，重重坐回绣墩之上，丢了魂一般，喃喃说道：“没想到竟是这般结果，我怎么没有多留些心，早些料到？”说着豆大的泪珠如断线珍珠般，不断滚落。姑娘也不擦拭，任由眼泪流淌。

仵作哪里见过这般阵势，不由得一阵局促。好歹定下心神后，仵作接着问道：“姑娘先请节哀！可否将今晚事情的详情，都告诉小生，好让小生禀报朱大人，提供些线索，也好速速破解此案。”

月芝小姐略略擦了擦眼泪，哽咽道：“事到如今，月芝也没有什么可隐瞒的。家兄平日里做些不法的生意，怕我担心，从未对我提起。今晚我与丫鬟上街看灯时，见家兄桌上有一朵鲜花，便随手拿去玩。到街上遇到小哥，又随手丢在地上。可回宅之后，便被哥哥揪住问话，问我是否见到桌上的花。我将前后事情讲述后，哥哥颇为不安，这才将毒花之事，告诉我知道。我也明白这次是闯了大祸，若是被官府发现，来拿住我哥哥，这可如何是好？因此才在屋中难以入睡，看着烛火出神。”

仵作接着问道：“原来姑娘是在扔花之后才知道这花中玄机的——可是小生还是有一事不明：俎家如今这般富贵，为何还要私造毒花，做这种巫医神汉的营生？”

姑娘幽幽答道：“我们兄妹俩有一个当巫医的表叔，是先父的表弟，人称杨半仙。现在他仍旧在街上干事，不愿放下以前的买卖。哥哥受了他的委托，故此经常做些毒花，低价卖给表叔和他的师兄弟们使用。”

仵作追问道：“还请姑娘再想想，今晚你哥哥告诉姑娘些什么事情？”

月芝小姐想了想，又答道：“我开始也不明白那些有关毒物的细则，就追问几句。哥哥怕我心急，也不瞒我，便和盘托出了。前几年那个买走我们珍珠的南洋客商，一直和我哥哥暗中联系，他正是通过我哥哥，走私各色毒物到这里的。”

仵作低头思量道：“这条线索，应该对朱大人极为有用。”

姑娘见仵作不说话，以为他心中为难，便说道：“小哥不必为难，我哥哥做了不法之事，如今畏罪自杀，也是天意。小哥只管秉公执法便是。”说着，眼泪又忍不住流下来。

仵作劝道：“若单单因为毒花之事，俎一刀绝不至于畏罪自杀。那毒花只能使人头痛几天，对人体并无致命危害。即便官府发现，也顶多打几十大板，再罚些银两或劳役，绝没有死罪之说。那杨半仙被我们捆在悦来客栈里，略加审问，便说出了这里的底细，也可见这并不是什么要命的罪过。”

姑娘抽泣道：“据哥哥所说，走私的毒药并非一种。比如俎记烧鸡里边搀的，就是一种使人上瘾、久之能害人性命的毒药。其他能

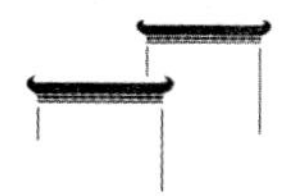

害人性命的毒药，也有好多种。”

仵作又想了一阵，说道：“照姑娘所言，组一刀应当是害怕官府调查毒花之时，顺道发现他走私投放其他毒药，才畏罪自杀。”

月芝小姐点头叹息道：“无论如何，如今哥哥已死，这些家产也注定要被抄没。小女子再无亲人，此身也无处寄托……还是随我哥哥去了吧！”说完从袖中取出一弹丸大小的碧玉瓶，拔下塞子，仰头便往嘴里倒。

仵作连忙抢步上前，抓住手腕，急切说道：“姑娘切莫做这般糊涂事！组一刀的罪行，与姑娘无关。姑娘这般人才，纵然没了家产，也可嫁个好人家，平安度日。”

姑娘一听，不禁颊生赤霞，扬起那泪汪汪的双眸，盯着仵作，似乎明白了些。仵作看姑娘对他垂青正视，顿时也满面通红，想垂目避开，又有些不舍之意。目光一垂，又见自己还捉着姑娘的纤手，连忙撒手放开。仵作还想解释几句，可惜又不知该说些什么。姑娘见仵作这般模样，心中也明白了八九分，又叹了一口气道：“承蒙郎君错爱，只是……”

这“郎君”二字，本来平常，可今日仵作听来，却似乎含有无限情意，心中不禁又生一阵悸动，急忙问道：“不知姑娘有何思量？”

月芝小姐仍旧盯着仵作，看了半日，脸上浮出一片似有不舍，却又不得不舍的神情。最后姑娘咬了一下牙，痛心道：“叹只叹，造化弄人，你我二人有缘无分。”

仵作忙问道：“姑娘何出此言？”

姑娘侧过身，含泪答道：“我家乃暴富土豪，郎君身为公办亲随，门不当户不对，虽年岁有所般配，却不能比翼双飞。”

仵作虽然有些失落，却仍劝道：“这些都是小事。只要姑娘对小生还有情意，那门当户对之言，全无关紧要。”

姑娘听了仵作所言，却并未有所缓和，还是摇头道：“妾身并非无意于郎君，只是为郎君自身考虑：妾身行如纨绔公子，不晓三从四德，也干不了家务活。针织女红，俱是不会，娶回家中空迟累。再说，我哥哥省吃俭用，到现在也是不舍得吃不舍得穿，有钱只肯给我花费，我若在他死后，又过得快活，怎对得起他？”说罢，又攥着那小玉瓶，要往嘴里倒药。

仵作听见“妾身”两字，虽然也是平常言语，可是更觉非同寻常，心头撞鹿，此刻见月芝姑娘要寻短见，怎能不管？上前再次抓住姑娘的玉手来阻拦，口中胡乱劝道：“姑娘莫要妄自菲薄，就是如你这般会押韵找辙，一般妇人也比不得。”

谁知他本来就中了毒，有些头痛，现在又焦急躁动，气血上涌，不觉一阵头晕目眩，脚下一软，仿佛心被挖去一般，栽在地上，不省人事了。这正是：

空心树，树空心，空心树旁空心人。

问心何所去？随卿赴红尘。

仵作说完，掖了掖袖子，便从床上下来，向屋外走去。杜捕头问道：“你现在好受些吗？”

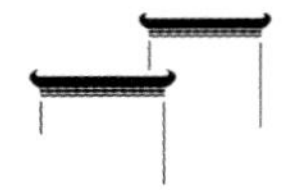

仵作轻描淡写地答道：“没事，歇息了这一夜，头早已不疼了。”

朱公又问道：“我看你刚才好像藏了些什么，可否给本官看看？”

仵作拿出袖中物件，却是一个弹丸大小的碧玉瓶。朱公接了那小瓶来看，原来是个扁形器具，一面画着山水图，翻过另一面，写着四句蝇头小楷。朱公问道：“这小瓶是从何而来的？”

仵作答道：“我醒来时，就见它在枕边放着，知道是月芝小姐留下的，随手就收在袖中了。”

朱公又仔细看那小瓶上的四句话，原来是首小诗。只见那瓶上写道：“妾身远去如浮云，相思绵绵情意深。来世投生早相见，定续前缘不负君。”

朱公看罢，问仵作道：“瓶上写的这些诗句，你是否看过？”

仵作答道：“属下都看过了。这月芝小姐果然用心学过几年书。”

朱公笑道：“我看这诗句之中，似乎有谜语在里边，说明了她的去处。你可想去寻找吗？”

仵作未曾答言，只是叹了口气，慢慢摇了摇头，又向屋外走去。他一脚迈出屋门，迎面被那白亮的日光一照，顿觉分外刺眼，便回头唤朱公与杜捕头道：“想不到早已日上三竿了。属下腹中有些饥饿，不如先找个地方，吃些早饭，再作计较。”

说罢又向门外走去。杜捕头和朱公仍留在屋里。杜捕头突然醒悟道：“我现在可是明白朱大人昨晚办案不慌不忙的第三条原因了，原来正是为了成就这小子。那朱公昨晚所说的重头戏，应当是指仵作的事情。昨晚组大说听到有人进来，应当就是仵作的脚步吧？”

朱公点头道："正是。当屋里的俎大听到有人来时，我也知道是他，只是假托是月芝小姐，好给他个机会，却没想到是这般结果。若是俎小姐回来，必然带着丫鬟，脚步声必然是两人的。纵然女子脚小声轻，仵作也因体弱而脚步较轻，可那女子的木底鞋还是可以听出来的。其实俎小姐恐怕是在俎大在俎一刀房内时回来的，因此俎大不曾发觉她何时回家。"

杜捕头拍掌道："朱大人如此用心良苦，还故意喝了那么久的劣质茶水拖延时间，想让仵作去对月芝小姐一诉衷情，只可惜那榆木脑袋，最要紧的话半句也没说，那些诗词歌赋都白读了！"

朱公摆手道："算了算了，他见了月芝小姐一面，想必已经心满意足。那些甜言蜜语对他来说，恐怕也不重要了。只是我本来以为在喝茶之时，仵作能和小姐说完话，再过来亲自将事情讲清楚，谁知他竟然昏倒在这里，还被段忠当作奸夫了！"

杜捕头笑道："原来大人喝茶时说希望当事之人亲自过来承认，是暗指仵作啊！只可惜当时小人几个脑筋都不够灵光，没有听懂，还以为大人是办不了这杀人案，寄希望于凶手自首呢！"

朱公听罢，微微一笑，又握了握那小玉瓶，沉思道："或许对他来说，没和那姑娘一起，反而是好事。"

杜捕头问道："大人何出此言？"

朱公把那玉瓶的塞子拔下来给杜捕头看，杜捕头才发现那瓶子是实心的。朱公道："我自从接了这玉瓶，发觉如此沉重，就料到不妙啊。"

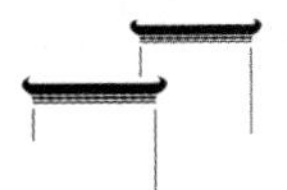

杜捕头惊道：“不妙？那依大人看来，俎月芝如此耗尽心机，欺骗仵作，却是为何？”

朱公猛咳了一声道：“肯定是去找那杨半仙了！只可惜咱们人手太少，否则在昨晚，我就能另派人将那杨半仙押到官府。”

见杜捕头还有些不明白，朱公接着说道：“我见到仵作睡在这里，屋里又暖烘烘的生着火盆，便料到小姐和丫鬟已经跑了。我因为要讲述案情，又怕俎大狗急跳墙，我一人擒他不住，只好让你留下。至于师爷和文明，都是文弱之人，要是让他俩分开，派一人去寻找官兵，只让另一人去客栈，恐怕弄不住杨半仙。两者相较，只好让他俩去找开封府的官兵，先顾住要紧的一头了。今天听了仵作的话，才知道昨晚安排欠妥。”

杜捕头道：“其实大人办事已经够周全了。去月芝小姐屋中时，大人坚持要一同去查看，想必也是怕俎大心虚，趁机挟持月芝小姐作为人质。现在看来，那月芝小姐和杨半仙，也没有什么大的罪过。我看就不用发下海捕公文通缉他们了吧？”

朱公一皱眉：“此事也不可随意忽视。月芝小姐只听了仵作的话，并不知道是俎大杀害了她哥哥，只以为是俎一刀畏罪自杀，必然心中怨恨杨半仙泄密。她肯定要到悦来客栈，取杨半仙性命。”

杜捕头笑道：“大人多虑了，刚才文明与师爷来说，客栈里的杨半仙挣开绳索跑了，屋里并不曾有什么杀人的痕迹。”

朱公道：“俎小姐和一般女子不同，是个聪敏异常的姑娘。她不知道杨半仙住在客栈的哪间屋子，只能先向伙计打听哪间屋的客人请过巫医，然后再找到那屋。若是在屋内杀死捆着的杨半仙，虽然省力，却一定会在日后官府调查这一命案时，被那里的伙计检举。因此她只会放了杨半仙，先诱使他到没人的地方，再趁他不备，将他杀害。我本来只是想让仵作多休息些，没想到竟然又耽误了一桩命案。早知道昨晚就将他叫醒问个清楚了！”

杜捕头急忙道：“属下这就去找巡街的兵丁，挖地三尺也要把他们找出来。”说罢便急匆匆跑出大门。

杜捕头刚跑出大门，却见仵作正在和几个巡街的兵丁一起，冲一个头上带伤的犯人问话。杜捕头本来要招呼那几个兵丁去找人，发现那犯人还扛着个算命驱鬼的小幌子，上面写着“杨半仙”三字，便不着急了。杜捕头又问那几个兵丁：“这老家伙犯了什么罪？”

其中一个答道：“我们几个巡逻到了城墙根，正看到这老贼在一个没人的胡同里追打两个年轻漂亮的姑娘，料定他是个老淫贼，就一拥而上，把他擒住了。现在听了你们仵作大哥所言，知道原来他还有其他罪名，正好带到县衙，一并处罚。”说着就又扯杨半仙走。

杨半仙还想分辩：“明明是她们俩先——”却被一个兵丁又打了一耳光，骂一句“还敢狡辩”，顿时不出声了。

朱公此时也走了出来，望了一眼杨半仙，又和开封府几个兵丁见了礼，就看着他们拉拉扯扯地走远。仵作对朱公道：“不知大人注意了没有，杨半仙头上还有伤痕，好像是砖头打的。

朱公笑道：“看来月芝小姐和丫鬟果真想杀掉杨半仙，只可惜力气太小，反被他追打了。”

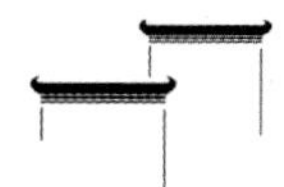

仵作接话道："朱公又好像是亲眼所见一般。可属下昨晚在月芝面前的一番推断，却是漏洞百出。何时能像大人一般，不，能敌得过大人的一半，属下就心满意足了。"说着便怅然若失，有一步没一步地往前走着。

朱公悄悄与杜捕头说："这个呆子，在心仪的月芝小姐面前，还想着破案的事情，要给本官找线索。"说罢二人对视，会心一笑。

杜捕头又道："我看小姐没有熄灭火盆，是不是对仵作有几分情意，怕他受凉？或者只是急于逃走，没有来得及熄火？"

朱公没有答话，只是抬头看了看前方仵作的清瘦背影，映在一片白亮日光之中，微笑道："你看这天，道是无晴却有晴，谁知道。对于有些事情，或许这是与非已不那么重要了。"

杜捕头还有些疑惑，朱公又看了看杜捕头，微笑道："有些事情，你暂且不必多想，顺其自然便是。待我们速速吃了早饭，再前去开封府，将本官关于杨半仙的推测，讲与他们知道。"说罢，背起双手，悠然向前边走去，好似什么大事也没有发生。只有手心里握着的那个小玉瓶，还在阳光之下，微微闪亮。

古宅灯光

一

八月二十日，朱公刚刚用罢早饭，便在后院鱼池旁随意看鱼，恰如古人云：

清晨立池头，
投食伴细柳。
金鳞不知愁，
超然赛庄周。

朱公刚要体味此番意境，就见一衙役急匆匆闯进来嚷道：“朱大人，大事不妙了！”

“何事如此惊慌，你且慢慢讲来。”朱公放下茶杯问道。

“大人可还记得那处死宅？”衙役问道，见朱公面带不解之色，又解释道，“就是西庄王豫园的故宅。自从他家破人亡之后，没有

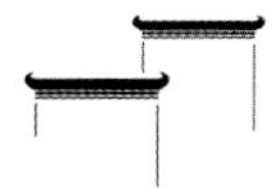

后人继承其遗产。族里也没人愿意接管，更无人愿意买下。现在他家便成了一座无人居住的死宅。”

“那现在出什么大事了？”朱公又问。

“今早地保来报：有一个路过的穷书生，被发现死在了那座老宅之中。”

“哦，速速带本官前去查看！”朱公站起身来就往外走，“马上通知仵作人等，让他们一同前往。”

“仵作已经被杜捕头用快马先送去了。”衙役报道，“我们也给大人套好了车，现在就能走。”

约莫过了一个半时辰，朱公等人赶到了事发之地。仵作等人已在王家故宅中大致验了尸，见朱公来到，便上前禀道：“启禀大人，属下刚才已经大致查看过尸体：死者乃一个二十岁左右的白面书生，死在东跨院北边卧房床上，全身无一处伤痕，也无中毒之相。”

“既无伤痕，那这书生是怎样……”朱公嘴里问着，脚也不停，直走到案发的东跨院北房。

仵作微微一笑：“大人忘了，这无伤痕的死者也有很多，如溺死、闷死、病死、气死、饿死乃至暴饮暴食胀死，都是无伤痕的。”旁人看见他那一丝笑，都吓得汗毛发冷，可仵作仍觉平常。

朱公分析道：“这溺死之人，身上常有浮肿；饿死或胀死之人可从体形直接推测；今天这书生有无什么异象？”

不等仵作回答，朱公便掀起了床上的旧苎麻被子，顿时大吃一惊。

“正如大人所见，”仵作依旧令人难以捉摸地微笑道，“死者面部扭曲，表情狰狞，双手紧张如鹰爪。”仵作又掀起书生的衣领道：“看他的情形，好似窒息而死，可是脖颈处又没有绳索勒痕，再看他双手紧张，似有挣扎之相，极有可能是被人用被子闷死的。”

朱公不禁紧锁双眉，还未等他再次开口，又有一衙役跑来报告：“回禀大人，刚才我们向邻近的乡民打听了，还有一件怪事。近些日以来，每到月光昏暗的夜晚，便可透过院墙上的镂窗看见这座宅第当中，常出现一点灯光，在屋内游走。”

朱公听了猛一惊，又问道：“有没有打听到这书生是何时住进这所宅子的？又是何人发现了他的尸首？”

衙役答道：“据本处地保所说，以前并未见过这个书生，大概是昨天才来的；至于这尸首，是一个手艺人发现的。现在他和地保都在这里。”说罢便伸手示意身后跟着的两人。

朱公先问那地保：“昨晚你是何时见到此宅内有灯光的？”

地保想了想道：“大约是酉牌十分，小人因夜壶满了，要到门口树下倒掉，因此无意中发现了那灯光。小人家距离王宅仅有十步左右，看得十分清楚。不过话说回来，即便是王宅中过去有人时，这也是奇闻一件，所以便多加注意了。”

朱公更加不解，便问此事何奇之有，地保略带鄙夷道：“自从王员外的父亲起，王家就有个不成文的规矩，天擦黑之后，除了老爷书房当中偶尔点灯，其他任何人都是不能点灯的。小人小时候听说过，王宅曾经有个男仆，半夜里点灯在回廊里走动，被主人家发现，痛打了一顿，赶出家门。这王宅之吝，可见一斑。”

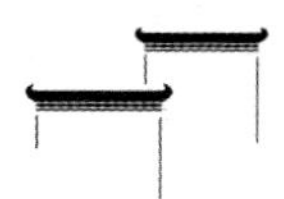

仵作在一旁道：“大人，这王员外如此吝啬，想必结怨不少。或许是多年前的仇家前来报复，却四处都不见人，只将这书生当作王家人杀害。”

朱公摇头道：“或许未必如此，我们且再多调查些方可定论。”又转而去问那手艺人。只见此人年纪约有五十余岁，面色黝黑，须发蓬松，右眼用绷带包着，身上穿一件土黄色短衣，左脚还有些跛，贴着一片膏药，气味熏人。细问之下才知道，此人是一修庙的画匠，四处游方打些零工。最近听说这所空宅中有好些壁画，想学几笔，今早进来时就发现了那个书生死在这里。

“既然如此，还是先将那书生的尸首移走，送到城中关王庙内暂存，再想办法通知其家属才好。”朱公吩咐道，“另外再从本官的账务中支出一笔银子，置办一具棺材。将死者的行李作为证物，也带回衙内。”衙役领命而去。书吏文明看那书生尸身，不由得叹息：

九儒十丐位相连，秉烛达旦只为官。

书门浩瀚深似海，卷帙纷繁苦连天。

今世读书更难闲，纸卷流血批如钱。

天资辅得鲲鹏志，连升八级不亦难。

写下此打油诗一首，放在自己书袋中。

“那你今晚还要住在此处吗？”仵作突然问那画匠。

“这里都出人命了，我还哪里敢住在这里。只在白天来这里描摹壁画，晚上找别处去投宿便了。”画匠答道。

“你可是只身一人到来此地？可有伴当同行？”朱公又问道。

“只有一个来到贵县刚认识的变戏法的师傅，也是一个四处闯荡的人。我若是今天再遇到他，也告知他不要来这里住。”

朱公笑道：“你们不用如此辛苦，只要不进东跨院便好，其他房间我们不管。”画匠仍然摇手说不敢。

那仵作好像又突然想起一件事，问画匠道：“敢问您身上这些陈年旧伤是如何造成的？”

“此事不提也罢。”画匠苦笑道，“几十年前在一古庙中做活儿，骑在房梁上描画，也不知得罪了哪位神佛，不慎摔下来成了这副模样。”画匠又与朱公随便寒暄了几句，便转身走了。朱公带仵作回县衙，留两个衙役守在王宅，不要让人入住案发的卧房。只有两名衙役，一个唤作张小乙，一个唤作李大郎，愿意留守此处。

回衙之后，朱公便和仵作检查那书生的行李。“原来这书生名叫赵世仁。”朱公道，“这行李中只有四书五经，并笔墨与一些换洗衣服、干粮和散碎银两。看来是个进京赶考的穷举子。”

“大人如何知道得如此详细？”仵作不解。

“这书生所携带的书上都写有名字——通常书生在自家读书，并不必在扉页上署名。这位书生想必常常在乡中学社与众学生一同读书，因此才会写上名字，以防混淆。再看他的其他东西也都十分简陋，尤其是他的墨块，是比较次等的炭烟墨——由此可知他家庭并不富裕，难以在家中专门立馆学习。”朱公耐心解释道，“另外，依照现在的月份，这书生又是南方人，北上进京赶考，路过本县也合情合理。”

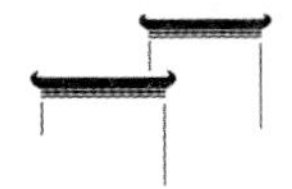

“哦，”仵作更加疑惑，“朱公又未听到他开口说话，如何知道他是南方人？”

“这便更加简单了，”朱公笑道，“王豫园家自从犯了案之后，家产大多充公。其余家中的物品，能拿的都被仆人们匆忙分了，只留下些粗重家具。”

“这个属下也有所耳闻，可是与这书生的籍贯有何关系？”仵作仍然不解。

“既然王家老宅已是空屋一座，那这书生身上的被子必然是自己随身携带的。你看这铺盖是用苎麻编织的——此物多出于闽蜀江浙一带，北方极为少见，这书生又不是富裕人家，我便想到他应该是南方人士。”

“原来如此！”仵作恍然大悟，“既然他上京赶考，想必不会在此地久留，应该就是昨晚才住进王宅的。”

“若是这样，那近日宅中半夜点灯的人就应该不是他了。”朱公思量道。

“除此之外，还有一件怪事。”仵作说着，又掏出一方手帕打开，“大人，属下还有一点发现，在书生卧房的门口地上，有这么一根毛发，好像是某种兽毛。”

朱公接过来一看，果然是一根四寸余长的毳毛，颜色黄褐，略带卷曲。仵作分析道：“属下虽然对鸟兽不曾钻研，但依我所见，看这长度颜色，应该是猕猴或骆驼的。”

朱公又将那证物嗅了嗅道：“现在也不好判断，其气味好似乳香，我们且从长计议。”这时两名衙役进门回事。朱公见他们正是派守在王宅的张小乙和李大郎，便问道：“你们回来了？王宅那边可有何情况？”

张小乙拱手答道：“回禀大人，下役和李大郎守到天色擦黑，只有一个阴阳生要投在那里。我们告知他命案的事情，谁知他反而笑了，说什么‘果然如此’。”

细问之后，朱公才知道，原来那阴阳生拿着罗盘，寻寻觅觅来到王宅。听说了凶案之后，便大笑说：“我早知道此处有妖气，今夜便要除妖驱怪。”答应了二衙役不进东跨院，就将行李放进了第一进的西院中一间卧房。二衙役看此人也无可疑之处，本身也不愿在那里久留，便放心回来了。

“那阴阳生可曾通报姓名？”朱公问道。

“不曾。”张小乙答道，“据他所说，王宅是建在一片千年前的坟地之上，埋的正是他的先祖，此番先祖的魂魄被妖孽搅扰，因此他要来为列祖列宗排忧解难。”

李大郎接着说道：“那位阴阳生还说，久闻本县的朱大人断案如神，可是这次碰到需要降妖伏怪的事情，唯有靠他出马才可。”

“那阴阳生是否可疑？你们怎么不多等一阵，看看他的行动？”朱公忽然厉声喝问道。

二衙役连忙答应道：“大人明鉴，我二人本想多逗留一会儿，可那阴阳生讲得有鼻子有眼，说这里冤魂盘绕，没有道法的人若停滞过久，会有血光之灾，我俩才不得不回来了。”

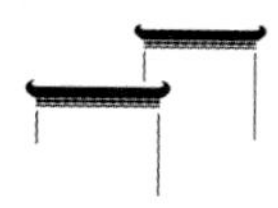

朱公点了点头，让二人退下，心中暗想道：“但愿今晚不会再生事端了。明日当尽早前去王宅查看才是。”

仵作看衙役走后，又悄悄告诉朱公道：“今天属下在案发之地，见到这根兽毛时，这张小乙也在旁边，脸上闪过一丝惊慌。属下再问，他便说没事。”朱公思量道：“张小乙在衙中当差多年，估计他以为这里出过什么妖物，故此惊慌。你且不必多疑。”

次日清晨，朱公刚刚梳洗完毕，衙役张小乙就心急火燎冲了进来。“何事如此惊慌？你且细细讲来。”朱公问道。

“大……大人，大事不好了，西庄地保来报，昨晚那个阴阳生，今早被发现自缢在王宅大门口了！”张小乙匆忙回禀。

朱公未曾多言，吩咐衙役人等，快马加鞭，和仵作赶往王宅。到了大门口，早有地保守在那里。“死尸不离存地”是老规矩，因此地保仍让死者挂在门框上不曾解下来。这死者大概三十多岁，脸上留着五绺短须髯，一副阴阳生的打扮，衣帽上都绣着八卦，脚上一双千层底的圆口布鞋。据地保所报，此人并非是本乡之人。

仵作过去小心察看了一番，突然解开那阴阳生的前襟，对朱公禀报：“大人，依死者体温与僵硬程度来看，应该是三更天左右身亡。此人衣服虽然穿得整齐，但解开衣服却发现，心口处有一处致命刀伤，应该是被人捅死之后再悬挂在门口的。左手上还有一片挫伤，但极其细微。另外，此人的右手中还有些异样。”

朱公近前一看，只见那人右手死死握着，只伸着一根食指，整只手上满是血迹。右手手背上，还有一点红蜡油，袖口也有些蜡，衣襟上还略有烧焦的痕迹。仵作介绍道："大人请看，此人右侧太阳穴上，还有弯弯曲曲一道血迹，但是并无伤口，应当是死者自己用食指抹上去的。"朱公一看，果真如此，疑惑道："这血迹看上去形似竖折一笔，难道是他临死前要写什么字？"仵作道："大人看他的右手腕，血迹突然中断，好像被人抓过——或许他被人刺中后，还未彻底断气，想要挣扎，又被凶手握住手腕，不慎将血迹弄在自己头上的。"又有衙役来报，在王宅第一进西跨院北边走廊上，靠着一面粉皮墙，发现了几点没被灰尘覆盖的蜡油。"看来，那阴阳生恐怕是在这里跌倒的。"朱公暗想。

正在此刻，一骑快马飞奔而来。只见杜捕头滚鞍下马，拱手对朱公道："大人，属下听说死了一个阴阳生，便分派衙役各处查问，县城内及周边各乡镇，都没有这样一个阴阳生。"

"嗯，果然如此，本官也认为这阴阳生是从外乡而来。"朱公点头道，"刚才我低头看到死者鞋帮沾有红色泥土，可本县境内并无红土存在。"

"既然这般，那这阴阳生的本事可真够大，竟然能跨县找到这处有妖气的宅院。"杜捕头皱眉道，"大人，这宅子是王家的祖产，历代居住在此。属下又派了几个衙役，向王家过去的仆人和经常走动的亲戚打听，看是否还有人经常出入此处。另外，衙役又向乡民打听得知，昨夜里王宅中仍有灯影晃动，大家都以为是闹鬼，没人敢前去探视。"

"好，果然是杜捕头！"朱公大喜，随即又面露难色，"这宅

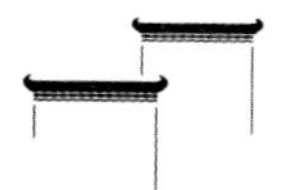

中连丧两条人命，今夜我等必得多加警惕。”便挑选李大郎等六名最精壮的衙役，叫彻夜值守王宅院中，第二天早上让其中一个来县衙回复。李大郎和那几个衙役笑道：“大人放心，今夜凶犯不来便罢，若是来了，不管是人是鬼，我等必将其一网打尽，立一大功给大人看。”另一个衙役也道：“大人，这里交给我们八个，您且放心。”杜捕头惊问道：“你们明明六个人，哪里有八个？”李大郎指着门口里侧道：“捕头不曾见到？这院里头门口两边，还有两个石将军把守。”朱公看他们心中甚是轻松，不由得又嘱咐几句，便在死者身上取了些证物回衙。那阴阳生也和赵世仁一并暂停于关王庙中。

再说那李大郎，在这六个衙役中资历最老，其他几人都以“兄长”称之。晚上他便买了些冷酒小菜，与众衙役在王宅中分食。此时已是初秋时分，夜半微寒，李大郎便叫一个衙役在后院寻了些干树枝，自己又在王家厨房中找了些还能凑合用的家伙，在灶头上烫了酒，和大家一同分了。众人在院中把盏畅谈，不觉已到了三更。当夜仍旧乌云遮月。

二十三日上午辰牌时分，仍不见李大郎等六名衙役有人回衙。朱公不禁有些担心，便同杜捕头再度前往那所古宅。刚到了王家大门口，便闻到一股血腥之气，再进里院，朱公大吃一惊！

只见那六个衙役，都倒在院中，血流满地。朱公不禁一皱眉，让杜捕头赶快去找仵作来，自己先探查这六人，早已全身冰冷，彻底没救了。大多数人皆为一刀毕命，或在脖颈上，或在胸腹部被重创。只有为首的李大郎，双眼圆睁，离门口最近，左腹部有不致命重伤一处；后背对着院门，有致命刺伤一处。朱公又回身看了看那两个石将军，左边的虽然离李大郎很近，却干干净净，没有丝毫血迹。“这两个石将军胸甲上还都有一个‘王’字，昨天竟然一时疏忽，不曾注意到。”朱公摩挲着那石人暗想。

此刻仵作也被杜捕头带来，略与朱公见礼完毕，便去检查那六具尸首。仵作看了也十分惊恐，又有些后怕道：“大人这次如何这般大意？要是凶犯尚窝藏在这里，再暗害了朱公，该如何是好？”杜捕头一拍脑门，大骂自己糊涂，拉出腰刀，将王宅里里外外仔细查找一番，再对朱公禀报：“属下将这宅中的三进院子都看了个遍，并未发现凶犯行迹。”说罢又走到门口，示意朱公道：“大人请看，刚才我们进来得急，不曾注意，这门左边的石狮子嘴角，也留有血迹，形状貌似一个手印。难不成是妖魔作祟，让这石狮子变活，将他们几个咬杀的？这么一说，那鬼火般的夜半灯光，应当就是狮子的双眼了。”

朱公正色道：“子不语怪力乱神，休得胡乱推断。刚才我大致查看了那六名衙役，皆是死于刀伤，和野兽所伤之痕不同。”

约有三盏茶的工夫，仵作看完那六人，起身向朱公禀报道：“大人，此事恐怕十分麻烦。这六名衙役皆是站立之时被人当面用刀瞬时砍刺致死，可见凶犯是个绝顶高手。”

朱公赶忙问道：“怎见得他们全是站立时被害的？”

“若是他们睡在地上，或是刚坐起来，被人一刀杀死，倒是容易了。”仵作答道，“可是从这几人伤口的血流方向来看，并非此

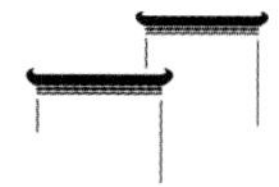

两种情况。若是睡着时被人刺死，血迹只会向两边流去，且肯定会呈线形流淌在地上；若是听见同伴被杀，惊坐起来，再被凶犯杀死，由于致命伤都在上半身，血流到腰腹部，肯定会淤积在衣褶中，形成横向血迹。另外，从地上他们铺盖的外衣被丢在一边，和地上迸溅的血点来看，他们都是起身后才被杀害的。”

“那凶器可曾发现？”朱公又问道，“看他们的伤，都是十分用力砍上的，一般的刀具，恐怕早已卷刃了。”

“说到凶器，那就更加蹊跷了。”仵作答道，“属下没有找到凶器，便将那六人的佩刀抽出来检验了一番，虽然被擦得干净，但是确实都曾沾上过鲜血。”

“这么说，既然衙役们大多只有一处伤痕，恐怕是凶犯将六人的佩刀夺来，再伤了六人性命。这么说来，凶犯就更加难缠了。”杜捕头皱眉道。

“另外，李大郎在背对门口的时候被人刺中后背，凶犯有可能不止一人。”朱公也低声思量道，“若是李大郎临死时转了个身，脚底便会在地上搓出一个土旋涡；可是一个人在院里杀了那五人之后，再绕到他背后，又实在说不通——不可能有人的身法能那么快。”

“对了！”杜捕头突然一捶掌面，“若是凶犯用反手刀，在正面就可以将手绕到李大郎后背，将他刺中。”

“这么说来，那凶犯是个一等一的高手！”仵作分析道，“此外，属下还发现其中几人的食指外侧和拇指肚上都有些没见过的青色染料，不知是否和本案有关，我都收集在手帕中了。这几人嘴边的血迹都有中断的痕迹，好像被人擦过，不过若说是被野狗舔掉也有可能。”说着仵作突然看到那门旁的狮子，指着问道，“那这门口的石狮子嘴上的血迹是怎么回事？难不成凶犯自己也负了伤？”

“看这形状细细一条，像是人手的形状，可他要真是负伤扶住这狮子，应该再将血迹抹散，以防留下手形的铁证。”朱公分析道。

“可是大人请看这石狮子旁边，还有几个带血的泥脚印，但是形状又不是衙役的皂靴，从院里的石头将军附近蔓延，在院里大踏步走了几圈，最后走到石狮子底座旁，就突然消失了，就好像——”仵作犹豫道，“那石将军抬脚在院里杀人之后，倒退着走到了这里，又按照原来的脚印走回去了。”

“本官读书多年，还未曾见得如此神通，能让石头人走路杀人。”朱公心中觉得有些好笑，正要再细细分说一番，几辆马车绝尘而来。为首的马车上跳下来县衙的师爷，几辆车上也都是衙役。

师爷走上前道：“朱大人，方才听得杜捕头回衙大致说了案情，便带来这几张榜文，并衙中的兄弟们来协助朱公，想必朱公正需要这些。”

朱公吩咐道：“刚才我等已经验尸完毕，先让众衙役将这六人抬往县衙，再通知其家属。”又接过师爷递过的几张纸，“本官现在正需要这些东西！”

“大人，这些是？”杜捕头凑上前问道。

“师爷同我想的一样，一听说连伤六命，便猜测是武艺高强的匪人所为，因此将最近逃窜到本县附近的江洋大盗的悬赏榜单带来

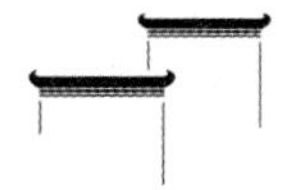

了。”朱公夸赞道，“由此我们也可推测凶手最可能是何人。”

朱公先拿起第一张看：“‘赛咬金’佟千钧，年三十七，身高九尺，虎背熊腰，靛脸赤须，原为济州府樵夫，将邻人一家八口杀害后逃逸。”

杜捕头问道：“可能是此人吗？”

朱公摇头道：“不能。此人诨号‘赛咬金’，想必惯使大斧，与本案不符；另外，他身材高大，过于招眼，行动极易被发现，暗夜中同时杀害六人，恐怕做不到。”

几人又看了接下来几张，分别是：“血手道人”王太清，泗州人，年岁不详，身高六尺左右，白面微须，原住开封府紫云观，杀人如麻，后与其师口角，将其杀死，并烧毁紫云观逃逸，随身带有龙泉宝剑与镖囊；“小真君”吕心明，蜀人，年岁不详，身高七尺，黝黑瘦削，大多扮作游方术士，常将人诱至深山中，伺机杀人越货，身负十条人命；“铁心木虎”马正龙，荆州人，年四十九岁，身高五尺半，黄面短须，因与苗人斗殴，将数十人开膛摘心后逃逸；大谷盗，倭人，年三十二岁，身高八尺，红面长须，身体健硕，久居登州，原为波斯商人之副手，因与主人交恶，砍毙其主及数名仆从后逃逸；“人狼”杜猛，年二十八岁，身高约七尺半，面貌不详，身形粗壮，据传为山东人，精通各地口音，心狠手辣，擅疾走，常用短刀，流窜五省，常入室劫财杀人。

朱公看完了这几张海捕文书，捻须颔首道：“看来凶犯应当在这五人当中。”杜捕头上言道：“大人，依属下所见，这道士王太清和强人杜猛，都不像是这次的真凶。”

“何以见得？”朱公不禁发问。

“王道人擅长暗器，若是投掷飞镖，几步之外便可杀人，比近身砍人要安全得多；人狼杜猛流窜多年，名头极大，属下也曾听说过，武艺着实高强，应该不会受伤，更不会大意到在石狮子上留下血迹。”杜捕头思量道。

“话虽如此，本官还是觉得有些牵强。”朱公道，“这几人个个都是武艺超群的强贼，我们且先打道回府，再着令各处一同缉捕这几人。”

仵作又进言道：“大人请看石狮子嘴边的血手印，会不会是血手道人留下的信息，要公然挑衅官府？”

朱公道：“这也极有可能，还需你们再仔细寻查。”突然，朱公又想起一事，问身边的衙役张小乙道，“那个修庙的独眼老汉，前天可曾再来王宅？”张小乙摇头说不曾看见。

“你们出几个人，再去街上找找那个画匠，看他可曾看到什么。”朱公分派众衙役道，“再去找几名乡民并地保，询问昨夜可曾有何异象。”

不多时，乡中的地保与三老四少都被召来，相问之下，都慌得摇头摆手，众口一词：“这宅子中连出命案，众人虽是好奇，但至多晚上在自家窗口望上几眼，绝不敢再靠近，更别说进去查看了，因此昨晚凶案都不知晓。”

朱公又忙问：“昨夜晚间可曾见到这里有灯影晃动？”

地保回忆道：“昨晚的火光比灯光要大得多，但颜色暗红，且没

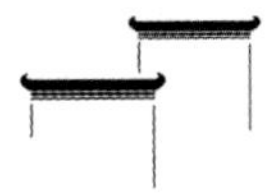

有四处游走，有点像是火把。”另一个乡老也上前道：“大约就亮了一炷香的时间，不像以前的灯光那样，几乎彻夜在宅子中游走。”

这时，又有一个乡老突然叫道：“老朽又想起一件事，这王宅中早就不干净了！”

“此话怎讲？”杜捕头抢先问道。

“大约是……三十年前，王家做生意亏了大本钱，当时王家的家长——王豫园的父亲王老员外认为有妖魔邪祟缠身，请了道士来商量。二人在屋中商谈了几日，王老员外便突然给仆从们都放了假，只有至亲几人和那老道在宅中，大约过了五六天，才让仆人们回来。从那时起，王家晚上便不许随便亮灯了。”老者回忆道。

地保也插言道：“小人也记得此事。当时家父是石匠，那老道还请他刻了两个石将军，放在家中镇邪。”

朱公让师爷记下几人口供，都画了押，想到一时也理不出个头绪，只好再乘上马车回衙。刚进了西城门，就见前边大道上人都围成一大圈，不知何故。朱公便打发衙役去问问。

没等衙役去问，突然路边有个眼尖的人跑了过来：“给大人请安了，大人也爱来看这些热闹耍子？”朱公一看，又是街面上常见的闲人刘二，正提着一篮香料卖，便问道：“前边这是干什么？”

“大人不知，本县内近日来了个变戏法的师傅，演得着实好看。”刘二不等朱公说话，便冲着人群嚷道：“闲人闪开，众人回避，县大老爷也来看戏法了！”大伙儿一听，连忙闪开一条人胡同，都弯腰施礼，倒弄得朱公有些难堪。

朱公连忙伸手示意大家免礼，解释道："本官只是过路，并非是要观看卖艺，大家且不必慌张，本官无意叨扰。"人群中间变戏法的师傅也侧目瞥过来，见到朱公，并不惊慌，大大方方走上前来施礼："小人王百变，参见大人。方才于街头卖艺，只图糊口，不想妨碍了大人，万望海涵。"朱公一看，此人至多二十余岁，白净面皮，眉清目秀，头戴一尖顶白帽，三尺青丝散披双肩，穿一身宽大白衣，十分讨喜，便忍不住叫人赏了些银钱，又问道："你前几日可曾与一个画匠同行？"那人答道："大人可是问一个独眼跛脚的画匠？小人赶来贵县时确实见过一面，同路上说了几句话，并未深交。"朱公觉得也问不出什么，便径直回衙门去了。

转眼间，又到了掌灯时节，朱公在县衙后书房中翻看相关文案，只有书吏文明陪着。朱公见文明打着哈欠，似有倦意，便让他先回去。文明笑道："大人，学生不是困倦，只是听说县中出了大案，冥思苦想了一整天，颇费了些神思。"

"那你可想出什么了？"朱公抬头问道。

"学生本来是没什么收获的。"文明低下身答道，"可晚饭时向仵作哥哥了解了一些案情，便突然想起之前乡中同学说过的一件事。"然后俯到朱公耳边悄悄说了。

朱公听罢，略作沉思，又对文明道："此事你我都不好出面查问，我看还是这样为妙，你去把值班的张小乙叫来，然后你自回去休息便可。"文明点头出去了。

再说那张小乙，不知朱公因何事找他，颇有几分战战兢兢，进

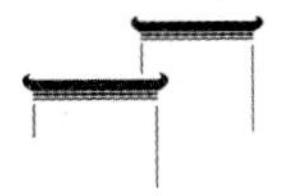

了朱公的书房，叫了声“回事”。朱公放下手中案卷，和颜悦色问道：“张小乙，听县衙中有人说你和县内怡红院里一个叫牡丹的姑娘相交甚好，可有此事？”

张小乙吓得顿时变了脸色，分辩道：“大人休听他们胡言乱语，此事纯属子虚乌有！”

“你可敢向本官保证没有这等事情？”朱公突然正色问道。

“下役对天发誓，绝对没有！”张小乙指着上方，大声赌咒道，“下役一心都在百合姑娘身上，从未对牡丹姑娘有何念头。”

朱公大感哭笑不得，只好继续问道：“那百合姑娘想必也是怡红院的？你与她交情可深厚？”

张小乙松了口气道：“正是，我与百合姑娘相熟三年，等到攒够了银两，便为她赎身。因此下役去怡红院并不是像一般人那样买笑，还请大人见谅。”

“好，这次便饶你一次，在为她赎身之前，你只可再去一次。”朱公吩咐道，“还有件重要的事情要你去办。”

“大人说的可是那件事？”张小乙指了指朱公面前榜文上的两个字，试探着问道，“下役开始也这样想，但是觉得实在是不太可能。”

朱公笑道：“不妨，你只管拜托百合姑娘打听便是。若是办得好，本官多赏你银两，好让你早日助她从良。”张小乙大喜，拜谢道：“多谢大人，下役一定办好此事，多得赏银，免得百合被他人提早赎走了。若是没有其他吩咐，下役先行告退。”朱公稍作示意，张小乙便喜滋滋跑了出去。

二十四日清晨，张小乙回到县衙，将探听的情况向朱公报知："听怡红院掌班的崔妈妈说，三天之前，有一个口音奇特的生客，请一位外邦佳丽，唤作奴儿不萘的，出去留宿了一夜。"朱公不由得一惊，眼神不由又扫到桌上榜单中昨日被张小乙指点的"波斯"二字："那奴儿不萘姑娘，可是我们要找的人？"

张小乙答道："不错，这姑娘正是怡红院中的胡姬，以前下役也见过，是个碧眼黄发的异人。只不过貌似并不是从波斯而来，而是祖居西域大食国，如今家道衰败流落至此，说不了几句中原话，可是美貌善舞。三天前，有个外地客人来找她，能和她随意交谈，晚上还带她回自己的旅店住了一夜。"

"其他还打探到什么消息吗？"朱公眉头紧锁，又问道。

"那胡姬下役也接触了，果然不会汉家语言，只会比画几下，什么也问不出来。这也不算下役无能吧？"张小乙无奈道。这时，书吏文明突然走进来，拱手问道："父师大人，小生不才，愿请缨出战，奉命赶赴行院，必然手到擒来。"

朱公听他如此理直气壮，哭笑不得道："书生难道研习过西域言语？"

文明再拜道："小生虽然不会西域言语，但自负还能画上几笔，说不通的事情，小生可用画笔与之交谈。"

朱公大喜道："如此说来便好。另外，通知杜捕头，还要注意那几个相关人证，切莫让他们远行。"张小乙与文明刚领命而出，门口又转进师爷，走上前对朱公道："大人，昨天我们已经打听到那画

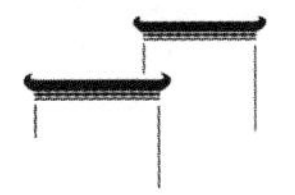

匠的些许下落，只是在祆教馆修补了壁画，后来好像和那里的长老起了些口角，从前天晚上起，就离开了那里，此后行踪便不甚明了。”朱公点头道：“他落脚的地方，我等也不便前往搜查。若是仵作那边有些许进展，这案情或许会明了些。”

师爷又道：“大人可还记得王宅中发现的那根毳毛？我等也查出了一些端倪……”正说着，仵作拿着一个旧陶壶走了进来，面带喜色道：“大人，属下刚才去了几家药铺，多方打听，得知这其中有熬煮过洋金花的痕迹。”“如此说来，事情就好解释了。”朱公想道。

“另外，还有些奇怪的事，不知与这几桩案件是否有关。”仵作突然低声道。

朱公挥手示意：“但说无妨。”仵作从怀中掏出一方手帕，小心翼翼道：“这块紫玉是在那阴阳生的行李中发现的，本来似乎是一块玉佩，可惜缺损得只剩了半块，上边的字迹也模糊不清了。”朱公接过那玉佩一看，果然与市井间一般人所佩的不同，好似刻着几朵祥云，忍不住反复端详了一阵，却未曾发现异样。正要还给仵作，无意间用手掌一笼那玉，竟显出一抹荧光。

“另外，那阴阳生身上还有一个蹊跷物件，是一个被扯掉一半的小卷轴。”仵作又拿出一个小布包说道，“可是这剩下的一半并没有字迹，估计有字的一半都被扯掉了。”

仵作说罢，突然转向师爷道：“先生刚才有什么话要与大人说，不知与此案是否相关？”师爷方才醒悟道：“对了，方才正要告知大人。这几日书班变换了服装，去向贩售香料的客商打听，得知那毳毛上的气息是何物。”

朱公忙抬头问道：“是否是乳香或苏合之气？”师爷摇头道：“非也。”

仵作好奇道：“属下整日与死者打交道，却对香料不曾钻研，敢问大人和先生刚才说的是何物？”

师爷解释道：“大人一直怀疑的乳香，即大食国所产的熏陆香，又称摩勒香。此物挥发极慢，且气味微小，应当不是我们所要找的气息；另外苏合油气微芳香，虽说是常用的大食香料，可是与中原所产的香料笃耨气味相似，也不是我们要找的。”

仵作猛然一拍脑门，叫道：“属下想起来了，我国经常有大食国客商贩售香料，这两样是最常见的，难怪朱公一直问这两样。”

“既然都不是，那就应是另有他物了，只是本官只在书中看过，并未亲自闻过这些香料。”朱公面露难色。

“大人不必担心，书班在香料铺中，已经将各色香料都嗅了个遍——其实我们要找的是和乳香同样常见的大食香料。”师爷笑道。

“难道是没药？”朱公不禁问道。

“大人说得不错，没药之气最特殊，其味芳烈而苦。书班自信不会辨别错误。”师爷说着，又从袖中取出一小包没药，递给朱公观看。朱公把那没药小块，在掌中仔细把玩了一番，自言自语道：“如此说来，这一连串案情的真相，已有七分浮出水面了。”

不到两个时辰，书吏文明与衙役张小乙也回了县衙，向朱公报道：“大人，刚才我等去了怡红院，向鸨母崔妈妈详细询问了一番，

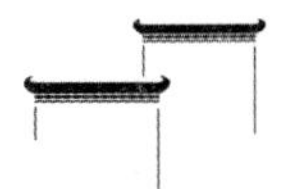

还与那胡姬用绘画交谈。虽然具体情况还不太清楚，但是也知晓了些重要消息。听崔妈妈说，那客人大约四五十岁，黑黄色面皮，会说流利汉话，包袱中好像带着一副髲鬄，还有些香料。另据胡姬绘画交代，那客人出手阔绰，给了她不少香料描眉画脸，而且确实拿着一副髲鬄给她戴了一阵。另外，那客商的住处十分冷清，至于具体是什么样子，那胡姬就画不清楚了。这些便是那胡姬所作的图画。另外，据卖散货的闲人刘二做证，那客商确实带了些用不完的香料送给胡姬，都让他买了去卖。”

“好。你是否记得，那胡姬身上可曾有这般气息？”朱公接过那几张纸，又将手中的一小包没药递给文明。

文明接过没药，刚一凑近面门，立即言道：“那胡姬身上虽然早就沐浴干净，没有这般酷似水烟的气味，可是身边的一方旧手巾却大有此味，四五步之外，便能嗅到。”张小乙接着说道：“据崔妈妈讲，那条手巾正是奴儿不萘姑娘和客商出去过夜时所携带的。文明已经将它作为证物拿来了。”

“哎呀，只顾说那胡姬，此事险些忘却了。”文明有些不好意思，从袖中取出一条雪青色手绢递给朱公道，“这手巾是奴儿不萘姑娘平时卸妆擦脸时用的。恰巧在那个生客离开之后，这几天她因身体欠安，不曾再接见新客人，因此不曾上妆，这手巾上还留有此类的浓重气息。”

朱公又取过那根黄褐色毛，交与文明问道：“那胡姬的头发，可是这样的？”文明仔细打量了一番，答道：“根据小生的观察，此毛发应当正是她头上的。只不过，我县境内尚未得知有大食客商，因此语言不通，无法进一步审问。”

朱公又问师爷道：“杜捕头那边进展如何？”师爷拱手道：“杜捕头正奉命追查那独眼画匠的行踪，现在暂时还没有消息。”

众人又谈论了一盏茶的工夫，书房门口响起一声“回事”，杜捕头迈步走进来禀报：“大人，属下在城中仔细排查了数次，还是不曾找到那个独眼画匠。”

朱公道：“这个无妨，你且先去用些餐饭，再去寻找海捕文书上的几名要犯。”杜捕头转身刚要离去，突然想起一件事，又道：“大人，属下与众衙役在城中巡查之时，看见一家重新开张的旧瓦舍里有名颇受欢迎的外地口技艺人，能学各方各色人言语，与大谷盗面相十分相似。”朱公立即应道：“大谷盗是倭人，虽然会讲我国语言，但学会各地方言，还是不太可能。你且说说那口技艺人的相貌。”

杜捕头回忆道：“是个黄脸汉子，一脸绛红色络腮胡须，身长七尺左右，穿一身画有赤面鬼的黄土布短衣……”还没等杜捕头完全说明，文明和师爷突然对视了一眼，齐声叫道：“杜猛！”杜捕头登时一惊，急忙对朱公道：“大人请放心，属下敢以职位担保，这个头差了一尺，绝对不是杜猛。”仵作又插言道：“既然是绛红色络腮胡须的人，或许是异邦人，极有可能与那个找胡姬的客商有关。”

朱公突然打断道：“大家先不要争辩，本官还有些事情要问明白。”又转而问文明道：“那个胡姬可曾说明，那异域客商的身上有何不同于常人之处，以及那髲鬄是何样式的？”

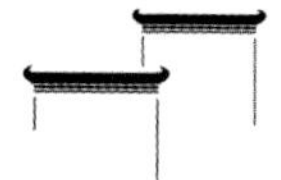

杜捕头不解道：“大人刚才说的髲鬄，是何物件？”文明接过话头笑道：“这髲鬄是女子头上常戴的物件，用人发做成，一整套戴在头上，可改换头发样式，且与自身真发无异。那奴儿不萘姑娘戴过的髲鬄，是披散的黑长直发。”

“你可确定？”朱公猛然一惊，“是否确保问得准确？你是怎样向她问几天前发生的事情的？”文明上前拱手道：“小生拿出一副皇历，指着赵书生被害的日期，她立即面露惊慌之色。之后我们又简单作了几幅画，让她画出那晚的情形。”

朱公再次展开奴儿不萘的画看了一眼，上面简要绘有一袭白袍与一副髲鬄，另有一大白方块，两个上圆下方的东西，以及一把形状怪异的红柄黄伞。朱公问道：“这画面上的奇怪对象，以及这把粗柄小伞，是什么意思？”文明答道：“小生也不知是何物件，指着画暗示着问她，她就领着我们，去指了指妓院门口的红灯笼，又指了指路边的一只长毛猫。”

“灯笼和猫？”朱公疑惑道，“大家且先各自回去休息，待本官仔细斟酌斟酌，若是有了新猜测，再与你们说知。”

众人出了门，文明拉过仵作来，低声问道：“仵作哥哥，你那边可曾查出什么端倪吗？”仵作答道：“那书生身上无有伤痕，也不见中毒疾病之征，尚未确定死因，但大致应是心病所致。其余的死因都已经报告朱公说知，那阴阳生是被刺中胸口致死，和那五名衙役相同，只有李大郎有两处刀伤，腹部有中度伤，后背有致命刺伤。不过这血迹……”仵作突然停住脚步，在身上摸索道，“糟了，我给几名死去的衙役擦血迹的手帕不见了。”文明问道：“这是重要证物吗？”

“这倒不是。只是他们手上有些特殊的石青色，我擦在手帕上，可大人也不知是何物。我想到你会作画，可能知晓是何种染料。”仵作应道，“既然找不见手帕，那就和我去停尸处看看罢。”文明只好硬着头皮答应了。

原来旧时的无名死尸，大都暂存在城中关王庙，离县衙并不远。二人到了庙中停尸的后院里，仵作先让文明看了书生的尸首，着实将他吓得不轻，文明强打精神仔细看了看，低声道：“过去我看过一本与相面有关的古书，他这样的表情，应当是惊惧致死的。”仵作嘟囔道：“开始我看他这样，还以为是被蒙在被子里捂死的。”又掀开阴阳生身上的草席，文明看了回忆道：“这个人，我看着有些面熟，可是记不清是在哪里见过了。”

仵作又掀开几个小衙役身上的草席让文明看，并未看出他们手上的涂料痕迹是怎么回事，最后仵作又撩起李大郎尸体上的草席来，让书吏正和死尸对了个眼，不由得又吓了一跳。文明再次定神，又壮着胆子看了两眼，突然惊叫道：“仵作哥哥，你是否注意到，这李大郎的眼角处，还残留了些青绿色的痕迹，会不会是由于他是双眼圆睁，所以眼角没有被擦干净？”

仵作又凑近看了看，也疑惑道：“这些痕迹实在不易发现，多亏你眼光敏锐。可这李大郎又不是女人，难道会在脸上弄什么化妆的颜料？”文明建议道：“我们且先去禀报朱大人，或许他有什么想法，

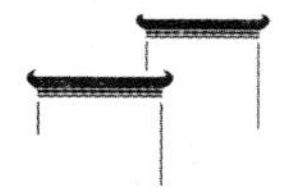

知道这其中的隐情。”

二人刚走到朱公书房门口，抬手正要叩门，不想朱公猛一推门走了出来。二人一怔，见朱公手中正拿着仵作遗失的手帕，满面正色道：“快告知杜捕头，点起三班衙役，准备好弓箭麻绳，与本官一同前往王家老宅！”文明忙回身去找杜捕头，仵作不禁问道：“大人可是想到什么要紧的事情了？”

“现在时间紧迫，无法解释，等抓获了杀人的凶犯，本官再做详尽的说明。”朱公催促道，“你和师爷等人留守县衙，不可随意走动。”仵作只好将刚才文明所说简要向朱公说明，朱公听了，突然面露喜色，只是让仵作去催促杜捕头。杜捕头得了朱公差遣，急匆匆准备好出门，可惜自己的弓前两天刚拉断了，只好向附近街头卖野物的猎户借了窝弓药箭，一边又叫众衙役准备马车。

朱公乘了马车，杜捕头等人骑了快马，赶往西庄。行到一半路程，朱公撩起车帘问杜捕头：“从县城到王宅，最快用多长时间？”杜捕头在马上答道：“即使是快马加鞭，也要一个半时辰左右。”朱公并不再言，坐回车中，又仔细思忖了一番。

到了王宅之后，朱公吩咐众衙役轻声慢步，小心藏身在赵书生几天前所住的房中。杜捕头不解问道：“大人这是何意？难道今晚还会有凶案发生？”朱公摆手道：“你且莫急，待天擦黑后再看。”众人只好安心等待，刚到申牌时分，朱公便让众人打起灯来，一同出了房门，到第一进的西跨院中，停在发现蜡油的那面粉皮墙下。朱公拿起铜灯碗，用手遮笼火苗使其暗淡，墙上便逐渐显出一阵阵青色亮光。

众人定睛仔细观瞧，竟然是个人影。杜捕头趴近看了看，惊道：“好像是一个老道人的模样！”张小乙道：“难怪王宅天黑后禁止火烛，原来有这般玄机！”另一个衙役接话道：“这老道士也没什么吓人之处，害我们白提心吊胆了一番。”

朱公将灯光又照在了墙面，那画面就不见了，遂对众衙役说道：“你们几个再将烛火弄暗淡，到王宅各处去查看，哪边的墙上还有这类图像。务必二人一组，不可松懈，谨防凶手再做什么手脚。”朱公让杜捕头跟在自己身边，顺着院墙认真查找。不多时，随着夜色愈加浓重，杜捕头看到门口右边石将军身上有一点荧光，便指示给朱公看。朱公凑近一瞧，这光点正处在石将军胸甲上，正好让那“王”字变成了一个“玉”字，且书写十分标准，但这点荧光染料又像是不慎溅上的。

约莫过了一炷香，众衙役都聚回朱公身边，报知并未发现新情况。朱公此刻也想得差不多了，只叫杜捕头和衙役们放轻脚步，穿过一条两边全是大陶鱼缸的过道，到第三进院子的东跨院北房中藏好，慢慢等待。众人虽然不解，但是见朱公不愿多言，也不好再问。直等到月上中天，照得院中如白地一般，众人透过窗格往外看，有一人影举着一盏豆大的油灯，在院门口晃了两下，幽魂一般轻轻离去了。众人正要去追，却被朱公拦住：“过一阵他还会再来。”众人又等了好一阵，正昏昏欲睡，忽听得房顶瓦片声响，还未等反应过来，一人便从房顶跳在院当中，如四两棉花一般轻便。因是背对着窗户，

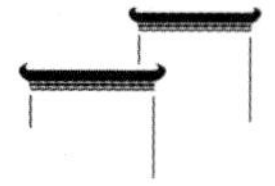

并未看清面目。那人提了提鞋，从背上解下一把铁锹，左右看了几下，觉得四下无人，就解下铁锹撬地上的青砖，然后又尽力挖下头的土。朱公吩咐众人不要行动，继续窥探一阵。

那人一直从三更天挖到四更天，几乎将院中青砖挖了个遍，足有二三尺深，挖出了一堆碎陶片，还是没有停息的意思，最后连墙角的花盆水缸都砸碎了。朱公看到那人越来越气急败坏，浑身汗透，倚着铁锹大口喘粗气，便给杜捕头递了个眼神。杜捕头张弓搭箭，透过窗上的破孔瞄准了，“嗖”一声便射在那人的左边小腿上。那人疼痛难忍，登时就栽倒在地，再也起不来了。

杜捕头一声招呼，领众衙役破门而出，三下五除二，将那人捆了个结实，此刻你便再有天大的本事，也脱不得身。朱公走上前去，叫衙役点起灯来，用光亮照着那人的脸来看，却并不认得。杜捕头叫两名衙役将此人架起来，问他姓名，那人只是摇头，一个字也不说。朱公笑道:“先将这厮丢入他自己所挖的土坑中，等天亮再带回县衙。”又对那人说道：“即使你只字不提，本官也知晓你的底细！”杜捕头疑惑道：“大人，我们并不曾见过这个人，您是如何知道的？”

朱公摆手道:“你们且先莫急，待本官先把前几桩案件细说分明。”说着从袖中取出一张纸，展开了给几人看，正是那胡姬的简笔画作，“本官先把这一幅画解释一番。胡姬不通汉家言语，只好画出她那晚的所见：这大块白色方形，正是这王宅的粉皮墙。这上圆下方的两个物件，便是王宅门口的两个石狮子，上边是圆脑袋，下面是方形石墩，因为难以描画，只好随便勾了个轮廓。她又指长毛的猫儿，暗示是差不多的东西。”

杜捕头佩服道：“原来如此，大人是如何想到这些的？”

“本官最初也没想到这些，只是看到了另一样东西，才想到再来王宅一趟。直到出门时，看你没有弓箭，向熟识的猎户借了一副捕兽的窝弓药箭，便想到既然这弓箭可以用大一号的类似物代替，那胡姬也可以用小一号的类似东西代替她想说的东西。再想到她指的是离门较近的路边，加之这图画形状，便想到了王宅的石狮子。”

衙役张小乙又问道：“这石狮子还好理解，可这模样奇怪的小伞又是何物？我们几个商量了好一阵也没有结果。”

朱公将画上下倒转了，又对众人说：“那胡姬想必是画出一样东西，就递给文明观看，因此传递几回，所画东西并不一定都在同一方向，这类似小伞的东西，实际是画倒了。你们看这是什么？就在你们眼前。”

“灯碗！”众人异口同声道，“正是这插了红烛的铜灯碗！”

杜捕头拿过灯碗道：“这样式的灯碗并不常见，这更说明那个胡姬亲自来过这宅子，而不是别人将她的头发故意放在这里来陷害她了。”

朱公点了点头，接着说道：“至于那副髮鬄和白袍，据文明在一本相书上所见，书生可能是惊惧致死，从这些就可以知道那书生的死因了。有人让奴儿不蓁穿上白袍，戴上黑色长发，化妆扮作鬼魅，潜入书生房中，将他惊吓致死。胡姬肯定是不知情，因此才受了惊吓，这几天都不见客人。”

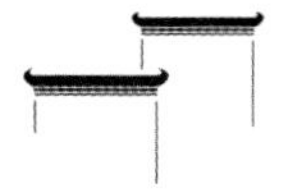

杜捕头疑惑道："可是大人，凶犯就算身体再弱，暗杀这个手无缚鸡之力的书生，还是轻而易举的，何必费这么大的周折？"

朱公笑道："问得好！由此我们可以推测，那请胡姬扮鬼的客商，并不是真想吓死书生，而是制造这宅子中有妖魔邪祟的假象，希望他第二日能四处散播谣言，使他人不敢再前往这古宅当中。"

一个衙役猛然醒悟道："是不是由于这里藏着某些不可告人的东西，所以凶犯才要布置得如此复杂？"

朱公点头道："正是如此。可是凶犯并没有想到，这一闹鬼的案件，反而招来了另一个他不希望卷入的人。"

"莫非是那个阴阳生？"杜捕头问道。

"只不过是个扮作阴阳生的人。"朱公解释道，"本官先说说他被害时的情形。当夜，他趁没人的时候，点着灯四处寻找自己想要的东西。走到那一面墙下的时候，突然发现了那幅夜间才会发光的道士图画，吓得坐倒在地，所以手掌处才会有擦伤。这时候灯烛晃动，把蜡油弄在了他手背和地上，他的衣襟也被烧焦了一些。这时候凶犯突然从后边偷袭，和杜捕头猜测的李大郎被杀的手法相似，将手绕到他胸前，反手把利刃插入他的胸膛。之后凶手再将他悬挂在门前，造成他自杀的假象。如果本官草草结案，甚至不会进一步追查，便定为是鬼魅害人。从此以后，就更没有人敢进入这宅院了。"

"那阴阳生为什么会害怕墙上画的道士？凶犯又为何一定要将他置于死地？这与后面衙役被杀的案件是否有关？另外，大人是怎么知道那人并不是真正的阴阳生的？"杜捕头等人一连串问了许多问题。

朱公听完了他们的疑问，缓缓说道：“你们问的，其实都是同一个问题。”看见众人更加不解，朱公又说道，“那阴阳生打扮的人，临死之前，给我们留了一些暗示。张小乙，你可记得那阴阳生提到过本官？”张小乙回忆道：“确实如此，他说朱大人断案如神，久闻您的大名。”

“既然这样，他就尽力在死时做了一番挣扎，在太阳穴上画了一道血迹，给本官留下了遗言。杜捕头，你还记得我们在汴梁城里猜字谜的事情吗？”杜捕头点了点头，朱公又道，“此人也给本官留了一个字谜，头上画了一条类似竖折笔画的血迹，这其实是个偏旁中的走之底。”

“在头上画走之底？”杜捕头仍不解其意，“难道是表示那人的名字里头有个‘之’字？”

“非也。”朱公摆手道，“这‘走之底’与‘头’放在一起，正是‘道路’的‘道’字，再加上这人的右手上满是血迹……”

“血手道人！”杜捕头惊叫道，“如果他真是开封府的血手道人王太清，就不奇怪会知道朱大人曾在开封办案，由猜谜而破获‘血污铜钱’一案了。”

“这‘汴梁城’与‘道’字，正是两条能互相证明的线索。”朱公点头道，“再加上他身上有块刻着祥云的紫玉，本官便更确信他就是从紫云观出来的了。昔日我们在汴梁游玩，也曾去过那里，恐怕因此文明才说他好像在哪里见过此人。”

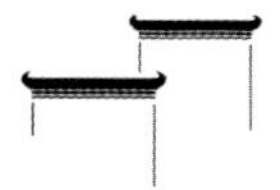

“那这么说，墙上所画的这个老道人就是……”杜捕头猜测道。

“没错！就是王道人的师父，也就是多年前曾经帮助过王老员外的那名道士。你们看那石将军身上的夜间荧光，应该就是那时候留下的，因此也就不难得知，为何王宅晚间禁止火烛了。”

“这王太清就是杀死他的师父后出逃的，见到这里有他师父的画像，必然以为是他师父的冤魂显灵，难怪会吓得跌坐在地。”杜捕头应和道。

“似王太清这般的高人，正面交锋过于危险，所以凶犯才会定下此计，趁他惊慌失措之时，靠偷袭将他杀死。如此一来，就算凶手不通武艺，也可将他轻松杀死。”朱公说着，又从袖中拿出件作丢在他书房的手帕，“你们看这手帕上，也有夜间会发光的染料，应当和墙上的那幅道人画像是用同一种材料所绘。本官也正是在书房中光线暗淡时，看到了件作的手帕上会发光，又想起之前从阴阳生身上也搜出了带有荧光涂料的紫玉，就明白其中的玄机了，王道人应当是来此寻访他师父留下的什么东西。昨晚本官又在书房中查阅了一些古籍，得知这是一种叫作海萤的小海虫，用它的甲壳研成粉末，可以做成夜光漆，所绘出的图画只有夜间或光线暗淡时才能看到。”

杜捕头接言道：“若是王道人身上本来就有带荧光染料之类的东西，那他和接下来几名兄弟被害有何干系？当初件作怀疑是他杀了六名衙役，可是他在众衙役之前就已经死了。”

“因此说，杀死衙役们的另有其人。”朱公分析道，“刚才我们已经可以假设，在墙上画出老道士的人就是杀害王道人的凶手，有这么好的绘画手艺，又熟悉这里地形的人，只有一个。”

“画匠！？”众人再次惊呼道，“这么说，那画匠也不是一般人了？”

“当然！”朱公目光炯然，突然高声说道，“师爷曾经去调查过，那画匠在祆教馆住了几日，还帮那里修补了壁画——那里的壁画，和平日里我们常见到的汉家壁画大有不同，若是没有娴熟手艺，怎敢随便出入那里？”

“朱公说的祆教馆，可是城中那青绿顶、上头有老鹰的大房？”一衙役问道。

“正是。这祆教馆，是对波斯人开的饭庄的一般称谓，里边常有馆主的壁画与挂毯。祆汉两教，一直泾渭分明，因此本官认为，这画匠应当是个波斯人。再说他和本官说话，自称也和他人不同，好像不通礼节一般。”朱公正说着，杜捕头突然打断道：“可是海捕榜文上，并没有看到有波斯人在上面，只有倭人之流。”

朱公笑道：“你可还记得榜文中有个‘铁心木虎’马正龙，原来你们不知道，这‘木虎’正是祆教中‘长老’的意思，我想那画匠应当就是他。估计此人是从哪里知道王道人要来这里找东西，也跟到了此处。或许是由于脚程快慢不同，他比王道人提前一天来到王宅，之后又想出了一条两全之策，利用自己是波斯人，会讲大食语言的便利，假扮西域客商，请来了胡姬帮忙——这样一来，既能让包括书生在内的目击证人都无法亲眼看到他本人，又能防备半夜王道人

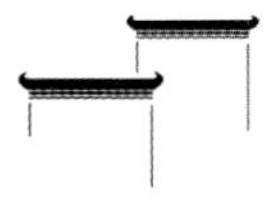

突然杀出来，因为他可以用扮鬼的胡姬充分吸引其注意，自己方便脱身。”

“即便如此，说那个画匠就是马正龙，还是有许多牵强。”杜捕头小声分辩道。

“本官当然有更加确凿的证据：你们可还记得，那画匠身上还贴着膏药？”朱公解释道，“现在回想起来，那膏药的气味应该就是没药。若他真是一个穷画匠，哪里来的贵重的大食药材？因此应当是手头宽裕，且从大食而来的波斯人，这就与马正龙其人对照合卯了。另外，刚才来这里时，我问杜捕头得知，这里距离城中距离较远，画匠只凭自己的两只脚来回奔波，加之赶路又匆忙，扭伤脚踝也是大有可能。我曾在医书上看到，没药能散血去瘀，消肿定痛，医治跌打损伤最为有效。”

“所以马正龙才带着没药？”杜捕头道，“他出逃在外，不太可能随身携带，恐怕是从祆教馆的长老那里得到的。没想到，他包袱里的假头发和没药放在一起，也沾上了那特有的气味，之后又染到了胡姬头发上。”

“可是马正龙从王道人那里得到有关老道人的一些信息，再走在他前面来到本县，又去找长老打听县内详情，并安排其他事物，恐怕也要一两天，这样王道人的脚力恐怕也太慢了吧？”一个衙役又不解道。

“且先不论这些问题，咱们先说说马正龙让胡姬扮鬼惊毙书生，又用夜光画设陷阱，杀害王道人之后，再用类似的方法杀害几名衙役的经过。”朱公看众人不解，想必是想问什么是“类似的方法”，于是又接着演绎道，“我们已经得知那六名衙役眼角好似有些夜光漆的痕迹，嘴边的血迹也断开了，好像是被擦过，再联想到之前两桩假充鬼魅的案件，就可作出推测，这次马正龙也是借‘鬼神之力’，将这六人杀害。”

“原来如此！我开始也觉得疑惑，就算武艺再高强，同时将院中距离较远的六名衙役瞬间杀死，还是在他们都站立的时候，原来是借助……”杜捕头正说着，又陡然堕入了五里雾中，“还请大人明示，怎么叫借鬼神之力？”

“由马正龙给胡姬装扮之事，本官就想到了戏曲中描眉画脸的手法，从此类推，便可知道六名衙役的死因。凶犯趁六人睡着之际，在他们的眼眶嘴边都用荧光漆描画了，等到月光暗淡，再惊呼使他们全部醒来。他六人看到周围人面目可怖，必然以为同伴都是鬼魅，不假思索就互相杀害了。李大郎的武艺较高，活到最后，却没防备躲在石将军身后的凶犯，被他一刀刺中后背而死。”朱公耐心解释道。

“可是大人，那几名兄弟即使是守夜的时候睡着，有人在脸上描画，怎么会不被弄醒？”杜捕头又问道。

“这也不难，仵作在王宅厨房里发现的破陶壶里验出了煮洋金花的痕迹。想必是衙役们用那陶壶热酒，凶犯趁他们不备，将洋金花粉末倒入酒中。地保看到的火光，恐怕就是李大郎他们生火的痕迹。”朱公又想起了在医书上读到的语句，“这洋金花，又称押不芦、风茄花，西域称作曼陀罗，中华各省都有产出。以少许磨酒饮，即

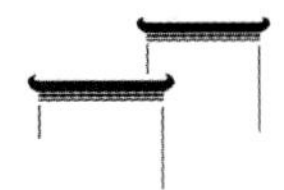

通身麻痹，加以刀斧亦不知。昔华佗能剖肠涤胃，想必有此等药耶。”

“属下想起来了，这正是做蒙汗药的材料。恐怕王道人也是被这药麻翻，昏睡了几日，才比马正龙晚来了此地。马正龙可能本来希望官军将熟睡的王太清捉拿，使自己在不被卷入官司的情况下除掉王道人，可没想到道士走运，又扮成阴阳生来到本县。”杜捕头也恍然大悟道，“凶犯用少量的洋金花将六人药倒，等到药力差不多过去了，再将他们唤醒。”朱公又补充道：“那几人忽然被唤醒，眼神尚且迷离，就用手擦了眼睛，因此拇指和食指上还留有夜光漆的痕迹。”

“既然这六人全都死于院中，那门外石狮子上的血手印又是怎么回事？”张小乙又忍不住问道。

“这就只有一种解释：螳螂捕蝉，黄雀在后。凶犯在杀害六人之后，擦去六人脸上的夜光漆，为了制造石将军显灵的假象，又小心翼翼用沾血的鞋底在石将军身边制造了脚印，就在倒退蹭着脚底走到石狮子身旁的时候，没提防身后有一人突然给了他一刀，刺中要害之处，血水飞溅，他受重伤自然会扶住石狮子，这样一来，就留下了那个手印。”朱公分析道，“至于杀害马正龙的人，想必就是这土坑里的人了。”

杜捕头走近坑边，对那捆着的人道：“看你刚才蹿房越脊的本事，虽说是个高手，也没想到朱公和我们埋伏在这里，先让你累得筋疲力尽，又再中了我一支药箭吧？现在你有再大的本事也休想逃脱了。”又转身问朱公道：“大人，这厮嘴强牙硬，不肯招供，您看该如何处理？”

朱公也走近那人道：“你若是不想说话也可，先听本官讲说，若是正确，你点头便可。”又吩咐杜捕头将他搜身，只找到了半张略带血迹的厚纸，朱公又把灯凑过来，原来是一幅王宅房舍的简图，再仔细看时，发现门口内侧右边用红笔画了一个圈。那人身上另有小刀一把。“果然不出本官所料。现在，王道人、马正龙以及这个人来到此处的目的就完全明了了。”朱公把那半张纸给众人观看后，又从袖中掏出一残破卷轴，与半张纸拼合，“这半张纸，就是从这卷轴上撕下的。本来是马正龙从王道人身上偷来的，马正龙被刺死之后，这半张纸上就沾染了血迹。”

不等杜捕头等人再问那地图的意思，朱公拿出那块紫玉说道：“这块玉，就是解开这宅中秘密的钥匙。那石将军胸前也有一个特殊的‘玉’字，和这玉佩一样，只能在夜间看到荧光，其中的暗示含义嘛——”朱公将地图上下颠倒过来，“这宅子和一般院落一样，是坐北朝南，共有三进院子，每一进都分作东西两跨院，其实就是个放大的‘王’字，我们所站之处如果是那一‘点’，便构成了个‘玉’字。”

“原来是张藏宝图啊！”杜捕头兴奋道，“可是这个人翻找了这么长时间，并未找到什么，难道是有人占了先机？”

“本官认为并非如此。之前六名衙役和马正龙死后，凶犯因为怕不小心在院中留下血脚印，因此只是拿了马正龙的行囊，得了那半张宝图，又将马正龙扛起来藏于某地，因为身穿黑衣，所以沾染

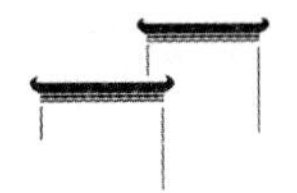

血污也不必担心。待官府查完结案，再来取……”朱公突然停住了推演，面色转为凝重，“不对！他根本没必要将马正龙扛走，留在这里反而能让官府把全部罪责推在马正龙身上，有利于结案，他也就能更安心地来此办事。马正龙之所以消失，只能说明，他可能还活着！”

“哈哈哈！”坑里那人突然狂笑道，“县大老爷刚才说得一点不错。老马现在或许还有口气，若您真是断案如神，猜猜马正龙藏在哪里了？”杜捕头看他嚣张，刚要发作，朱公拦住道：“如果知道你的身份，是不是就能找到马正龙了？”那人斜着眼睛冷笑道：“知道老子身份的人，全天下可没几个！”朱公故意仰头看了看月亮道：“原来是个七十二变的小神仙！虽说月有阴晴圆缺，人分黑白丑俊，可是再怎么变，也会留有破绽！你是不是曾穿戴马正龙行囊里的白袍与披肩青丝，装扮成一个变戏法的？后来又穿了马正龙的黄短衣，血迹画成鬼脸，在瓦舍里演口技？”那人顿时瞪圆了双眼。“如此说来，那重新开张的旧瓦舍里，或许还藏着马正龙。”朱公说着，吩咐两个衙役前去搜查。

那人垂头丧气道：“大人刚才说我有破绽，到底是指什么？”朱公上前道：“就是你这双落地无声的夜行鞋，最好的夜行鞋是用人头发像结草履一般编成的。我看你脚上这双还比较新，但是编织得却有些拙劣，不太合脚，因此应当是你从马正龙的髮髻上拆下几缕，自己编成的。本官说的可对？”那人最后挣扎道：“算是被你蒙对了！我再问一句，你可知道小爷姓甚名谁？”

朱公冷笑道：“刚才本官已经说过了，你是七十二变的灌口二郎真君！吕心明，你还不认罪伏法吗？”杜捕头在一旁醒悟道：“原来‘小真君’是指的二郎神，吕心明是蜀中人，若是得了这个绰号，肯定是把他比作都江堰旁灌口庙中那位善变化的二郎神了！”朱公点头道：“正是因为他善于装扮，所以才会是‘年岁不详’。刚才你们从他身上搜出那半片卷轴时，本官就想到他会不会是将卷轴和长发白袍一同从假扮西域客商的马正龙那里拿了来。这样就很容易再想到他在街头变戏法的装束了。”朱公又转向那人问道：“你从马正龙那里夺来了这些东西后，也大致读懂了宝图，来到这里后想到没有铁锹，又去别处取来，再直接从后边翻房脊过来，本官说的可对？”

“我白天在街头卖艺，顺带打听些消息，得知县令十分了得。本来还庆幸故意在朱大人面前现身没被看出破绽，没想到还是漏了馅！也罢，该我聪明一世糊涂一时！”那人低声抱怨道。朱公又说道：“你可不是聪明一世糊涂一时，还有一件事情你弄错了，石将军胸前的暗号，并不是表明这里埋藏了什么东西。你们看这笔画上的一点，一头是好似剑尖，指示一个地方，就是第二进院子和第三进院子之间的过道。”杜捕头疑惑道：“这过道常有仆人来来往往，东西藏在那里并不安全。另外，大人可知道他们要找的是什么宝物？”

朱公领众人走到鱼缸旁边，叫杜捕头捡了块石头用力砸了四五下，上边的陶瓷簌簌剥落下来。里边显出亮闪闪一片。张小乙惊道：“原来这大鱼缸只是裹着一层陶瓷，里头包的全是金子！”朱公又叫众衙役把两边十口大缸全都敲打一番，果然都有金银在里头。朱公让

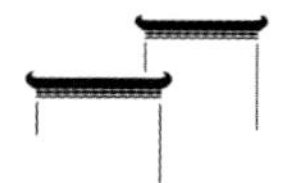

他们天明时全运往县衙，还笑道：“可惜这鱼缸里头水都空了，金鱼也被仆人们都捞出来卖了，否则这些金缸盛着金鱼摆在县衙，也是一道景致。”又有衙役抬过吕心明，放在缸里。几十个衙役忙到天明，分了几批才都拉回县衙充公。

朱公和杜捕头看东西都运送完毕，最后才起身回府。杜捕头问道：“大人为何一开始就怀疑这鱼缸，一般人都会挪开鱼缸看看下边是否埋着东西。”朱公道：“王宅中上下物件大多被仆人变卖，可这缸却没人要，可见其沉重异常，与一般的陶土缸不一样。另外吕心明挖出的那些碎陶，也提示了本官，将之前的陶缸砸碎，埋在第三进院子，一者可以掩仆人耳目，二者即使有高人看出些宝图的端倪，在第三进院中只挖出来一堆碎陶，也会觉得自己被戏耍而停手。”

二人回到县衙，已经有衙役将马正龙从瓦舍地板下救出。朱公看他左臂中了刀伤，气息微弱，想必是拜吕心明所赐，又问他如何得到王道人的卷轴。马正龙本来以为自己必然死在“小真君”手里，如今竟然能再喘息一会儿，已经是十分侥幸，干脆和盘托出了。原来几十年前他曾经真四处修庙，壁画雕塑都晓得，来到王宅这里时候马正龙正巧帮一老石匠雕刻两个石头将军，当时就对紫云观的老道士起了疑心，后来在王宅当仆人时晚上点灯，被重责赶出，心中更加疑忌。如今成了通缉的要犯，缺少盘缠，便想来此处寻找，客栈里正好碰上王太清，想将他麻翻了打打秋风，谁知竟意外发现了紫云观老道长画的宝图和血手道人独门的飞镖，也由此猜出王太清的身份，他便扯下卷轴有字的半张，其他重新藏回去。来到本县时，被善于变装的吕心明怀疑，一路跟踪，最后才着了暗算。那书生和王道人以及李大郎，果然都是被他所杀，与朱公说的一般无二。马正龙垂头丧气道："我只是发现石将军身上的荧光，以为宝物必然以荧光的方式标注在宅中某处，所以连续多日在宅中举灯寻找，可惜并未发现。"

朱公听罢，也明白了古宅中游走的灯光是他的缘故，于是下令将马吕二犯人押监入狱，又写文书上报州府。杜捕头上前问道："王老员外为何不将金银存在的地方画成具体图画，而是要靠石将军上的记号标注？"朱公道："若是明白写下来或画下来，万一让仆人发现了该怎么办？王老员外当时赔了本钱，想必十分小心，才听取了老道士的话，弄了这些玄机，将家中的救急钱财铸成鱼缸，这样也可防止子孙随意挥霍。至于那石将军胸前的一点，我想应当是老道士自己假装弄上去的，想让以后的某位聪明人——比如他的某位弟子理解其中奥秘。后来王老员外发现时，已经渗入石中，无法擦除，又害怕被仆人怀疑，只好下了禁灯令。"

杜捕头叹服道："原来如此！可惜王宅现在没了人，这些金银也无人继承了。"朱公也道："真是人算不如天算，老道士估计也想不到会被爱徒所害。正所谓财是惹祸根苗，若人人都似杜捕头这般重情重义，天下也太平许多。"杜捕头脸一红道："大人既然已经猜到，莫要再取笑属下。今后我一定公私分明，若是真见到我弟弟杜猛，必定秉公办理，将其绳之以法！"朱公听后哈哈大笑，拍了拍杜捕头的肩膀，"如此便好，这样本官就放心再让你去查一桩大案！"

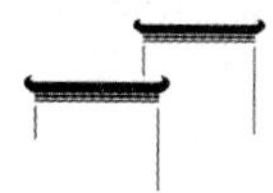

杜捕头正要询问，朱公道声不急。此时天色转阴，二人不约而同向门外观雨水，正是难得闲时，有道是：

树舞伴恢声，沙起当空腾。

归鸟宿巢去，池波皱难平。

隐隐鼍喉动，阵阵甘露生。

轻取袖中扇，闲看雨霖铃。

吸血僵尸

一

某日寅时刚过，朱公才净完了面，就在水池边拿着烧饼，边吃边时不时扯下一块喂鱼。这正是：

人投一粟水立浑，
徒手便捞几斤沉。
世人逐利多如此，
甘为微饵丧己身。

朱公吃罢，正要回屋翻阅新来的衙役档案，就见书吏文明慌慌张张来禀报道："大人，不好了！出了人命案了！"紧接着，师爷又一身血迹进来了，朱公惊问道："难道先生失手杀了人不成？"

师爷此时也意识到自己穿着不妥，便脱了长袍解释道："大人不必惊慌，此事另有隐情。"原来是日清晨，师爷刚从县衙角门出来，

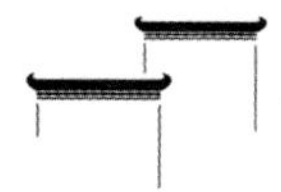

准备买些早点，突然见一妇人蓬头垢面，穿一袭满是血迹的白寝袍，连滚带爬地冲过来，一把就将他衣襟扯住了，故此也染污了师爷的衣裳。

朱公听罢，又问道：“那妇人现在如何？神志可清楚了？”

文明回禀道：“学生已经让贱荆和几个仆妇去照看她，现在应该已经安定些了。”

朱公整了整袍带道：“看来她现在已被你们带到客堂去了，速速领本官前去查看。”

那妇人此时已被文明之妻杨氏安置在会客堂，喝了几口热水，已能说出几句完整话，见了朱公忙起身下拜道：“大人明鉴，民妇有天大的冤屈，还请青天大老爷给民妇做主！”

朱公俯身问道：“你且先说明有何冤情？如若属实，本官定能给你做主！”

妇人哭道：“此事十分稀奇：民妇是城外南庄的农妇公孙氏，今早起来一看，我丈夫的脑袋睡丢了！身上这身血，便是扑到他身上看的时候染上的。”

朱公听罢大吃一惊：“原来是人命案，看来你十分惊慌，不曾告知地保就一路跑来了。现在本官立即点齐人马，咱们一同前往案发之处查个端详。”便叫师爷套了车，杜捕头牵了马，又让文明喊醒了仵作，一行人带着告状的公孙氏去了南庄。只留师爷在县衙处理公干。

这南庄离县衙最近，不多时众人便到了。公孙氏打开村口第一个小院的竹排门，仵作便一马当先走了进去。朱公紧跟其后，刚踏入卧房，便看到一具无头尸体横躺在一张竹榻上，连着脖颈上的刀口，枕头上扇面般一大片殷红，仵作过去略略一看，冷笑了一声，又仔细查看脖颈上的伤口，对朱公道："大人，属下办案这么多年，还没见过死得这么蹊跷的！"

朱公正不解其意，仵作又道："该男子大约三十五岁，是失血过多而死，脖颈被钝刀缓缓锯断，可是这枕头上并非全是血迹，大半是洒上的朱砂漆。由于血液比较容易检验出来，若不是属下用心，就会认为这里全是血迹了。"

朱公不由得皱眉道："凶手既然杀了人，为何大动干戈，布置这一番场面？我们且再找公孙氏问个详细。"

公孙氏听朱公问，便又倒身下拜道："民妇本是守寡多年，平日里仗着先人留下的磨坊，给人磨些粮食为生。大约三个月前，村里来了个卖凉粉的光棍汉张六，是邻县的人，找民妇磨了几次粮食。因看我们二人年岁相当，家中又都无父母长辈，一来二去，便有人从中撮合，一个月前招了他做上门女婿。婚后倒也和谐。这几天突然有个叫王三的来找他，说是他的发小朋友，二人连着几天晚上都在一起喝酒吃肉。昨晚他们又喝到半夜，我却早早睡了。大约三更时分，我隐约感觉张六醉醺醺过来上了床，一阵热酒气直喷在我脸上，我便扭身背对他睡了。谁知第二天早上起来，便是这样的情景。"

杜捕头在旁边听了道："想必是那王三杀了你丈夫，将尸体砍头后移到床上，又自己喷了口气，假作那时你丈夫仍活着。我们只需

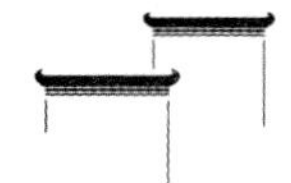

缉捕那王三便是。那王三长的如何？”

公孙氏道：“那王三身高与我丈夫相仿，黄脸膛上三绺胡须，生得精瘦有力。”

仵作又问公孙氏道：“你家里可曾丢失什么东西，比如说刀具之类？”

公孙氏在屋里院外大致看了一圈，答道：“好像丢了一把小号的剔骨尖刀，不过已经旧得生锈了，平时也不用。另外院墙根那些做凉粉的器具好像也少了些，但因为数量本来就多，我平时也没注意看过，不知道是否真丢了。”

朱公又问公孙氏道：“你可确认床上的尸体是你丈夫？”

公孙氏点头道：“千真万确。他左腰上有一块黑色胎记，早上民妇也不相信他死了，还壮着胆子掀开他衣裳看了看。另外民妇丈夫右手腕上有一道刀疤，是削竹器时弄伤的。刚躺下时他还拍了民妇两下，民妇摸了他手一下，可以感觉到确实是他，而且当时那手臂也温热灵活，不像是死人。”

仵作看了看那无头尸体道:“确实如此,手腕上还有布条的勒痕。”

“这便更奇怪了！”朱公思量道，“既然凶犯半夜将上床之后的张六头颅割下提走，可是这屋内地上，却没有半滴血迹。难道说……”

还未等朱公细想，门外又闯进一衙役禀报道：“大人，又出了一件大事！”

朱公一惊：“何事如此惊慌？你且慢慢讲来。”

那衙役磕磕巴巴回禀道："大，大人，刚才有樵夫来报，离这儿三四里的山中，有一个年轻后生浑身都是血迹，躺在一具刨出大半的棺材旁边，已经奄奄一息了！"

朱公吩咐仵作，先和杜捕头在公孙氏家继续查看线索，便带上文明，跟那衙役赶往山中。不一会儿，便看到几名樵夫站在一土坑旁边围着一个人，正议论纷纷。朱公分开众人一看，只见一个身强体健的年轻后生，浑身都是伤口，嘴里还汩汩地流着紫血，已经没了气息。一个樵夫道："大人，这后生被发现的时候已经是这样了，小人看他的时候，他还说了一句话，好像是什么'僵尸''报应'……"旁边另一个樵夫接着说道："大人看旁边坑里这具棺材，已经出土了大半——据说不知在先前哪个朝代，这里是一片王公贵族的祖坟。这些墓主人代代都爱修仙练道，研究些奇门遁甲，因此没人敢在这附近多逗留。"

又一个樵夫仔细看了看那后生道："这后生好像是附近乡里的二愣子，叫作牛大力。这次恐怕是路过的时候出了事吧……"朱公俯下身看那死去的后生："看他这样，好像是被野兽抓伤的。"接着又扳开他牙关来看。

一个衙役突然左顾右盼了几下，惊叫道："难道这片古墓周围还有什么看守神兽之类的？"朱公正要训斥，无意间发现一只飞蝇从眼前飞过，不由得一转身，又见另一只苍蝇从棺材中飞出来。朱公仔细一看，原来那挖出一半的棺材上，四个销钉孔眼处左上方的一个没有钉上，空着一个茶盏大小的钉孔，那苍蝇正是从钉孔中飞出的。

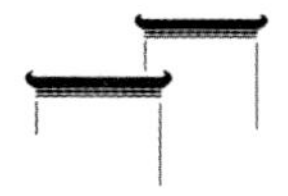

朱公立即下令：“开棺！”

几个衙役便围了过来，掏出腰刀来撬那棺材盖。谁知这是一具柏木厚板的乌油棺材，棺材盖和棺材两侧沿上都各留着两个马蹄形的缺口，一合上便有四个沙漏状的缺口，用形状相符的木楔钉填入其中，任谁也打不开。朱公只好让衙役们把三根木钉一点点挖掉，才将其打开。此时，仵作和文明也赶了过来。

众人围着棺材一看，又都吓了一大跳：只见棺内铺着一床略显凌乱的黄绢褥，上边躺着一具惨白的僵尸，下半身斜盖着一床有些沤烂的黄棉薄被。那僵尸双目紧闭，嘴角渗着一些黏稠血迹，两手掌在腹部上下相对，抱着一样圆东西，仔细一看，竟是一颗血淋淋面目不明的人头！仵作不顾众人惊讶，伸手小心去取那人头。可是拿了两下，竟然扯不动，原来那人头的毛发与僵尸的指甲缠在一起。仵作只好取出小剪刀将毛发小心剪断，拿出那人头看了看，悄悄对朱公道：“看这脖颈处的刀口，应该就是公孙氏丈夫的头颅。可它是如何落在这僵尸手里的？”仵作又看了看僵尸的嘴里，“这里头全是血液，虽然有些黏稠，但看颜色还是比较新鲜的。”

文明突然惊叫道：“小生明白了！这僵尸半夜里诈尸起来，去被害者卧房内用指甲锯下他的脑袋，吸饱了鲜血，然后拎着回到了棺材中，再用它独有的妖法封住了棺材盖！可这鬼物的行踪被那个身强力壮的后生看到了，因此也将他抓死灭口。”仵作不由得问道：“你是如何做出这般判断的？”

文明指着僵尸嘴角道：“你看这僵尸的嘴，明显喝了不少鲜血。

至于这血为什么还没凝结——那是因为僵尸贪嘴，喝得过多，血液在肚子里不见风，当然不会凝结，刚才被大伙儿一阵晃动，忍不住吐了。”又转身对朱公道，“依小生之见，应立即将这僵尸烧毁，以绝后患！”

朱公听罢，刚要评判一番，却又见师爷领着几个衙役一步步走来。师爷过来见礼道：“大人，听说这里又出了一桩奇案，学生特来助大人一臂之力。”朱公笑道：“你来得正好，本官知你素来明白这县中的典故，可知道什么有关僵尸的事？”师爷随手将一根走山路的竹拐杖递给朱公，想了想道：“大人问及此事，学生还真有所涉猎。不过这里……大人还是先随学生回衙才好。这里不甚干净，若是妄加议论，恐怕……”朱公会意道：“好，那我们就回衙中再议。对了，这根手杖是？”师爷随口道：“上山时，在河水下游捡到的，想大人走山路不便，就顺手拿来了。”

朱公想：“怪不得这手杖上还有些许水迹。”师爷又蹲身从泥地上抠出一物件，问周围人道：“这是何物？”朱公接过一看，原来是三块不到一尺长的竹片搭在一起，结成一个三角框，污迹斑斑，众人都不知是何物。朱公只好先收好此物，又叫几个衙役将人头拿去和公孙氏家的无头尸相对，又叫把这僵尸连被褥抬回县衙。由于那口棺木过重，便仍留在原地。朱公又看了看棺材中，只剩一张薄绢铺在最底，伸手要揭开，却粘在了棺材底，只好作罢。至于棺中陪葬的财物，仍暂时放在棺材中。师爷上前对朱公道：“此地阴气沉重，朱大人还是不要在此地长期逗留。只留杜捕头等几个年轻力壮的武

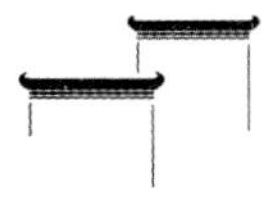

士在此便好。”朱公也颇感诡异，只得让一名衙役去请杜捕头来，再在附近草木地面中仔细搜查相关线索。

师爷嘱咐众樵夫不要宣扬此事，又见朱公将各般事物都安排好了，便连忙低声劝道：“大人还是将棺材盖上埋好，再折些桃木枝插在坟头为妙。”朱公依言，心中满怀疑虑，与师爷回衙门去了。因为心事重重，朱公进门时差点被门槛绊倒，师爷忙扶起他，向内宅走去。

二人回到朱公书房，师爷倒上两杯热茶，对朱公道：“大人，僵尸这种邪物，又称行尸、游尸、不化骨等。按照道家的说法，人有三魂七魄，魂主心机，魄主形体。人若死前有一口怨气淤积喉中未曾散尽，死后便只有魂离身躯，魄仍滞留在体内。再受日精月华或邪气附身，经一定时间便沦为恶鬼僵尸，夜间跳行袭人。因此按照惯例，大户中皆有高门槛，以防止僵尸跳入。某些节日时，百姓在墙角门口撒糯米，也是为了假扮成僵尸所惧怕的蛆虫，驱其远离。”

“刚才未曾绊倒僵尸，却将本官绊倒了。”朱公刚说笑一句，又紧锁双眉道：“按照传说，僵尸也能从棺木中跑出，吸食人血之后再回去吗？”师爷答道：“我听喜好谈神论鬼的湘西人说过，僵尸通过修炼会逐渐增长法力，获得神智，千年后化身为飞僵或魃妖，能杀龙吞云，做成水旱灾祸。另外还听说有僵尸能使魄脱离身体，飞到别处附身到人身上。”

二人正在攀谈，仵作和文明突然在门口报“回事”，朱公让他二人进来。文明抢先禀报道：“大人，仵作哥哥又有新发现了。”仵作接着说道："大人，根据属下目前所了解，棺材内的人头确实和公孙氏家的无头尸体相合。另外属下还想起一件事，将酸橘汁和细盐拌匀，与血液混在一起，便可数个时辰不凝结。"文明疑惑道："你是如何知道此事的？"仵作眯着眼睛盯了文明一阵，幽幽答道："你不会想知道的……"

朱公又问："除此之外，那牛大力的尸体你可检视过？"仵作拱手道："属下正要回禀，牛大力身上虽然重伤多处，但只有颈部一处足以致命，在他脖颈上的伤口中，有一根草木茎叶中的细丝，或许是牛大力曾接触过草绳之类的东西。"说罢取出一方手帕摊开，将物证给朱公看。只见此物有大半寸长，形状笔直，貌似是劈破柴草后端面上的毛刺，已被血污染成了绛色。

仵作又道："另外，牛大力口舌有多处重伤，手掌中有磨破的地方，指甲缝中有些泥垢，因此应当是他将棺木挖出的。可是，挖土的铁铲之类器物却未曾发现。"朱公问道："你怎么知道他本来有铁铲？"仵作答道："棺木外皮还有一些新鲜痕迹，应当是他用铁铲挖掘时，用力较猛，铲刃碰破了棺木外漆层。"

师爷突然问道："那具不知哪朝哪代的僵尸，你们是如何处理的？"文明上前答道："虽然仵作哥哥说不碍事，但学生还是让衙役用铁丝将其牢牢捆住，以防不测。另外学生又折了几根桃木枝摆在僵尸周围，免得它尸变了。"

几人正谈论案情，突然见杜捕头大步走进来，对朱公禀报道："回禀大人，属下依大人吩咐，带领几个衙役去探查了一番，带来了几

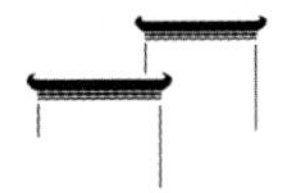

样线索。”说罢拿出一竹篮，取出一小盒泥土，“这些在棺木附近挖出的泥土中，有少许比麸皮还小的木屑，看上去还比较新鲜。”又拿起一个装着泥土的方木盘，“在靠近棺材的土层表面，我们还发现了多个瓷盘大小的圆圈印痕，虽然大多已被周围来往的众人踩坏，属下还是找到了一个比较完好的，铲下这块地皮带来了。不知这些线索对本案告破是否有用。”

朱公叫仵作收起这几样证物，又对师爷道：“今日一天之内，连出两起命案，且都与前朝的僵尸有关，看来此次真是非比寻常。”师爷低声道：“此句正是学生想说的！”朱公哭笑不得道：“此类话多说无益，你目前可有什么看法？”师爷道：“依学生之见，还是请几名高僧高道，将灵符贴在僵尸上，这才能将其妖法压制。”师爷说到这里，突然想起了什么，起身大踏步到门口，冲没走远的文明嚷道：“叫仵作把僵尸盖严实些，死人不能见三光，免得诈尸！”文明假装没听见，低头偷笑而去。

朱公等师爷回来，正色道：“何师爷不必如此。由目前几样证物来看，凶犯应当另有其人。”师爷正要请教，突然有衙役来报：“禀报大人，死者张六的弟弟张七从邻县赶来，想看看他哥哥的尸首。”朱公应道：“待本官出去看看。”

朱公和师爷来到前堂，只见一个胡子拉碴的中年汉子站立在门口，穿一身沾满黄土的粗布衣服，对朱公纳头便拜道：“小人听说兄长惨死，特来这里探看尸首，还请大人开恩。”朱公劝他道：“你兄长张六的面貌已经毁坏，脖颈也被切断，刚刚已让皮匠缝合了。你还是稳住心绪，仔细辨认为好。”张七领命，和师爷到停尸房去了。朱公也悄悄跟随其后。

张七见了尸首，吓了一跳，仔细看了两圈，还掀起衣服看了看，惊叫一声，登时趴在尸身上大哭起来。朱公上前道：“还请节哀顺变，本官必然捉拿真凶，为他申冤报仇。”张七道：“我一路上披荆斩棘，走了三天山路来看兄长，谁知竟出了这等逆事！”师爷安慰道：“你且先宽心，等大人断明了此案，再让你兄长的尸身回乡下葬。你兄长家中还有嫂子，你可曾去看过？”张七答道：“不曾，小人初到贵县，就听说了兄长的噩耗，便直接来这里了。”朱公看他可怜，对师爷道：“他身形与你相仿，可去取一套干净的旧衣服给他。”师爷依言而去。朱公又看张七左手食指上缠着一根油腻腻的旧布条，想必走山路时受了伤，便取来一小块干净布，将那根满是灰迹的布条换下。师爷此时也取来了衣服，给张七换去破旧衣服。师爷还送张七一条新头巾，换去了张七头上的。张七方知朱公体恤黎民，千恩万谢，又给朱公磕了几个头，便离开去南庄。朱公又让师爷将张七脱下的破衣服收走。

师爷将一切收拾妥当，又来问朱公道：“大人，对于此案，可有眉目？”朱公思量道：“白天人多手杂，不便前去看视，不如我们夜晚再去查验，或许另有线索。”师爷脸色苍白道：“大人不可如此，纵然杜捕头武艺精熟，可对方终归是妖魔邪祟，大人还是小心为妙。”朱公拂袖道：“我意已决，无须多言。”师爷无奈，只好再去找其他人商量对策。

天色刚过二更时，朱公叫了师爷和杜捕头等人，正要起身去山

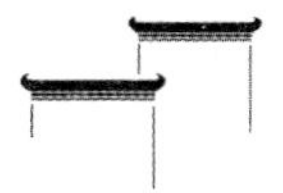

中古墓查看，刚出了后堂，就见一名值班衙役匆匆忙忙跑进来报道：“大事不好了，大人，有人说他在山中看到了……看到了……”朱公道：“莫急，连僵尸都见过了，还有什么会将你吓成这样？”那衙役道：“这次更加非比寻常，有个盗墓贼说他在那一片前朝古墓旁见到了游魂！”

众人大吃一惊，朱公连忙问道：“那盗墓贼在哪里？速速带他来大堂见我。”衙役领命，不多时，便带了那人来到大堂跪好。只见此人五短身材，相貌猥猥，额角还不断渗着冷汗，战战兢兢道：“小人贾二苟，盗墓为生，有件天大的事情要回禀老爷。”朱公劝慰道：“你先稳定心神，再慢慢讲来。”那人憋了半天，才勉强道：“大人，小人今天听说城外山中的古墓现在没了主，本来想趁火打劫，去那里捞些油水，可是看到了鬼魂，因此连夜逃到大人这里，以求庇护。”朱公喝道：“逃到我这里，你便觉得安全了？”贾二苟答道：“回大人，这公堂上有正气，城隍神监管，鬼魅不敢靠近。小人平日里干这等损阴丧德的买卖，早知道会遭报应，所以平日里都会向鬼神祷告，谁知道今天真见了鬼了。”文明上前打趣道：“俗话说‘老年见鬼，还有三年；少年见鬼，就在眼前’。你要是想保命，还是出家当和尚，求老法师照顾吧。”朱公故意让文明说了一阵，才喝退他，又问贾二苟道：“你看到的游魂是什么样子的？”贾二苟道：“小人只是远观，不敢靠近，只觉得仿佛是一块薄纱，约有四五尺高，是人形却没有双脚，慢悠悠在林间空地上走，突然就消失不见了。”

朱公走下堂来，背着手在贾二苟周围踱了几圈，突然问道：“你腰里别着的黄纸符，是做什么的？”贾二苟慌忙答道：“回大人的话，这是小人一件吃饭的家伙。干我们这一行，在下手之前，要在那个坟头烧一些这样的符咒，让那些死者不会诈尸起来害我们。”朱公要来那些黄纸符，问贾二苟之前掘墓的罪行，方知其之前主要在别县作案。朱公又让贾二苟交出身上带着的盗墓工具，问了他一些盗墓的门道。直到月上中天，三更梆点声响，才叫衙役将贾二苟带入班房。

师爷焦急挥手道：“大人，我们还是先不要去了，僵尸虽然无魂，但他看到的或许是那僵尸中的怨气，先脱离躯壳，到坟地中拉替身。就算那具尸体中的怨气不曾飞出，也可能是古墓中其他僵尸的魄从墓中逸出，危害生灵。”朱公突然眉头一皱，疑问道：“师爷，你这手指上的红褐色，是哪里来的？”师爷看了看手指答道：“这倒是没有注意。大人，先不要计较这个，我看我们还是不要再去……”杜捕头拦住道：“既然有这等千载难逢的机会，我们何不去看看？师爷若是害怕，留在这里看家便是。我与大人同去，即便遇上鬼魅，朱大人自有解决的办法。”师爷无奈，只好依他。

话不赘叙，朱公与杜捕头并几个衙役埋伏在山道旁。此时正好刮起大风，吹得树忽刺刺响，好似大手一般挥动。这正是：

天闪电光鸟惊魂，道旁魔爪欲搏人。

绳叩旗杆鬼打鼓，风动无声势凝尘。

虽是魆魆人间道，阴气重重地府深。

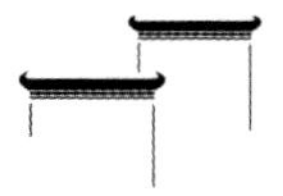

朱公道：“看天色只会刮风打闪，不会下雨，我等且在避风处等一阵。”说罢便整理衣服向附近一荒废庙宇走去。古人云“何寻似我自在者，披衣信步仍安神”，想必便是朱公此等。

众人在山上等完了后半夜，也未曾见到什么鬼魂，眼见得东方泛白。杜捕头哈欠连连道：“大人，不是那盗墓的小子骗了咱们吧？”朱公正要让众人打道回府，刚走了没几步，只听一阵嘈杂，原来是前方一棵树下聚了一群鸦雀寻食，便领杜捕头上前观看。二人虽是悄悄靠近，可还是惊动了群鸟，各自扑棱棱飞散了。朱公蹲下身来，并未发现有何异样。杜捕头忽然道：“大人您看，这块地上并未长草，为何会有一抹浅黄色？”伸手摸地上那些指甲大小的碎块，用力一捻，却又碎了。朱公未搭言，刚一起身，正见有一条树根拱桥一般高出地皮，下边还腾出拳头大小的一个拱洞，洞中还有一块大一些的黄白碎块。朱公正要去捡，突然哇的一声，飞过一只乌鸦，叼了那东西便逃。朱公无奈道：“乌鸦喜鹊之类，见到些稀奇物件便爱叼走收藏，真是拿它们毫无办法。”二人只好回头走。

杜捕头对那乌鸦生了些闷气，低头嘟哝道：“若是带弓箭来，必然射下它来，炖汤给大人做消夜。这乌鸦也不比鸡鸭小许多。”正说着，杜捕头突然蹲下身道：“大人且看，这地上有两道浅沟，貌似是车辙印。”朱公看了看，笑道：“这两道沟之间宽不过一尺，哪里有这么小的车？”杜捕头还想再问，却见朱公猛地停了说笑，愣了一小会儿，一拍大腿，对他叫道：“如此简单诡计，本官刚才竟然没有想到！真是老眼昏花，头脑迟钝了。”杜捕头还不解其意，没等他再问，朱公又拉住他道："你能明察秋毫，比过去大有进步，假以时日，必成大器！"杜捕头只是一头雾水。朱公笑道："本官还有最后一件事要做，之后我们自然可以确定这一连串案情的前因后果。"

朱公领着众人回衙休息。等其他人散去之后，朱公又叫来衙役张小乙，写了一封公文，让他去张六的籍贯调查张六和王三的户籍记录，还嘱咐道："等你从邻县回来，再顺便帮本官买几样东西，清单都写在这里。"张小乙领命而去。朱公又叫来一名新来的衙役，悄声让他扮成磨刀匠去南庄暗访，那衙役依计而去。朱公继续在房中揣摩几样证物，一日无话。

次日清晨，朱公派师爷请来几名道士，围着僵尸作了半天法，还用带经文的黄纸被盖了。约莫过了半个时辰，几名道士才抬着僵尸，穿过大街，向城外古墓走去，引得老百姓都来看。百姓不知那经被下盖的是什么，只好瞽叟摸大象，风言风语议论个不停。直到几名道士把僵尸抬到城外墓穴重新下葬，跟来的百姓才差不多猜到几分。朱公又亲自在棺材中铺了新毡褥，到坟前念了篇祷告祭文，叫衙役钉棺填土，并对看热闹的百姓解释了一下，才让他们都散去了。

杜捕头等众人都走尽了，才上前低声问朱公道："大人，此事就到此为止了吗？若是单单只问作尸变杀人，恐怕难以服众。"朱公一挥手道："本官自有分教，你等且先随我回衙。刚才看了百姓的这些表现，我已经猜透八九分了。"

文明也有些忍不住，好容易挨到县衙，刚迈过门槛，便问道："大人，你可理出什么头绪了？"朱公笑道："其实这连环案，看似

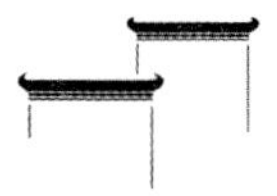

繁杂，实际上也有道可循。我先说第一桩张六被杀的案件。那日夜晚，张六和友人王三饮酒，让公孙氏先去睡了。我们可以先假设王三是凶手，他将张六灌醉后，用张六家的钝刀将其脖颈砍断。”杜捕头问道：“这些属下人等也都如此认为，关键是他如何将张六的头颅砍下？若是在院中下手，必然满地血污；在卧房，那又难免惊动公孙氏。之前听屠夫讲过，砍头并不是一件容易事情，更何况王三用的是一把钝刀？”

朱公解释道：“杜捕头只知其一不知其二，殊不知钝刀也有它的好处。对于没经验的凶手，钝刀上的缺口正好可以像锯子一样，将脖颈慢慢锯开，而不会因为刀太快，一下子造成很大的伤口，让血液喷溅得到处都是。但是此过程会很慢，所以为了防止被公孙氏发现，只能在院子里完成。”仵作问道：“可是就算切得很小心，血液也会有少量溅出，为什么我们却没发现院子里头有血呢？”

朱公让杜捕头把这几天收集来的证物一件件摆在桌上，接着解释道：“你们看这块土层上头的圆形印记，应当是一个竹筒放在地上留下的。”文明问道：“这印记大约餐盘大小，有这么粗的竹筒吗？”杜捕头调笑道：“酸秀才只知读书！比这更大些的毛竹筒都有的。”又转而问朱公道：“大人，莫非公孙氏家里丢失的做凉粉用的竹器，就是在这土表上留下痕迹的物件？”

朱公继续道：“应当正是如此。凶手将张六的头颅按在竹筒口上，慢慢锯断他的脖颈，让血全流在竹筒里，再用仵作的办法：加上盐和酸橘汁的混合物，让血液不凝固。然后把人头放在另一个竹筒中，擦干腔子上的血迹，背入卧房中，将提前准备好的朱砂漆洒在枕头上。由于地上十分干净，这就营造了一个张六在卧房中被杀的场景。”

仵作补充道：“凶手将朱砂漆涂在枕头上，只在表面涂了薄薄一层人血，幸亏属下用……”说着突然苦笑一声，戛然而止，示意朱公继续。

文明心照不宣地看了仵作一眼，做了个明白的脸色，又继续问道：“这么说凶手留着大量的人血，就是为了再布置一个场面，迎合吸血僵尸的传说。另外把人头的面容毁掉，也是为了制造惊恐气氛。那棺中出现人头和牛大力被杀这两件事，您怎么看？”

朱公见文明抢了自己常用的话，虽有些哭笑不得，但也没往心里去，继续解释道：“你们还记得那棺材上缺了一根木销钉吗？那是凶手用刀把它挖掉的。凶手虽然把挖下来的碎木小心地收集起来，但还是有一些比麸皮还小的碎屑被杜捕头发现了。然后凶手又用一根空心竹拐杖，从钉孔中伸进去插在僵尸口中，把竹筒中的血注进去。至于怎么注入血液……本官能想到的办法是用羊肠等作为引导，一头套在竹杖上，一头插在竹筒的血中，用嘴用力吸过之后，借助虹吸之力，像给鱼缸换水一般，让血流到僵尸口中。只不过水往低处流，这样做需要将竹筒放在棺材盖上，而且万一失手，就会白白浪费很多血液，难以再做第二次。所以本官还想到另一种有些特别的办法：凶手将血液含在口中，再通过竹杖吐到僵尸口中。”听得文明和师爷满脸厌恶之色。文明揶揄道：“这凶手真是比僵尸更加可怕。常人哪能把那种东西含在嘴里？想想就难以忍受。”

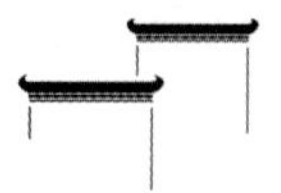

仵作突然接着道："其实也没有你想的那么难受……"见几人都转过脸来看他，忙说："我们且再听朱大人分析那人头是如何进入棺材中的。那个茶盅大小的孔可无法通过一个人头。"朱公点点头道："从那里确实不行，但是凶手另有方法。"说着他拿起桌上那竹片做的三角小框，"本官从贾二苟那里得知，盗墓之人在土里挖通隧道的时候，就用多个三角框撑住隧道，以防坍塌。一般回身时会将这些东西收走。"师爷捏起三角框端详了一阵，自言自语道："能从这么窄小的框中全身进退，这盗墓贼的功力也非同小可。"

朱公道："本官在僵尸二次下葬时，给棺材中铺褥子时摸了一下，发现棺材底的中部被凿了一个圆洞，正好能让人头通过。然后凿下来的木板又被重新堵在了圆洞上，还用了好多鳔胶粘上了，因此棺材底的那一层布才被粘得结结实实，让我们无法发现他的手段。"师爷也明白了许多，道："棺材中是不祥之地，又腥臭污秽，一般人定然不会仔细查看。凶手肯定是推着人头在土下的地道中前行，到了棺材底部，再开洞伸手放好人头，可能顺便还拿走了棺材中的几件陪葬品。若是技术高明，他甚至还能自己钻到棺材中作案。但不论他如何放入人头，放好之后却不容易收拾棺材底的褥子，所以棺材底铺的褥子才如此之乱。"仵作接着道："若不是因为怕血液洒了，或许凶手就不用再大费周章去挖销钉了。"众人都感叹不已。

文明不等众人回过神来，突然叫道："这么说，牛大力也是被王三杀死的了？！学生也知道他是如何做的了。"朱公道："那你且讲来。"

文明拱手道:“大人,学生以为,牛大力是被凶手用竹片刀杀死的。凶手在棺材上做好手脚之后，在附近等待牛大力来。此时他手中的钝刀已经干了那么多事情，恐怕已经难以顺利杀人了。所以他用锋利的竹篾割断牛大力的喉咙，因此伤口里留下了竹丝，之后又用竹片弄伤其口舌，使其无法言语；还在其身上也做了几处伤，伪装成僵尸或者猛兽伤人的样子。”师爷接着道：“如此说来，那凶手肯定是提前和牛大力商量好了时间，让他天快亮的时候前来，自己好躲在附近趁机杀害于他。牛大力受了凶手的蛊惑，用铲子挖了半天土才把棺材掘出一半，凶手就趁他筋疲力尽之时，将其杀害。”杜捕头也接着道：“看来这牛大力是个生手，他容易受骗，且掘墓时用力不当把手指都磨破了，因此必然遭此杀身之祸。不过我们也可以由此推测，凶手将棺材挖出一半以便注血时，肯定用了一把铲子，然后他才能埋好棺材,将铲子留在坟头,让牛大力依旧用这把铲子挖土,杀害他之后再拿走铲子。这就解释了为什么牛大力身边什么工具都没有，就好像是偶然路过一样。”

朱公笑道：“你们几个在推演案情方面，都大有进步。凶手可能是故意给牛大力留了一口气，让他当着其他人的面死去，以造成更大的震慑。可惜他随身带的工具过多，因此给我们留下了不少线索——你们看这根竹杖，是师爷在上山路上在溪水中偶然拾到的。本官仔细看了看，竟然发现杖底端有人的齿痕，又看竹杖的节都用热铁条打通了，想必凶手就是用它来将血液注入僵尸口中的。只可惜竹杖中的血液，已经在溪水中被冲刷殆尽了。”

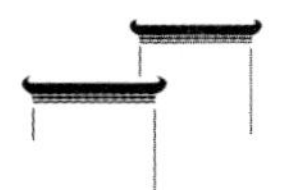

仵作又问道："大人，那贾二苟所说的幽灵是怎么回事？我们又该如何抓捕凶手？"朱公答道："你们先不要着急。杜捕头或许还记得我们去找鬼魂时的场景，当时地上还有一些黄白色的物件，是吗？"杜捕头点点头，朱公接着说道："刚开始我还以为那是一些矿物的碎片，后来联想到其他的情景，我就明白了，那些碎片就是鬼魂的玄机所在。大家现在明白了吗？"大家只是面面相觑。这时，门外有一名衙役喊道："朱大人，您要的东西给您送来了！"经过朱公示意后，衙役张小乙提着一个食盒走了进来。朱公道："吃了这些，你们恐怕就知道了。"

师爷奉命打开食盒，只见里头放着几碗粉丝和一封信，便把信递给朱公，把粉丝给了其他几位。仵作挑起一筷子，迎着光一看，恍然大悟道："原来这透明的凉粉，远看朦朦胧胧，好似鬼魂一般。可是那贾二苟说他看到一个人形的影子立在地上啊……"文明突然叫道："师爷真是不地道，怎的给我一碗没煮过的？还扎成小笤帚的样子，直戳戳地立在这里。"朱公笑道："这些都是本官安排的。现在你们懂得是怎么回事了吧？"文明问道："凉粉结成碗中小人还行，怎能弄成一人高的形状？"朱公道："这个问题也困扰了本官许久，直到今早看见下葬填土，才完全想通了其中的方法。凶手将麻袋装满沙土，口扎好朝下做成人形，再将刚做好的粉条贴在表面，等粉条硬了，再解开袋子口放去沙土，便可取下袋子，得到一个由粉条网做成的人形，离远了看，便和一股烟气构成的鬼魂无异。"

师爷又问道："那贾二苟还说，他看到的人形会缓缓移动，这又作何解释？”朱公接着道：“至于这点，本官也猜到一种方法。凶手用浆硬了的布片托住粉条做的人形，布片下方又粘上两排木屐齿，再在布片前方和人形上的主要部位拴上黑线绳，就可以在较远的地方拉动人形了。这几天僵尸的事情，必然有人通过某种机密渠道知道些许消息，会趁着墓中无僵尸，半夜前来盗墓。于是凶手便等有人到来的时候，拉动绳索，让人形通过树凸出造成的洞，挤碎了粉条网，拉过了带木屐齿的布片，这就造成了鬼魅突然消失的效果。再加上山里晚上容易刮大风，大部分碎末便会刮走。”杜捕头道：“这么说，我们看到的那些被鸦雀叼走的东西，就是碎粉条了。即便我们能拾到一些，也只会以为是某些矿物，不太容易想到是食物。”文明也调笑道：“您就算看出是粉条，估计也想不到它能做成人形。”

师爷不理他们的玩笑，又问道：“那现在最关键的问题来了，凶手现在藏在哪里？我们可有证据去抓捕他？”朱公摆手道：“先不要在意这些，现在我们应该将这案情前后告诉死者家属，没准到时候就会发现，凶手或许根本就不存在。”其余四人虽不知怎么回事，但是也知道朱公必然有自己的道理，不再提出质疑。

文明上前道：“大人，事不宜迟，我看咱们现在就赶往公孙氏家说明为好。”朱公点头应允。杜捕头叫了四个衙役，文明在褡裢里装了证物，师爷套马备车，众人起身上路。文明起身对仵作调笑道：“最近仵作哥哥先后两番吃了证物，还是留在衙中休养的好。”仵作苦笑一声，也不多言，只胡乱嘟哝道：“此次没有小生什么事情，县衙中也需要人，还是留在这里罢了。只是……”说着悄悄递给文

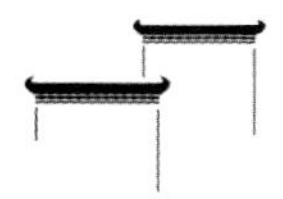

明一个纸团。

公孙氏见朱公一行人到来，自然受宠若惊，慌忙深深蹲了个万福。朱公示意其免礼，道：“这次本官前来，特地把案情告与你。”公孙氏又万福道：“何敢劳您大驾。”朱公道：“不妨，先让我这书吏把案情讲与你听。”便让文明演说之前的推断经过。

听文明叙述一番之后，公孙氏问道：“大人，可曾捉住王三那厮？”朱公道：“今日便可拿他归案。”正说着，突然门口有人脸一晃而逝，杜捕头眼疾手快，连忙上前叫住那人。定睛一看，原来是张七。张七见朱公等人在这里，深感尴尬，只好上前见礼。朱公问道：“你怎么也来了？”张七慌忙道：“家兄不幸过世之后，嫂嫂便是唯一的亲人，因此上门来帮办些家务，处理家兄的后事。”朱公又问：“刚才书吏与公孙氏说的案情，你可听到了？”张七答道：“只听得了一点。”

朱公又盯着张七看了一阵，突然问道：“张七，你可有家室吗？”张七摇头道：“不曾有。”朱公上前故意低声道：“本官正巧知道一贤惠妇人，虽是再嫁，却也与你相称。”说着偷偷瞄了公孙氏一眼。公孙氏也听到了七八分，立即满面红晕低下了头。张七道：“既然大人做主，小人不敢不答应。只是最近要处理家兄后事，还需从长计议。”朱公点头道：“好。不过你现在若是常出入兄嫂宅院，恐怕也有不便，且随本官来。本官再与你看些有趣的物件。”张七懵懵懂懂，跟着朱公一行人出了门。

几人跟着朱公，直走到事发的古墓前，朱公突然回身正色道：“张七，这里你可熟悉吗？”张七道：“走山路的时候路过一次，大人问这些怎的？”朱公让文明从褡裢里头拿出一身破衣服，问道：“你可认识这些。”张七随口答道：“这不是小人之前的那身破衣服？还要多谢大人与师爷当时赠衣。”

朱公道：“且不要在意这些细节。张七，你把手伸出来给本官看看。”张七局促道：“小人双手粗笨，有什么可看的？”杜捕头不等他推辞，上前抓他的手递给朱公看。朱公捋了捋颔下胡须，对张七道：“张七，你可记得你哥哥张六是用哪只手拿菜刀的？”张七道：“虽然没怎么见过家兄切菜，但应当是右手。”朱公突然正色道：“张七，你还不老实交代吗？本官可以替你向公孙氏隐瞒实情。”张七慌忙道：“大人说的哪里话？小人真是如堕五里雾中。”

朱公叹了口气，又道：“张七，本官最后再问你一句，你敢把上衣脱下来吗？”张七犹豫了一下，左手将衣带解下，脱光了上身。朱公围着他转了一圈，用扇子向他后腰左部轻轻一点，张七顿时龇牙咧嘴。朱公笑道：“现在本官已经完全明白了，你还不承认吗？”杜捕头立即上前抓住张七肩膀喝道：“原来你就是王三！”

朱公笑道：“你莫要误会他。”让杜捕头把他松开，“现在四名衙役围着他，想必他也脱身不得。”张七左右看了看，自己早已被四个衙役围住，摆了个卍字阵，不知朱公是什么时候下的令。朱公又道：“昨日我差人去你的籍贯查检档案，发现根本没有张六张七其人，连王三也是子虚乌有！”从袖中取出一封信在他面前晃了晃，“这里记录了你所在县城中所有叫张六、张七、王三的档案。你看这里

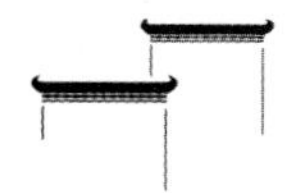

有一个和你情况相符的吗？！”张七直吓得张口结舌。

朱公继续说道：“本官姑且认为你姓张是真的。那天晚上其实是你和王三喝酒，设计杀害了他。然后用王三的无头尸体假装成你自己的，毁坏了他的面容，带着他的头颅放到了棺材中；天快亮的时候，又袭击了牛大力，让他重伤致死。由于本官不曾将此事公布于众，你嫌事态不够大，利用自己会做凉粉的手艺，造出假幽灵震慑盗墓贼。现在竟然又假扮成自己的弟弟，试图蒙骗公孙氏在内的所有人。再过一段时间，你就能再找个事由，娶了公孙氏，那之后即便对她讲明自己的身份，她也只好认命了。你这套连环计想得真是周到！”那姓张的汉子听了，擦着额角汗珠问道：“朱大人这样说，有什么根据吗？”

朱公道：“作案手法想必刚才你也听到书吏讲了些，自然不必多言。至于证物，你看你穿过的这套衣服。我在头巾内侧发现了些纸灰，和一般的纸灰有很大差异。经过本官多方查证，这是盗墓贼在盗墓之前都要烧化的黄纸符的灰。”张姓汉子解释道：“小人的头巾掉在地上过，就算不小心沾上一些纸灰，也不能说小人作案吧？”

朱公又抓起他的双手道：“你的右手腕子上有一道刀伤，据公孙氏说是削竹器的时候弄伤的，可见你是个左手用刀的人。在挖去棺木上的销钉时，你左手捏着钝刀，因为刀身过窄，你的左手食指不小心被刀刃蹭到，便受了伤。血和铁锈混在一起，你赶忙用一根油腻的布条给自己绑上。可是这铁锈和油恰恰让血迹不会渗入布条中，而形成深褐色结块，师爷给你换衣时，那些血块碎成粉末，还留在师爷的手上。”文明又上前补充道：“其实朱大人最早在验尸的时候就发现破绽了，公孙氏屋中的无头尸，右手腕上的伤并非是旧伤，而且从上头的青红勒痕能看出来是死后仍然捆着的。这就说明至少在他被害之后，有人又把他手腕上的布带去掉。你那天为了让王三的尸首和你更像，假装不小心，喝酒吃肉时故意把王三的手腕弄伤，你说是吗？”师爷在一旁低声道：“文明，你怎知道这些？”文明吐了吐舌头道：“其实这都是仵作哥哥告诉我的，还让我把这功劳让给朱大人。”

朱公又接着道：“你为了杀王三，已经谋划了许久了，你知道王三后腰上有一处胎记，便用烧碱给自己也做了一处类似胎记的伤，且形状相同，骗了公孙氏多日。案发之后，因尸体无头，不是多年相处的人一般也只会看主要的特征，因此不会识破。现在你后腰上的烧伤还没完全恢复，本官刚才已用折扇验证。”那人只是垂头丧气不作声。

杜捕头也上前道：“你本身是个盗墓贼，被抓到也不一定判死罪。你为何要大费周折，做这么些手脚加害那些人？”那人攥拳咬牙，低头颤了半天也说不出话来。朱公展开折扇，扇了两下道：“你也不要逼他太急，他其实也不过是想安安心心，过一般人的日子。”

那人突然抬起头来，已是眼含热泪，不多时，双腿一软，“哇”的一声哭了出来，大叫道：“大人说得不错，我本来就是个盗墓贼，而且还是这几个县的盗墓总瓢把子。只因为干厌了这一行，才金盆洗手，隐姓埋名成一个卖凉粉的，入赘公孙氏家。可是王三那厮却

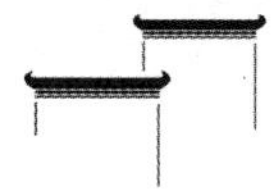

千方百计找到了小人，说发现一处古墓，又怕其中有机关，要逼小人一起和他做一桩大买卖，还告诉了他的表弟、那个新入行的牛大力，强迫小人出山，否则就把小人之前的所作所为，全部告诉公孙氏和众乡邻。小人实在迫不得已，又想到家里不常点灯，公孙氏尚未仔细看过我后腰，才出此下策，杀害了他俩，伪造成僵尸害人，恐吓这一带所有的盗墓者，看他们谁还敢再找我出山！”说罢号啕大哭，涕泗横流：“俺只想做个一般的农人，怎恁的难？”

朱公等人都唏嘘不已，看他跪在地上哭了一阵。那人发泄已毕，擦了擦眼泪又道：“还请大人不要告诉公孙氏，她与本案无关。小人愿认罪伏法。”朱公宽慰道：“本官开始还怀疑公孙氏，可后来派一名衙役装成磨刀匠人，在村里细细打听了，知道公孙氏确实是本分人。丈夫死后，也不和小叔子过多来往，才撇清了她的嫌疑。本官会对她说张七已经回原籍娶妻生子。她丈夫刚去世，又见你和张六面貌如此相似，难免猜疑或生些情愫，如今本官也让她绝了念想。”

那盗墓贼又对朱公磕了几个头，伸手让衙役戴上手铐，脖子上拴了链子。杜捕头上前悄悄问朱公道：“装扮磨刀人的事情，大人让属下去办不是更好？为什么让没经验的新衙役去做？”朱公解释道：“你和师爷、文明等人，常在街上走动，众人都认得，若是被认出，岂不是打草惊蛇？”杜捕头道：“还是大人想得细致。另外，那给僵尸出殡的道士是哪里来的？真道士恐怕不会去抬棺材。”朱公道：“公孙氏来报案的前一天，我正好收到一封公文，说邻县有几个衙役要调到本县来，正巧大家都不认识他们，就让他们扮了道士。百姓看下葬时，本官发现张七也在人群中，知道这下他是安心了，才不慌不忙地引他归案。”杜捕头拱手道：“难怪朱公迟迟不说出真相，原来是要完全确认之前的猜测。”说完这几句，却发现其他人都已经走远了。

二人望了下其他人的背影，又看看面前的坟头，都默不作声。朱公走上前去，拍了拍坟前那已看不清字迹的墓碑，语重心长道："若是人心真如墓中此君安分，便不会有那么多凶案了。其实世间无鬼，僵尸亦无法害人，只是人心最险恶。”杜捕头也感叹道：“大人，江湖也和这官场一般深似大海，进去容易，出来恐怕就难了。”

二人相视一笑。朱公收起折扇问道：“饿不饿，醉仙楼吃些酒去？”“好！属下愿意奉陪！”

此时二人才发觉，已经夜尽天明，正应了一首《长相思》所言：

朝露寒，心未冷，微闻窗外雀声轻，半睡欲苏醒。起执卷，阅诸经，前程漫漫业难轻，同路相扶行。

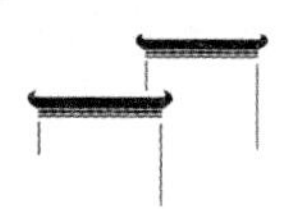

血洗少林

黎明，大雾。

大街上空无一人，只有三个身影匍匐前行，一步一停。待摸到前边一扇大门口，为首的影子，扒着门槛，有气无力敲了几下门。师爷在门房听见声响，起身过来开了门，却看不到有人。突然，下方雾中飞出一只血手，一把就揪住师爷衣襟。师爷还没来得及害怕，又见地上探起一个血葫芦一般的脑袋，一字一顿低声说道：“救……救……少……林……”

智广醒来时，已不知自己昏了多久。想起身活动，却动不了，原来自己全身上下全包着白纱布条，直捆得似个粽子一般。扭头向旁边一看，自己的两个师弟也被包裹成一般模样，都躺在矮榻上，睡得正熟。智广向屋里其他地方扫视了一番，见到一个中年汉子，一身缁衣，正坐在门口的杌子上，用胳膊拄着头打盹。智广刚要挣扎着喊他问个明白，那汉子却被矮榻的吱呀声猛地惊醒了。

汉子看智广醒来，立即面露喜色，向门外喊道：“师爷，你外甥醒了！”随后便进来一个幕僚打扮的中年男子，走到智广近前说道：“你可算是醒了。”智广还有些丈二和尚摸不着头脑，只得先问道：“我们师兄弟三个，昏迷有多久了？”中年汉子答道：“你们已经昏了三天了，都是我们几个在嘴边喂些汤水，要不然早就饿死了！”智广连忙立掌拜道：“多谢救命之恩。”师爷忙摆手道：“自家人，不必客气。谁让我是你舅舅！”智广茫然道：“小僧怎不记得有这一门亲戚？”师爷道：“本来我也不知道，是你在门口叫我，才知道的。”智广听罢，方知道他误会了，哭笑不得。

正在这时，门外又走进一个人，对师爷笑道：“何师爷，虽说你也有外甥在少林寺出家，却也不必就此占人家便宜。”智广一看，此人虽穿得朴素，身量也不算魁梧，却甚是轩昂，气质深沉，即便不是达官显贵，也当是一方人物。智广在榻上躬身谢道：“多谢恩公救命之恩！小僧没齿难忘！”转念一想，又对师爷拜道：“小僧的母亲正好姓何，想必您就是小僧的舅舅了，还请舅舅多多帮忙，不要让官府的人知道我们在这里。”何师爷指着刚进来那人道：“先不必谢我，这里已经是县衙了，这位便是本县的父母官朱大人。多亏他懂得医术，才救活你们三个。”智广听罢，着实有些慌张。

朱公走上前去，说道：“你不必着急，即使是作奸犯科的囚犯，有了伤病也要医治。可否先将你三人为何受此重伤，与本官诉说清

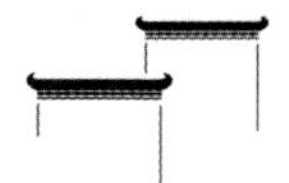

楚？”智广听得此言，顿时有些犹豫，眉头紧锁，言语支吾。朱公继续劝道：“但说无妨，本官定然为你们主持公道。”智广又想了一阵，才慢慢答道：“朱大人，小僧出家在少林寺，法号智广；那两位都是小僧的师弟，法名智丈、智禅。我们三人所遇之事，说出来恐怕大人难以相信！”朱公一听，又见智广面容严峻，意识到此事必定非同小可，便催智广讲下去。

智广痛吸一口气，说道：“回禀大人，前几日，有位朝中来的公公，带着一百多官军，来到敝寺，声称少林寺窝藏反贼，让所有僧人都集合在寺内，要搜查一番。长老则坚持称寺内无有贼寇，任凭官军搜查。谁知那些官军搜到后边藏经阁，竟然放起火来。我们众僧人去救火时，却被那些官军在墙外围起来，似下雨一般往院里射箭。僧人们猝不及防，被射死了大半。剩下有些受伤的，又被官军冲进来砍杀。我们全少林寺，三百多和尚，连同几十个暂住的香客，全都葬身寺内，只有我们三个东挡西杀，拼出一条血路来，逃得了性命。”朱公听得，不由得双眉紧锁，思量半天，又问道：“为何只有你们三人得以幸存？想必是三位武艺高强了？”智广听罢，不禁泪如雨下：“本来我三人也是必然丧命的，多亏我师父老方丈拼死护救，才为我三人争得一线生机。”

几人正听着智广的叙述感叹之时，书吏文明快步走进来报：“朱大人，外面来了位公公，急着要见您！”朱公问道：“可是东庄来的王老公公？”文明答道：“不是老公公，是大内的总管庞公公。”朱公一听，疑惑道：“这大内的宦官，如何到了我这等偏远县城了？”

便迈步向前堂走去。

朱公走到前堂，见门口正站着一个白胖子，面上干干净净，没有一根胡须，再加上这穿戴打扮，必然是庞公公了；身后还站着两名禁军，都挎着腰刀。朱公连忙拱手道：“不知公公来此，有失远迎，当面恕罪。”那太监倒是十分拿糖作醋，正眼也不看朱公一下，腆着肚子哼道：“近日有朝廷的反叛，假扮成和尚四处作乱，咱家正奉圣上的旨意，带领官军四处追捕。据我等探查，现有些叛军的残兵败将逃到你县里来，不知朱大人可曾知道？”朱公忙答道：“回禀公公，下官尚未闻知此事，这就前去缉拿，必然早日捉到那些反贼。”公公点头道：“甚好！待朱大人捉到反贼，直接交予咱家便是。”朱公答应过后，便送公公出了大门。朱公刚送走他们，就听屏风后边一阵哈哈笑。只见文明走出来笑道：“刚才那公公，也忒会摆谱了！看那腆着肚子叉着腿走步的样子，真是如公鸭一般！”朱公忙止住道：“不要玩笑，现在那公公已经找上门了，还是赶紧想个对策为好。”文明又问道：“刚才大人为何对他们说了谎，不把和尚交给他们？”朱公答道：“你看人还是不够仔细，一者那三个和尚已经身受重伤，无法逃走，待调查清楚了再交到上司那里也不迟；二者我看那公公虽然盛气凌人，却还有些尴尬之处……”朱公正欲解释，突然门外闯进来一个衙役，慌慌张张道：“大人，大事不好了！有一群江湖人，面相一个比一个凶恶，正聚在附近的悦来客栈，吵吵嚷嚷，气焰嚣张，看上去恐怕要出大事了！”朱公听罢，不禁自言自语道：“今天早上真是多事啊！”便叫上杜捕头，又点了几个衙役跟随，快步向悦来

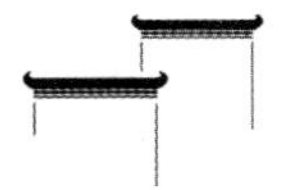

客栈走去。

悦来客栈离县衙不过五十步远，在同一条街上。朱公还没走到客栈，就看到一群人在客栈门口吵闹，还有几个人在那里使劲劝。只听其中一人喊道：“如今朝廷这般无道，我们还保它作甚？干脆反了得了！”另一个汉子忙劝道：“这里人多耳杂，还望低声些，若是被官府的人听到，可如何是好！大家都先冷静些，坐下来好好想个办法才是。这里的朱县令，可是两袖清风的好官，不会做出那些没道理的事情。”朱公听得，又赶忙往前走了几步，看那劝的汉子，不由得叫道：“展壮士，你如何在这里！”那人一回头，正是江湖人称快刀的侠客展乱麻。展乱麻见了朱公，也分外高兴，上前拜道：“朱大人来得正巧，想必您也有些耳闻。我们从丐帮那里得来消息，听说朝廷血洗了少林寺，还知道有几个幸存的少林弟子逃到了这里，特来寻找。现在我们已经在县里找了两天，却没一点发现，故此有些着急。”人群中一个大和尚听得，挤过来喝道：“你便是这里的县令？快说！是不是将那几个少林弟子抓去了？”朱公一看这和尚，正是：头似麦斗顶如珠，面生黑炭双眼突；敞胸盛气冲霄汉，挽袖怒声震远都。看他气势如此凶恶，朱公只得赔个小心问道：“敢问大师出家在哪座名山？”那大和尚一拍胸脯道：“老衲是中岳庙的当家，法号惠持，和少林寺最近。那日看到少林寺起火，我们没来得及救，这次可不能再让你们这些狗官得手了！今日你若是交出少林弟子便罢，若是不交，可别怪我们扯旗造反，踏平你的县衙！”展乱麻见状，忙过来打圆场道：“朱大人一向爱民如子，不是那等欺压百姓的赃官，大师误会了。”又拉着朱公对众人介绍道：“这便是我说的县令朱大人。”又对朱公道：“朱大人，这几位皆是武林中各大帮派的掌门，都是听说了少林遭难之事，从各地赶来的，且容我给您介绍。”朱公心中一紧，暗自思忖道：“难怪惠持和尚口气如此狂妄，原来少林寺的事情已经震动江湖，引来这么多高人，看来这次是来者不善、善者不来啊。”

展乱麻先请过一个鹤发童颜的青袍道人，介绍道：“这位是崆峒派的掌门，志清真人，在今天来的所有武林人士中，辈分最高。”朱公上前见过了礼，一看那位道长，生的是：年过古稀神气清，银髯飘洒皆透风；眉如彭祖千秋雪，发似太白李金星。心中不由得叹道：“果然是仙风道骨，老神仙一般！”展乱麻又依次介绍道：“这位白袍道爷是江南白鹤门的掌门长龄道长孙飞羽。”朱公一看，这位也是好相貌：身似劲竹苍且瘦，手如鹤爪细无肉；天命之年颜仍秀，笑容可掬白须透。展乱麻又转向一位大喇嘛道：“这位是从西域来的雪山派掌门灵纟L大师。”朱公看这位大喇嘛：身披黄袍头顶冠，声如洪钟壮如山；若问修心在何处，藏北高原九重天。与大喇嘛行礼之后，展乱麻又指引下一位穿玄衣的四十岁左右道人说道：“这位是武当派的副掌门空明子大师。”这位比较年轻：年过不惑英气足，武当修道将妖除；眉分八彩目如电，内家新秀有宏图。朱公一一见过后，又问展乱麻道：“还未曾问过壮士是哪一门派的？”展乱麻答道：“我自幼独闯江湖，也无门无派，只是散客一名，各处走访学了个杂七杂八。近日正好在附近活动，从丐帮那里听得少林寺被毁的消息，

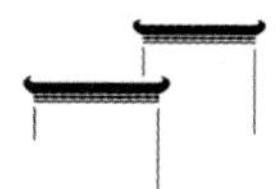

所以赶来得最早。其他各派的掌门也收到了消息，纷纷连夜赶到这里。我想着众人拾柴火焰高，就请他们都聚在此处。”朱公又问道：“这些掌门为何不带些随从徒弟来？”展乱麻解释道：“这些掌门都是轻功一流的高手，那些徒弟随从要是跟来，恐怕赶不上他们的脚力，只能拖后腿。”孙飞羽忙谦虚道：“一流倒是不敢当，只是比常人快些。如今少林被灭，江湖门派个个自危，咱们还是好好商议一下如何应对为妙。”展乱麻又对众掌门抱拳说道：“大家不必多心，朱公是自己人。事到如今，还望各位能好好与朱公商量出个办法，让朝廷给我们一个答复。这里并非讲话之所，还请各位先回客房说话。”说罢便请朱公与众掌门进客栈，几个衙役也要跟进去，却被朱公止住了，只得停在门口等候。杜捕头放心不下，还是跟着往里走。正在这时，只听得街上一阵马蹄声响，有人大喝一声，恰如闷雷一般。众人扭头一看，只见一个大汉飞马赶到客栈门口，勒缰绳停在了众人面前，滚鞍下马。朱公细细打量，见此人身高过丈，头戴包巾，高鼻深目，阔口卷须；再看身上那宽衣大袍，绝非中原人士，倒像是蒙古来的汉子。这大汉腰上还别着一口巴掌宽的宝剑，再加上那肥壮如牛的马匹，甚是引人注目。

那大汉冲四周作了一圈揖，朗声说道：“俺是从漠北来的习武之人，得知了少林派被灭之事，也千里迢迢赶了过来！看来大家都聚齐了，正好一起商量个对策！”展乱麻忙还礼道：“敢问壮士尊姓大名？”大汉答道：“在下就是号称蒙古第一剑的忽尔坎！”朱公小心问道：“这位壮士，在下听说蒙古武士，都擅使马刀，为何您是用剑的？”忽尔坎一拍胸脯，答道：“正是蒙古没人使剑，俺才是蒙古第一剑！”说罢哈哈大笑。众人一听，都忍俊不禁，心里也放轻松了些，请他一同进客栈议事。

众人进了后院一间大平房，刚刚围桌坐定，还没谈论几句，却见志清真人突然举手止住言语，侧目厉声喝道：“门外何人？”众掌门一听，都飞身冲出门外，只见一黑衣人，头戴方帽，正在窗根偷听，见众人发觉，想上房逃走，却已经来不及了，只得摆了个架势，准备开战。那人右手戴着一个精钢打造的铁拳套，黑中透蓝，十分独特，众掌门都看得清楚。

众人正僵持，杜捕头也跑出屋来，见那黑衣人，走上前倒身便拜，口中欣喜道：“师父，你怎么也来了这里？”朱公跟上前问杜捕头道：“这位是何人？”杜捕头转身介绍道：“这位是我的师父，人称拳打北方六省、马踏黄河两岸，交友似孟尝、孝母赛专诸，绰号神拳太保的京城六扇门名捕铁守铁悠夏。大家不必担心，铁捕头一贯广交江湖豪杰，在武林中大有清名。”又问铁捕头道：“师父，你怎么也在这里？可是为了少林寺之事而来？这些都是安善良民，您不必多虑。”铁捕头这才放下心，对杜捕头说道：“这次只是奉了上命，来调查众掌门齐聚此地的缘由，想不到在此遇到了你。”又对各位掌门拱手说道：“请各位放心，血洗少林之事，我在官府中并未见到相关文书，绝非皇上钦命，恐怕是哪个官员私自定夺的。我铁某人既然知道了此事，一定要查个水落石出。”众人无法继续怒目相对，杜捕头顺势打个圆场，请铁捕头和众人一起进屋商议。

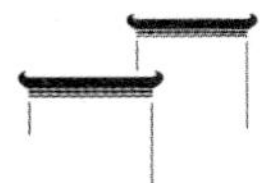

众人又简要向铁捕头做了介绍，便开始商议。朱公捋着颔下短须道：“少林被毁之事，我看非同小可。按照铁捕头所知，并非朝廷所为。当今圣上还是有道明君，应当不会做出这般伤天害理之事。我本该写奏折上报皇城，却又怕路上被有牵连的官员截住，正好最近本县公务较少，不如我等众人一同上京，当面告御状，定然叫朝廷给天下武林一个说法。”众人思量一番，都点头称是。铁捕头毛遂自荐道：“铁某刚才偷听到众掌门言语，也知此事非同小可，恰巧我久在京城为官，不如与众位同去，能带路指引，路上也有个照应。”众人听得，也不便推托。展乱麻又问朱公道：“朱大人，那三位少林弟子，您可知道现在何方？”朱公答道：“各位放心，他们正在我衙中休养，已无大碍。不过现在风声甚紧，有些官兵还在街上追捕少林弟子，所以各位还不宜前去探望。现在我先去县衙中交代些事务，便和各位起身上京。”说罢便领杜捕头出了客栈，带众衙役回衙。

朱公刚进了县衙后院，就见智广已经拆了不少纱布，穿上僧衣要出去，师爷正在苦苦劝告。智广见朱公来了，便上前请道：“朱大人，小僧现在已经恢复得差不多了，请让小僧出去调查那公公的底细，好为少林报仇。”朱公伸手止住道：“现在各派掌门已齐聚在本县之中，正要上京向朝廷讨回公道，本官也一同前往，小师父暂且在衙内休息便是。”智广听得此言，倒身三拜，央求朱公带他同去。朱公看他确实恢复得不错，本来在三人中也是受伤最轻的，就同意他跟去了。智广听罢，千恩万谢。

朱公又对杜捕头道：“这次去京城，路途遥远，你去买些干粮和常用的草药来，以备咱们路上之用。买完之后，你速速收拾行李，与我们在悦来客栈相见。”又对师爷说道：“等到智丈和智禅两人都恢复得差不多了，你再派四个差役，将牢中两名邻县逃来的死囚犯押回去。”说完写了解差名录等相应文书交给师爷，让他今后暂时代理县中事务。又收拾了些东西，便给智广戴上一顶官差的帽子，带着他去了悦来客栈。

客栈中的众掌门见了智广，不免一番嘘寒问暖。朱公又问道：“咱们何时启程？”志清真人道：“众位都是远道而来，身体疲乏；另外还有一位华山派掌门晚上才能到来，故此咱们明早才能启程。”朱公一听，便不急于动身，只与众人谈论些江湖中事，一来拉近些关系，二来也多知道些武林规矩。不多时，杜捕头也带了东西赶过来，朱公一看他的药包，不由得笑道：“你买这么多巴豆粉作甚？”杜捕头笑道：“我怕咱们路上找不到店家，光吃干粮代谢不畅，今天药房的巴豆又减价，故此买了许多。”

当天夜晚，华山派掌门方太平也来到客栈。朱公看此人，身形不高，却分外敦实，脸上一部扇圈胡须，正是：面带忠厚气质沉，双目如灯眼眶深；指生厚茧如铁棍，雄踞西岳大掌门。志清真人见今天豪杰云集，便提议大家饮几杯素酒助兴。忽尔坎起身举杯道：“我还有几匹上等的宝马，存在城外，明日大家骑马出行，也能快些到京城。因此我们今晚多喝几杯也无妨。”众人大喜，都不由得多喝了几杯，只有智广愁眉不展，未曾多饮。大喇嘛灵乣不曾喝过中原的素酒，忍不住多喝了几杯，便舌宽口敞道：“我自幼习得雪山

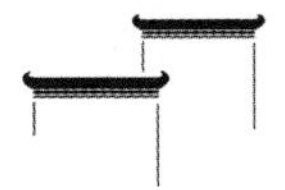

密宗武艺，能单掌开碑！”武当副掌门空明子也有几分醉意，应声道：“我也练了几十年的武当铁砂掌，鲜遇敌手！”大喇嘛好强，出门在院里找了一块青砖，一手托起，下掌一拍，那青砖便碎为齑粉。众人看了，都鼓掌喝彩。大喇嘛又连拍了七八块，众人不住叫好。空明子心知不如他，只得强挤出笑容，陪着众人鼓掌。

众人吃完了酒宴，各回房中休息。原来众掌门包下了后院，都住在相连的一圈平房里，朱公和杜捕头住在东北角的一间空房中，旁边一间是展乱麻和智广，其余依次是忽尔坎、志清、空明子、孙飞羽、方太平、惠持、灵虬，都是单人独间。那孙道长未曾睡熟，起来到院中闲逛，看见一人正在院中桃树下练拳，仔细一看，正是华山派的掌门。孙道长看得心痒，忍不住叫了一声“好功夫”，把房中的众人都惊醒了，纷纷出来观看。方掌门道：“我这拳法当年在关中打擂，也曾得过头筹。当时有书生写诗文记叙此事：天气乍暖还寒，交手似简实难。赤驹开缰骋平原，方显英雄风范！各路才子齐聚，四方豪杰均来。广书壮志在擂台，敬请大家指点。”

孙道长走上前道：“方掌门，难得今天相遇，常言道‘遇高人不可交臂失之’，贫道愿与掌门切磋一番，不知可否？”方掌门只是推托。孙道长又看了看赶来观看的众人说：“就算掌门不答应，也不能当着大家驳了我的面皮。”说罢吐了个门户，双手捏作鹤嘴之形，就朝方太平打来。正是“双足生根稳头项，出手如箭势猛强；沉肩坠肘丹田劲，气顺力达尽阳刚”。孙道长探双臂一阵连打，方太平只是格挡，不曾还手。待孙道长打完这一套拳，方掌门笑道：“鹤拳共有四套，孙道长刚才应是鸣鹤拳，以形为拳，以意为神，以气催力，拳势激烈，甚是了得。”孙道长也笑道：“方掌门果然博学，连贫道门派的拳法也认得，且再看看这一套！”说罢又向他打来，这次是“手如竹绳脚如轮，龟背鹤步狗宗身；进如猛虎出山林，退如老猫伺鼠门”。众人不由得高声喝彩，心中都夸赞孙掌门的拳法“手变五行摔挪断，脚下进退扫踩闪；三方五步身抖弹，吞吐沉浮运气娴”。方太平只得迎战，凭借掌法浑厚，稳扎稳打，和孙道长打了个平手，招招都不见弱。众人看得欣喜，喝彩声越来越大。朱公虽不懂武功，也看得出神，悄悄问杜捕头道：“你看这二位功力，哪位更高些？”杜捕头道：“我看孙道长更胜一筹，他把方掌门的下盘都封死了，使他无法出腿。”又问身旁铁捕头道：“师父，你看是吗？”铁捕头正看得皱眉，时不时轻叹一句“不对呀”，听了杜捕头问，便道：“我看方掌门更强些，其实不是孙道长用腿封住他下盘，而是他仅凭双手就拦住了孙道长上下拳脚的进攻。”说罢继续紧盯着二位掌门。

二人打完这一阵，方太平收手道：“孙道长的宗鹤拳，见力生力，见力化力，见力得力，见力弃力，注力不注气，注气不注力，攻防一体，真是精妙。”孙道长听得，心中也有些气恼，强作镇定道：“方掌门连这也知道，想必也懂得贫道下一套的飞鹤拳了！”疾步又向方太平攻来，方太平见状，便低身打他下盘。孙道长腾空而起，跳到方太平身后的桃树上。

孙道长正要居高临下再出招，突然“哎呀”一声，捂着脖子从树上掉了下来。众人忙围过来看，发现孙道长脖颈上有两个针眼大

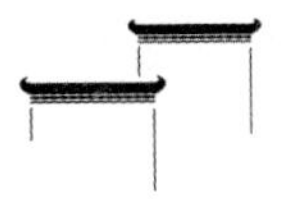

小的伤痕，微有血迹。志清真人道：“孙道长这样子，恐怕是被树上的胡蜂蜇了。”方太平扶起他道：“我看这蜂毒正中大脉，非同小可，赶紧到我屋里上药才好。”朱公也到屋里取了药包，去了方太平屋中，看到孙道长正躺床上被上药。

朱公对方太平道：“我也懂些医术，望能助方掌门一臂之力，让孙掌门早日痊愈。”方太平道：“不妨事，我自有办法医治他，不过或许要几天方可起来。”朱公又看了看他的药囊，无非是麻叶、金钱草等，还有百十粒仁丹大小的药丸，便问道：“方掌门带的这么多黑色药丸，是何名称？”方太平只顾照顾孙道长，头也不抬道：“这是我派秘制的兵粮丸，服后可短时内使功力大增。此番上京，如有不测，可与众位分食，也能杀出重围逃命。”朱公又掏出几粒大丸药，吩咐孙道长按时服用，可强身健体。

次日清晨，众人刚要启程，却发现叫不醒灵虬大师。朱公看大喇嘛脸色不对，便让众人在外等待，自己近身观看，发现气血已停，解开衣服一看，胸口一片瘀血掌印，已经死去多时。朱公暗想道：“由伤痕来看，应是被高手一掌震断心脉而死。”便收拾好他的衣服被褥，到门外告诉众人灵虬被杀的噩耗。惠持冲过来推搡空明子嚷道：“说！是不是你害了灵虬大师？你就是嫉妒他掌法高过你，才半夜偷袭，暗杀了他！”众人连忙拉劝。朱公道：“事到如今，只好先让仵作来验尸，办理此案。”众人都道：“如今情势紧急，朱大人还是先同我等上京，这里案件不若就交予师爷处理。”朱公未置可否，又说道：“某家认为，杀害灵虬大师的凶手，就在我等当中。”众人都道：“大喇嘛或许在西域结下仇人，在此被害。我们众人如今要共同办事，就是与他有私仇，也会先放一放。大人多心了。”朱公只好叫来仵作收了尸首，先自行办案，自己随众人起身。大伙只留下方太平在这里照顾孙道长，几天后再赶上来。悦来客栈的掌柜并未被告知此事，还直送到门口，满脸堆笑道：“各位若要住店，我们悦来客栈在各大州城府县都有分号，还望各位照顾。若是出示在这里住店的票据，便可减价。”众人辞了掌柜，便和忽尔坎出城取了马，向京城奔去。

朱公见忽尔坎带来的几匹马甚是肥壮，心中生疑，便问道：“若是这几匹马从漠北赶来，路上劳累，定不会如此福相。敢问壮士如何养马？”忽尔坎脸上略带羞愧，笑道：“俺本来是兄弟几人来陕西贩马，也顺便与人切磋武艺，可是在华山附近，几人都被一个瘦弱道士打翻。兄弟们心灰意冷，都回漠北去了。只有俺不甘心，想精进一下武艺，便要来少林寺学习。谁想到刚来登封县，就遇到这般事情。”杜捕头问道：“那道士用的什么武功，你可知吗？”忽尔坎道：“那人武功甚是怪异，声如小娘子，手捻兰花指，双臂摇摆如柳叶，打在身上赛铁块。俺几个还没看清他的身法，便被他一口气打翻了。”众人皆是叹服，亦有大不信者。

众人一路上马不停蹄，当夜晚又走到一处县城。城正中大道上，果然有一家悦来客栈，只是门口搭了白幡，好像是有客死他乡的人要落叶归根，停尸在这里。展乱麻看得，不由得自言自语道：“好晦气！难道今晚咱们也要死人？”被杜捕头忙递了个眼色止住。志清真人笑道：“生死有命，岂能在乎这些？”忽尔坎也道：“行路之人，手

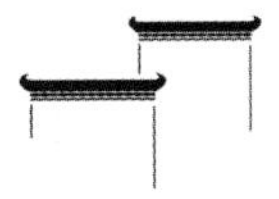

头艰辛，碰到折价客栈，岂能不住？”大伙一问，果然是同一家买卖，可凭上次住店票据减价，便在这里下脚，还是包了后院。朱公一看，这房间格局和昨晚那家一模一样。众人仍按照昨晚的顺序住下。

当天夜晚，朱公到了志清真人房内，见真人正在屋里打坐。志清真人忙起身问朱公何事。朱公拱手问道：“在下久闻贵派大名，又知真人在众人中资历最高，故此想请教些习武之事。”真人笑道：“请教不敢当，贫道主要研习本门武功，对于其他门派，只是略知一二。”朱公问道：“那真人可否介绍一二，让朱某知道各派武功都有何特点？”志清轻轻抚按颔下长须，答道：“要论武林各派，当属少林最为壮大。少林武功，刚猛为主，多为硬功，拳脚扎实，又有点穴、暗器等多种奇巧功夫，另外还有铁头功法，是别派没有的。可惜现在已经被杀尽了。那中岳庙，本来是道家的寺院，只因离少林寺最近，前几年当家人又入了释教，故此武功多沿袭少林。至于华山派，以剑术为主，拳脚却未听说有何独到，但是北派拳法，都多以腿脚为主，大概如此。白鹤门的武术，今天大人已经见过，想必不用多说。武当的武功，以内家为主，防守多于进攻。此外还注重道家内外气修养，外练蛇形鹤身，内练周天之气，呼吸吐纳，无势无形。另外铁捕头的阴阳二气拳，刚柔并济，在江湖上也是有一号的独门功夫，打破各派的铁布衫，都不应成问题。”朱公一直认真听着，不时点头称是，最后问道：“那贵派的武功，是何特色？”志清叹了口气道：“也难怪大人不知。我崆峒派虽比少林、武当、峨眉、昆仑等派建立更早，却始终未能成名。我崆峒派武术，无论内外功都有独到之处，集修身、养性、健体和技击于一体。总派往下分为八门，每门都有十几套武功，共计一百一十八种。其中无相神功、醉八仙、七伤拳、先天十八罗汉拳等，都曾威震江湖，显赫一时。器械上，刀剑棍枪鞭等，无一不精，另有扇、拂尘、耙、五形轮等稀奇兵器。贫道使用的就是一柄拂尘。此外，我派还并重阴阳二气调理，兼习儒释道三家养生秘诀。”朱公与他谈得投机，不由得聊到天亮。朱公道：“真人果然博闻强识，可带有武学的书籍？”志清真人便打开书箱，取出几本来，借给朱公看。

朱公看天色，也该用早饭了，正要告别离去，突然听见外边一阵乱喊。二人出门一看，发现众人都往空明子房中跑，便也跟了进去。此时那空明子，正如面口袋一般，吊死在房梁正中。脖子上从左至右，绕着一个麻绳圈，宛如一条白色大蟒索命。

惠持和尚见状，一拍大腿叫道：“我就说是他杀害了灵虬大师，如今想必是内心愧疚，悬梁自尽了！”朱公未曾搭言，走近尸首仔细看了看道：“依我看，空明子道长绝非自杀！”众人惊得面面相觑。朱公道：“列位请看，道长的脖颈上，明显有一整圈勒痕，若是上吊自杀，则只会在颔下留半圈勒痕；另外房梁上有明显绳索拖曳之痕迹，当是有人拉着死尸将它吊起——因此道长应当是被人勒死的。”忽尔坎走上前来，大声说道：“朱大人不必说了，俺已经知道是谁干的了！大人以前也说过是咱们当中的人。”朱公疑惑道：“你倒说是谁？”忽尔坎挥着手道：“是铁捕头啊！您看大伙都来齐了，唯有铁捕头没来。”朱公突然注目凝神道：“壮士，你衣袖上的口子是怎么

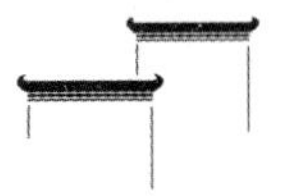

弄的？”忽尔坎一看袖子，不知何时被划破了个口子，愣了一下说道：“朱大人，现在出了命案，你还管俺袖子上的破口作甚？俺是个粗人，怎么弄破的也未曾注意。”杜捕头上前答道：“大人，我刚才去了铁捕头的房中，没看到他。而且被窝已冷，明显是匆匆掀开被子离去的。”忽尔坎得意道：“我说怎么着？”回头看众人，却见铁捕头进门。铁捕头一见空明子挂在这里，也十分惊讶，未等他问，众人便盘问他何处去了。铁捕头答道：“昨夜里有黑衣人偷袭于我，我起身去追赶他，可惜没追到，还迷路了，故此到外边走了大半夜，现在才摸回来。”朱公又抓起铁捕头左手道：“铁捕头，你这指尖上的血迹，是哪里来的？”铁捕头道：“我追着那个刺客跑，不知怎的他受伤流血了。我蘸着地上的血迹看了看，觉得有一股特殊的腥气。”朱公问道：“你没打伤那黑衣人？”铁捕头道：“应该没有。我冲他打了几十拳，却都没有打中，最后跳窗跑了。其步伐也不算快，姿势也很奇怪，只是他有轻功，故此我赶不上他。”众人听得，议论纷纷，都不甚相信。朱公对众人道：“事情还未弄清楚，大家先不要随便怀疑铁捕头。”众人经这一番劝，也都散开回屋了。启程之后，整整一天，再无人说话。

夜晚，众人依旧在一家悦来客栈分号入住。次日，志清真人自觉身体不适，央求众人多留了两天，自己只是在屋中打坐修养。最后一晚上，真人房中突然响起打斗之声，众人急忙前去观看。推开门，只见志清真人正和一个黑衣人打得不可开交。那黑衣人，双手也都包着黑布，一对拳头如穿花一般，招招不离真人致命之处。众人都看得发呆，朱公无意中瞟见杜捕头的脸色都变了。只见真人一招不慎，被黑衣人抓了个破绽，向他咽喉打来。真人急忙用拂尘掩住下巴，撤身躲避。黑衣人趁势前扑，撞破窗户逃出去了。众人这才回过神来，刚要去追赶，真人拦住道："穷寇莫追，免得中了他的埋伏。"又示意众人，看他身后左上方墙上钉着的一根三寸多长的大钢针，道，"这家伙的暗器十分了得，刚才险些让贫道中了招。"再扫视众人道，"怎么又不见铁捕头？"

这时，铁捕头才匆匆赶到，见大家都在，不由得十分尴尬。展乱麻揶揄道："铁捕头，该不是又去追黑衣人了？"铁捕头道："正是，不过这次——"忽尔坎打断道："这次你还敢抵赖？当我们大家都是瞎子啊？"众人都瞪着铁捕头，仿佛认定就是他了。志清真人分开人群问铁捕头道："铁捕头，你可认得这墙上的暗器？"铁捕头凑过去看了看道："看着有些眼熟——我对暗器不甚了解，倒是我大师兄，对暗器弩机之类的研究颇深。"志清真人听罢，哈哈大笑，对铁捕头道："不是贫道不相信你，可是从今往后，直到向朝廷讨完说法为止，你必须在我等的监视之下行动。"惠持道："正好，我来跟着他，从今晚开始，我和他一桌吃一床睡，形影不离。铁捕头，你看怎样？"铁捕头点头答应。智广也道："有惠持师叔在，应当没事了。"

朱公与杜捕头自回自己房中。杜捕头问道："朱大人，您看这几桩案件，该如何分析？"朱公沉思道："看来这凶手是要把我们一个一个杀光啊！"杜捕头接着问道："就这些？"朱公道："你是不是觉得有些事情很不合常理？还有些事情，你瞒着没有告诉我，不过

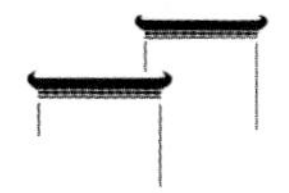

我也已经看出来了。”

朱公在屋内思量一番，又去请教志清真人道：“敢问真人，这飞针之法，是哪个门派擅长的？”志清答道：“这飞针极其难练，专修它的流派并不多见。倒是听得江湖上有一本《菊花宝典》，其中教授了飞针之法，修习之后，可天下无敌。不过这本书恐怕早已失传，就算存在，也不知埋没在何处了。”朱公不由得问道：“这么好的书，为何就失传了？”志清笑道：“修行这种武功，代价太大，常人练习，要除淫亵之气，以心为室，扫除尘垢，否则会有性命之忧，故需伤身自宫。再者说来，其他各派也都有自己的武功秘籍，各有千秋，即便不损伤身体，也能练成高手。”朱公叹道：“难怪现在已经无人修炼……对了，您觉得这次墙上的飞针是否是练过《菊花宝典》的人所发？”志清摸着下巴答道：“这还不好确定，不过铁捕头的大师见可是位暗器高手。想当初四大名捕奉命屠杀武林叛党时，他用暗器杀人最多。”说着便不言不语，低头若有所思。朱公看志清真人一副参悟天机之相，也不再多问。次日便同众人一起上京，路上无话，当夜晚便到了京郊县城。

众人依旧找到悦来客栈分号住下，还按照以前的顺序，只不过惠持与铁捕头共住一间。这夜晚，众人都想着明日进京告状之事，再加上近日连出命案，凶手又可能在自己身边，都睡得不熟。果然，三更时分，只听院里一声惨叫，众人忙出门观看，只见惠持和尚倒在院子当中。展乱麻抢先上前扶住他，但见惠持已经头顶碎裂、五官出血，明显是活不成了。智广见状，惊道：“难不成这是铁捕头的铁拳打的？”展乱麻摇头道：“应当不是，我们听得喊叫，都匆匆赶出来，铁捕头并不比我等出来得慢，再说他也来不及打人之后再回去关上门假装没事。”铁捕头也分辩道：“我半夜就听到惠持大师出门去，也不知道怎么回事就倒在这里了。”这时候志清真人和朱公才出门来看，见此情景，也吓得心中一惊。志清真人又绕着尸首看了几圈，肃然对众人道：“列位，贫道已知道这一连串凶案的始末缘由了。”朱公也笑道：“我也明白其中玄机了。”便让众人来志清真人屋中聚齐。

朱公拱手道：“这讲述之事，就不劳真人费口舌了，且让朱某来与大家分辩清楚。”志清点头，坐在一边。朱公又与杜捕头道：“杜捕头，你且回房中取些茶水来，让我漱漱口再与大家说。”杜捕头取来茶水，朱公饮了一口，说道：“要说这几桩凶案……”正这时，突然向后一仰，眼睛翻白，口吐白沫，歪在椅中。众人见了都慌。志清上前道：“果然如此，凶手竟如此狡诈。”又对杜捕头道：“你且先去扶朱大人吐出茶水，贫道再为他点穴，把毒物完全逼出来。”杜捕头将朱公扶到墙角，志清真人继续对众人道：“想必大家已经知道凶犯为何人了，他就是——”向面前一指，“就是你，铁捕头！”铁捕头刚要分辩，志清伸手拦住道：“贫道自有证据，咱们先从头说起。铁捕头本来奉官府的命令，前来监视我等，可惜被我们发现，只得假意和我们一同上京。当晚孙道长和方掌门比武，铁捕头看得愁眉不展，想必是觉得这两位高手是朝廷的阻碍，心中不悦。恰巧孙道长被胡蜂蜇伤，与方掌门共处一室，你不好下手，便转念暗杀了另

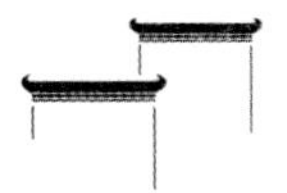

一个高手灵乣喇嘛。第二次杀害空明子，行凶后想逃跑，但半路上又怕众人追杀，便编了个谎话，回来骗了众人。后来，你又行刺贫道，虽然蒙上脸面，却被杜捕头看出你独有的拳法。杜捕头，你说是也不是？”杜捕头只得点了点头。志清继续得意道：“同样，这次惠持大师之死，也是铁捕头所为。”智广问道：“那铁捕头是如何在杀人后又回到房中的？”志清笑道：“这个简单，你我都是练武之人，不应忘了这一点。我们都会轻功，铁捕头可以把大和尚约到房顶上，趁他不注意时将他一掌打落在地上。然后铁捕头再从屋后边下去，穿过后窗到卧房，再从前门出来。”铁捕头不慌不忙道：“真人口出此言，可有证据？”志清道：“当然有，一者你大师兄擅长暗器，你多少也应当会一些；二者朱公茶内的毒，也是你下的！”杜捕头此刻听了这话，脸色也变了，将吐完的朱公扶在椅子上道：“师父，我今晚看到你偷偷往朱大人茶壶内放东西，你还说是有人要害朱大人，为了救他才这样的……难道你真是要害朱大人？”志清真人指着铁捕头喝道：“如今证据确凿，你还有何话说？”杜捕头道：“真人，你还是先看看朱大人情况如何好吗？”志清真人走过来看了看，道：“不妨事，待我为他点穴排毒。”下手刚要点朱公的风池穴，却被铁捕头上前一步，用那只戴着铁拳套的右手挡住了。志清真人一愣，又下手要点其他穴位，都被铁捕头一一挡住。志清皱眉道：“你果然要害朱大人！”刚要与铁捕头动手，突然一阵朗笑传来：“且慢，志清真人，要害朱某的并非铁捕头，而是另有其人。”

朱公说罢，从椅子上站了起来，众人大惊。朱公背着手踱了几步，转身对众位道："现在，就由朱某将这案情的前前后后，详详细细告诉大家。"志清真人冷笑道："想必朱大人是以为贫道杀了人？空明子死的那夜，你不是和贫道彻夜长谈吗？"朱公缓缓道："志清真人且莫要着急，先坐下听我慢慢道来。先说第一桩凶案，大喇嘛被人半夜杀害，由死状来看不应当是铁捕头，因为大喇嘛硬功非凡——"志清真人打断道："这不正是证明了，大喇嘛是被铁捕头一掌打死的？以铁捕头的掌力，即便遇到铁布衫，也能将人打死，何况大喇嘛是在熟睡中？"朱公笑道："你在与我讲武学时就暗示铁捕头有杀人的可能。但是，我当时去看大喇嘛，并没有让你们近前观看，我看后又收拾好了他的衣服。后来仵作来验尸时，我们已经准备走了，也没看到验尸——你是怎么知道大喇嘛是被一掌打死的？"志清答道："是武当副掌门空明子告诉贫道的，至于他是如何知道的，贫道就不得而知了。"朱公点点头，略微思量了一下道："这就引出第二桩凶案了。那晚上我与志清真人彻夜长谈，本来是怀疑他杀害了大喇嘛，想以此拖住他，可空明子还是被杀。这就说明杀害空明子的另有其人。"志清忙道："那不就是铁捕头所为了？"朱公道："志清真人刚才的推断，并不能成立。其一，铁捕头虽然拳法出众，可并不会轻功，这点可以由我等初次相遇时，他不能翻墙逃走推出来；另外我还问了杜捕头，铁捕头是四大名捕中唯一一个不会轻功的，因此志清真人刚才推测的上房杀人之法，不能成立。这第二嘛……我先问大家一个问题，那天晚上当着我们的面和志清真人对打的黑衣人是谁？"展乱麻道："当然是铁捕头，他的双手都包着黑布，就是为了不把拳

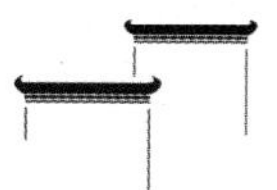

套露出来。”朱公笑道：“大家想想看，当时暗器是打在志清真人身后左上方的，也就是说从他左肩处飞过，那样和他相对的凶手就只能用右手打飞针，可铁捕头的右手是戴着铁拳套的，这样岂不是说不通了？因此只能是有人故意冒充铁捕头。第三，空明子被勒死时，我看那绳圈是从左向右盘的，那样的话凶手就要用右手来打结，铁捕头是左撇子，右手戴着铁拳套，要是那样打结，会十分不便。第四，也是最重要的一点，铁捕头下药时我也知道，那确实是由于真凶在我的壶里下了药，他为了救我才下的解药。我俩为了麻痹凶手，才演了这么一出戏。”智广急忙问道：“那这样说来，是谁杀了这三个人？现在只剩下贫僧、两位捕头、忽尔坎、展乱麻、志清真人这几个练武之人。志清真人的嫌疑已经排除，那论其他人的武功，能在惠持大师清醒时将他杀害的，只有铁捕头了。如果是黑衣人的话，那他又怎能分身，又杀死空明子，又被铁捕头追赶？”朱公道：“通常我们都以为，连环杀人案件中，凶手只有一名，可这次并非如此。且让我先将顺序理清：凶手先杀了大喇嘛；第二次，又杀害了空明子；而第三次，凶手被他的同伙灭口。这就不难解释了。志清真人，你先让惠持杀害大喇嘛和空明子，再将他杀害，同时又故布疑阵陷害铁捕头——好一个高明的连环计！而铁捕头之所以能在惠持的陪同下给我下药，也正是由于某人把他叫走了一会儿，相约晚上见面！”志清听了并不惊慌，呵呵冷笑道：“朱大人，你说话可是要讲凭据的，血口喷人可是不行！”

朱公从怀里取出几本小书道：“你可还记得那晚借给我几本书？

我在你打开书箱时，看到有藏文封皮的书，而且和这几本新旧程度不同，你作何解释？”志清道：“那是我早就向大喇嘛借的，有何不可？再说，贫道一直都在屋里，并未上房，你不信可以去检查。贫道又是怎样将惠持杀害的？”朱公并未回答，转脸问道：“铁捕头，惠持为何独自出门去？”铁捕头道：“我也不知，他没告诉我，只是半夜兀自出去了。”朱公笑道：“按理说，惠持应该同铁捕头形影不离，这里床下又有夜壶，内急也不用出去。因此只有一种可能，那就是他提前与人约好，趁铁捕头睡着后，出来商量事情。当他探头到志清屋内说话时，被志清一掌打在天灵盖上，击飞到院当中，惊得大家都出来看。此刻即使有人出来得快，看见志清开窗，也会理解为他听到响声开窗观看，不会疑心。”志清略带惊愕道：“既然这妙计如此天衣无缝，那朱大人是怎样疑心的？”朱公若有所思道：“疑心惠持是早就开始的。首先，他中岳庙离少林最近，在少林大火时却不曾接应，便怀疑他被血洗少林的凶手收买；后来又听你说他本是道家，几年前却改信佛教，就推测他是为了和少林寺拉近关系，施行某个诡计。在此基础之上，便不难理解惠持为何会杀害二位掌门了，想要一统武林，他们都是绊脚石。你假意和惠持联合，铲除其他掌门，再杀掉他，这样，振兴你们衰败多年的崆峒派就有希望了。”志清苦笑道：“朱公说什么疯话？我确实猜到惠持是杀害二位掌门的凶手，可惜没有足够证据，才把他约出来杀死，这只是为了救大家，不得已而为之。”朱公听得，只好赔笑道：“既然这样，是朱某误会真人了，失敬失敬！看真人这般仙风道骨的好容貌，怎会是暗杀掌

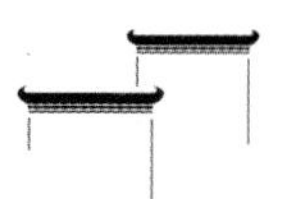

门的凶手？”说罢近前一步，伸手道，“尤其是志清真人这好胡须……”志清真人忙用手掩住。朱公突然变了脸色，冷笑道：“志清真人，这一路上，我总觉得你这胡须十分蹊跷，怎么总要轻轻护住下巴来挡住胡须根部，却从来不稍用力些捋？即便在与黑衣人打斗时，你都不忘护住这胡须。朱某明白，真人利用道家控制阴阳二气之法，修炼了《菊花宝典》，致使体内阴气太盛，故此胡须时有脱落。你说什么身体不适，其实不过是要调理体内二气平衡罢了。”志清听罢，颜色愈加难看。朱公又道：“大家可还记得忽尔坎衣袖上的破口？我想那正是孙道长与方掌门比武时，志清用飞针偷袭孙道长时，不慎划破的。可是当时众人都在看打斗，无心顾及。另外，且不说晚上被胡蜂蜇不太可能，单说这胡蜂蜇伤，只是会肿胀，并不会出血，志清真人作为资历最老的前辈，不会连这点都不知道吧？另外孙道长颈部有两个血点，正是被飞针穿透所致。”志清道：“那贫道身上的暗器，藏在何处？飞针这类东西，用皮囊布袋，都是装不住的，必须要有铁盒之类方可。”朱公抢话道：“谁说非要有铁盒？真人的拂尘柄，就是件好器具，可否让我等查看一番？”

志清听罢，低头叹道：“朱大人说的果然分毫不差，可是还有两件事不曾猜到。”朱公扬了扬眉道：“是何事情？愿闻其详。”志清道：“第一……我能先说这第二件吗？第二件是，贫道之所以不杀你们，是因为你们对我构不成威胁，还不配我动手。即使你们知道是贫道杀了人，凭你们的武功，也无法将贫道制服！”说罢便向屋外跳去。铁捕头见状，忙当面拦住，一记铁拳向他面门打来。志清冷笑道："果然是这一招！"低头弯腰闪过拳头，同时来掏铁捕头下腹。谁知铁捕头突然抬起膝盖，正撞在志清门牙上，直打了他个口鼻出血，当场倒下，嘴里还喃喃道："这招不是这样……"铁捕头哼了一声，叫杜捕头取绳子来捆了志清。

朱公见志清此刻十分狼狈，便走到他近前道："你刚才不是还有件事情没说吗？现在本官替你说了，你只不过是一枚棋子——"正在这时，突然窗外寒光一闪，一根飞针正钉在志清咽喉，当场毕命。众人还未及害怕，有人破窗而入，跳在众人面前。大家一看，是一名青纱罩面的黑衣人。智广忙问道："来者何人？"黑衣人冷笑一声道："先不要管我是何人，我只知道你们马上就要变成死人！"众人一听，都略有慌乱。只有朱公拊掌大笑道："这位高人，你不说我也知道你的底细，你不是那方掌门吗？"那黑衣人一愣，随即扯下面纱笑道："朱大人果然猜得准确。只可惜你们众人，谁也无法活过今晚了！"又用眼角瞄了一眼志清的尸首道，"就和他一样！"众人见方太平，此时全无忠厚的相貌，那一部络腮胡子也不见了。朱公静静道："我想你本来就是要利用他，用完了就灭口，并不是因为他打败了才这样的。"方太平怒道："朱大人还知道什么？"朱公冷笑道："朱某还知道，你在和孙掌门比武时，就使出了铁捕头的阴阳二气拳，故此铁捕头当时觉得蹊跷，后来听了你的好搭档志清的讲解，更对你的武功产生怀疑。后来你又两次假扮黑衣人，第一次偷袭铁捕头，既能巩固一下偷学的铁捕头的拳法，又能把铁捕头支走从而栽赃他；第二次你假意和志清搏斗，还是为了栽赃铁捕头，顺便还可以商量

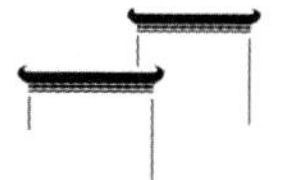

些诡计。”方太平问道：“那第二次我是怎样引开铁捕头的？”朱公答道：“第二次铁捕头要说黑衣人的情况，被人打断，我想他是要说这次黑衣人的身形不对；后来我们私下商量假死之计时，我也确认了这一想法。第二次被铁捕头追赶的那个黑衣人，不论身法还是拳脚，都远不及第一次那个，只可惜铁捕头不会轻功，才又没能抓住黑衣人。因此，第二次是你派你的手下人去引诱铁捕头的。”

方太平从背上百宝囊中取出几根飞针，冷笑道：“可惜朱大人知道的还不够，要是能早知道这飞针的秘密，恐怕会少死几个人。”朱公正色道：“关于飞针的事情，朱某也想明白了。你和志清做了交易，你教他飞针的功夫，他帮你灭掉那几位武功高强的掌门。剩下的这几位，武功较低，没被你当作威胁，才保住了性命。”方太平哼道：“本来我想，杀了那几个武功高强的掌门，你们这几个武功不够的会四散逃命，这事情就了结了，谁知你们几个如此执着。真是天堂有路尔不走，地狱无门自来投！废话少说，你们几个拿命来！”朱公又摆手道：“且慢，还有一件事：方掌门，不，或许我该管你叫……庞公公！”方太平脸色立即变了：“什么？”朱公喝道：“你为了练《菊花宝典》，挥刀自宫，然后带领手下人化装成宦官和官军，假意去少林寺搜寻反贼，实则为了得到少林秘籍，增强自己功力。同时你也铲除了少林派，为你今后一统江湖扫除障碍！可是，有几件事情你却露出了破绽——”方太平气冲冲道：“别说了！”手往朱公这边一挥，却把飞针向铁捕头掷去。铁捕头眼看不好，便用那只戴铁拳套的手挡住，随即冷笑道：“也不过如此！”方太平也冷笑道：

“那就让暗器再飞一会儿！”说着又扔出几根飞针，根根都刺铁捕头面部的死穴。铁捕头忙伸铁掌挡住打脸的几根针，来刺额头的那根实在躲不过，只好略略低头，用帽前的镶玉挡住了那根针。这次虽然没受伤，也吓得铁捕头一身冷汗，不禁叫道：“好暗器！”方太平奸笑道：“还没好透！”又掏出几根飞针向朱公打来。

说时迟那时快，铁捕头猛地一抖手，将那铁拳套扔出去，正在空中挡下那几根飞针。方太平又往百宝囊中摸索，却发现针都用完了。智广窥了个破绽，斜刺里就向方太平打来。方太平怎会被他打中，一把抓住智广手腕，往旁一扯，顺势在他背上拍了一掌，便把小和尚打飞到院中。智广趴在地上挣扎了两下，便不动了。展乱麻见状，火冒三丈，也不管自己武功如何，就拔刀过来相战。铁捕头此时也捡起拳套重新戴上，和展乱麻双战方太平。忽尔坎武功最差，只能在那里拿着大宝剑干着急。那二人也不是方太平的对手，眼看要出危险，正在这紧要关头，忽听上方有人喊道：“列位不必着急，贫道来也！”说罢便从房上跳下来。

众人定睛一看，竟是白鹤门掌门孙飞羽。方太平惊道：“你不是早就死了吗？”孙飞羽道：“朱公早就料到你的诡计，在那几粒大丸药中藏了字条，要我练闭气功假死。谁知你果然是武林败类，将我用破席卷了丢在乱坟岗。要不是道路不熟，贫道早就到这里向你报仇了！”说着又使出第四套的食鹤拳，与方太平战在一处。

四人打了一阵，方太平毕竟以一敌三，自觉体力不支，便虚晃一招，跳到院中道：“不陪你们玩了！”正要逃走，突然哎呀一声惨叫，

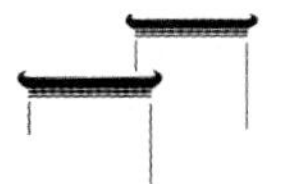

倒在地上。原来是装死的智广，在地上朝他胯下踢了一脚，直打得旧伤迸裂，鲜血崩流，捂住下腹倒在地上，胡乱打滚起不来。铁捕头一个箭步赶上来，一脚踩住，叫杜捕头取绳子来，将方太平捆了个结实。方太平痛得挤眉弄眼道："你们几个都死到临头了还不知道，信不信我马上杀掉你们！"智广站起来，拜了个佛道："你杀，或者不杀，我们就在这里，不死不伤。你骂，或者不骂，绳索就在这里，不紧不松。"方太平困兽犹斗道："你们几个还不知道，我们华山弟子一百名，已经吃了兵粮丸，将这里包围了！你们还是束手就擒罢！"正说着，突然听得一阵脚步声，有人喝道："什么人？大半夜聚在这里弄怪味扰民？肯定不是好人！"接着又听到一阵拳打脚踢的声音。众人忙出院观看，只见一队巡逻的官兵，正在捆几个弓箭手，还有百十来人，都捂着肚子站不起来。忽尔坎虽然武功不济，但从小练的蒙古摔跤，近身威力非常，此时又想立功，将那些腹痛较轻还要爬起来的弓箭手又都摔翻了。杜捕头怕方太平逃走，拖着他也出来看那群人。方太平一瞧，失声痛哭道："完了，一切都完了！这些家伙怎么早不拉肚晚不犯痢，偏偏今晚一齐坏了肚子，坏了我的大事！"

朱公笑道："你还记得那次本官拿着药包去看你吗？当时我将三两巴豆粉，与那包兵粮丸掺在一起——那三两巴豆，也够这一百人代谢顺畅了！"方太平惊道："当时你就知道我的计划？"朱公低声对他道："刚才我说你有几处破绽，你却不让我说完，可本官就是凭那几点识破你的。其一，兵粮丸这种东西，多吃反而伤身，而且制作复杂。我们只有几个人，你却带了一百多粒药丸，不仅没用，丢了的话代价也太大。这就不由得引本官多想几步，和官兵血洗少林之事联系了起来。其二，我见你药囊里有麻叶和金钱草——麻叶烧成灰后，十分吸水且不烫人，常常作为宫中净身之后撒在伤口上止血的药物。金钱草清热解毒，散瘀消肿，可治小便涩痛，正能让你这净身不久的人减轻痛苦。其三，你化装成庞公公，去我县城搜查，却没有发现客栈门口那一群吵吵嚷嚷的江湖人，这让本官觉得十分可疑。而且你带人在县衙与本官会面时，我一没磕头二没让座三没敬茶四没远送，你虽然盛气凌人，却对此丝毫没有挑理，显得十分蹊跷。后来你又改变做华山派掌门的身份，故意晚来了半天，为的就是做好化装，免得被本官认出来。其四，由于你最近才开始练《菊花宝典》，伤口较新，所以不能骑马。当忽尔坎说带了马来时，你便找借口留下，再找其他办法行路。我想，你是让手下人扮成客栈门口那运尸归乡的队伍，自己藏在棺材里前行的吧？可是这也没有我们行进得快。故此志清总是要停留一阵时间，还每次都住同样布置的客店，就是为了让你能及时找到。还是由于这个原因，那次你扮成黑衣人被铁捕头追赶，铁捕头说你跑步姿势奇怪，而且用力一跑，伤口迸裂，就流出血来。由于创面位置特殊，所以才有一种特殊的腥臊之气。第二次你假意和志清打斗时，志清知道你不能跑得太快，故此不让我们追赶。”朱公直起身来，又对众人道，“他练了《菊花宝典》，又趁火打劫得到了少林的秘籍，按理说你们几个是打不过他的。只可惜他操之过急，没做到在净身之后要休养百日方可出门，导致旧伤不断复发，且心中轻敌，才败于你们之手。这正是智者千虑、

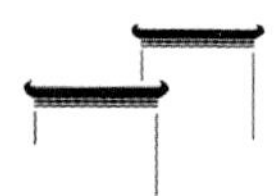

必有一失。”众人听言，都唏嘘不已。方太平忿忿道：“本来我自知伤口未痊愈，不能使出全力，才先让志清行刺你们，自己先休息一阵，谁知竟然还是输在这里！不过不要以为你们赢了，朱大人，你那里不还有两个受伤较重的少林弟子吗？”朱公道：“我已将他们转移到安全的地方了。”方太平强挤出一丝笑道：“你还不知，虽然你处心积虑保护他俩，可是道高一尺魔高一丈，我早就识破了你的计策。你不是让那两个和尚化装成囚犯被押走吗？我的手下已经将他们在半路上劫杀了。你手下的那四个差人也真是贪生怕死，刚听见些风吹草动，就一阵风似的跑了。”智广一听，大惊失色。朱公笑道：“那两个囚犯，是真的死囚；那四个逃跑的差人中，才有两个是少林弟子！这点我早就交代过师爷了。”方太平听罢，张口结舌，后悔不已，只得以头抢地。

事后铁捕头将方太平和其部众押解官府，听候发落。忽尔坎自回漠北，展乱麻仍云游江湖，暂且不提。朱公问智广道：“小师父，你今后准备如何？”智广道：“小僧要回去找到二位师弟，各处化缘，一同重修少林寺。再多招些弟子，一定要振兴少林派，将我派武功发扬光大。”朱公点头微笑道：“好，本官还知道一件事情，或许对你们有帮助。我在给你们三个治伤时发现，你们背后文着一些地图，用药酒擦洗才能看到，估计是少林秘籍的埋藏地址，你们应当赶快去寻找。当初长老舍命救出你们三个，恐怕也是为了不让这真正的秘籍外泄。”又将几十两银子递给智广，让他们修庙用。智广没再说话，接过银子，冲朱公拜了几拜，便告辞离去。朱公看他的背影，步步坚毅，只是小和尚脸上似乎有什么东西，用手背不断擦拭。

朱公此刻心中算是松了一口气，转身对杜捕头道：“现在已经到了京城边上，衙中又没什么事务，你我去京城游玩一番，了解京中风土如何？”杜捕头拱手道：“一切听朱大人安排！”二人便进京游玩了几天，谁知这不玩则可，一玩就撞上了一桩惊天（这次真是惊天）大案。预知后事如何，且听下回分解！

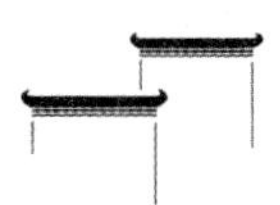

铡龙秘史

-

话说朱公在京城办完公事，穿了便服，带着杜捕头在京城随处游览。这天二人走到一条宽阔胡同，只见临街是一处大场院，虚掩着门，正有人悄悄从里边出来。朱公忍不住斜眼一看，只见里边挤得满是人，吆五喝六，好不热闹，不由得停下一探究竟。

只听里头有个人唱着酸曲：

鸟瞰夹道镶金边，

遥望随字书碧天。

黄蝶落血飞片片，

秋色如画添点点。

杜捕头看了几眼，笑道：“大人，这里原来是个宝局。”

朱公问道：“何为宝局？”

杜捕头低声答道：“宝局就是赌场，以前在咱们县里，我也带人抓过几家私营的。刚才里头人说的，明指秋叶飘落、大雁南飞，实际上说的是抵押票子、玩骰子之类的事情。”

朱公又问道：“前边那群人，围着一个方木盒子，是做什么的？”

杜捕头又探头看了看，悄悄对朱公道：“那些人是押宝的，那盒子唤作宝盒。以前我没收过这类东西，知道些门道，且让属下去玩一把。”

朱公刚要阻拦，杜捕头已经挤进人群，到桌边问道：“这宝开了没？”

众人都道：“还没，正要开！你要押吗？”

杜捕头冲开宝的伙计道：“来一把！”

伙计迎道：“这位新来的大爷，先交捎吧！”

杜捕头晓得这是宝局的行话，管钱财叫“捎”，就摸出一两银子。

原来这押宝可有规矩：宝盒里有一转盘指针，提前做好了方向，让众人猜；宝盒之上，分四大门，是幺二三四，管着四个方向，赌徒们用铜钱换了筹码，就放在要押的门旁边。杜捕头此时看得明白，押幺二三的都有，唯独四门没人押，便将一两银子往伙计手中一递：“一两银子，押四！”

伙计看只有他一人押四，这唤作‘孤顶’，不由得犯难道：“这位爷可是狠点，押得也忒大了些，还是‘孤顶’。这要是赢了，我们就得一赔三，这买卖还干不干了？”

杜捕头没好气道：“少来！你们做这买卖的，大到房产地契，小到衣裤鞋袜，有什么不能押的？难不成见我面生，就欺压人了？”

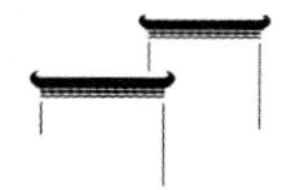

伙计被说得张口结舌，手足无措。

杜捕头接着喝道：“还有押的没有？没有押的赶快叫宝！”伙计着急往四下扫了几眼，没人答话，只得扶着宝盒叫宝。

叫宝可有规矩，哪门押得多就不要哪门，哪门押得少就要哪门，一看四门上杜捕头押得比其他加起来都多，便拖长音叫道：“叫宝！揭盖！免四！去三！不要二，叫宝幺来！”

刚要开那宝盒，谁知杜捕头一把按住伙计手道：“兄弟伺候了我们这么久，手也有些累了，这次且让我揭盖。”

那伙计知道这位难对付，想把他手扳开，却扳不动。杜捕头偏趁他慌神之际，拇指一抠宝盒脚上的机关，嘎巴一声就掀开那宝盒。众赌徒一看，里边果真指着四门，都气得拍腿叹气。伙计心中明白这位是行家，知道宝盒上转动指针的机关，但也不能当面说穿，只落了个哑巴吃黄连，有苦说不出。

杜捕头将案旁押的那些钱一揽，笑道：“不客气了！”往怀中一揣便向外走。

众赌徒大多是街面上的泼皮无赖，以此为生，如何依得？都叫道：“这是什么道理？哪有这样赢一回就走的，干脆去抢得了！”全拦住杜捕头哄闹。那些人怎是杜捕头的对手，被捕头一把一个，都推翻了。其他人见他彪悍，都不敢再靠前了。

杜捕头正要走，忽听得身后边大喝一声“且慢”。回头一看，一个胖大汉子正从柜台里走出来，震得伙计、赌徒们都不敢说话。端的是好威风：但见此人身高九尺，虎背熊腰，光头无发，紫黑脸膛，一只大豹子眼，另一只眼睛用黑布条包着，鼻直口阔，脑门子上边横着一道刀伤，连鬓络腮青黪黪的胡楂儿，穿一件对襟白布褂子，敞着怀露出来块巴掌大的护心毛，手里拿着桑皮纸的大扇子，呼扇呼扇正挥得起劲，想必是宝局掌柜的。

杜捕头正看得发呆，那大汉开口道："这位兄弟，要是真想玩耍，我们都欢迎；可是做这些手段，坏了我们的生意，可是不行！"

杜捕头强作笑道："既然这位仁兄不答应，待将小弟如何？"

大汉面沉似水，转身冲那几个赌徒道："今天不开宝了，插板打烊！"

众赌徒都一声不吭，灰溜溜走了。大汉轻描淡写对杜捕头道："这位仁兄，可赏脸留在这里喝两杯茶吗？"转身叫伙计们，"都准备准备，好好伺候伺候这位大爷！"几名伙计听了吩咐，立即像捕熊的猎犬一样，群星拱月将杜捕头围住大半。

正当众人要动手时，突然门口传来一声高喝："光天化日，朗朗乾坤，竟敢在这里作乱，还有一点王法吗？"

大伙儿向外一看，只见一个四十出头的男子，头戴文生公子巾，前额顶梁门处横镶着一块无瑕美玉，身穿文生公子氅，手执湘妃竹骨的白纸扇，脸上略带些黑眼圈，皮肤却还光鲜，三绺短髯黑中透亮，长得虽不是十分雄壮，却有一身不怒自威的煞气，吓得伙计们都不敢动了。

掌柜看了，连忙上前赔礼道："这位爷，是小的们不懂规矩，坏了您的雅兴，还请您千万见谅。"便招呼伙计们都退回去了。杜捕

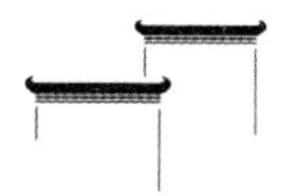

头见状，忙拉了朱公，和门口这位大摇大摆地走上街去。那宝局掌柜也赶快吩咐伙计关了门。

朱公待走远了些，便和杜捕头向此人拱手下拜道：“刚才多谢恩公相救！”

那人也还礼道：“二位不必客气，举手之劳而已。”

朱公问道：“敢问恩公，可是认识刚才宝局的那些人？”

那人笑道：“我与那些泼皮无赖并不相识，只是一时气壮，便上去喝退了他们。”

朱公再次抱拳道：“还没请教恩公尊姓大名？”

那人笑道：“免尊姓黄，双名天元，自号无极楼主。京郊人士。”

朱公又问道：“看黄兄头巾上镶有帽正，想必身背功名？”

原来凡是有功名的，大多在头巾或帽前镶上一块美玉，唤作“帽正”，文科功名帽正横着镶，武科功名帽正竖着镶。

黄天元道：“我家中世代富贵，颇有些家私，故此就买了个举人的功名，见笑见笑。还未请教足下大名？”

朱公冒名答道：“在下是外乡人，唤作朱大，也是买了功名的富户。这次带了心腹仆从杜二，来京城游玩，故此京中典故规矩，大多都不清楚。还望黄兄多多指点。”黄天元也客气了一番。二人论了年序，黄天元长朱公五岁，便以“仁兄”“贤弟”相称。

三人边走边聊，越来越投机。黄天元便提到一桩京中的新闻：“朱贤弟可曾听说过，最近京中出了一件大事？”

朱公道：“小弟初来乍到，还请黄仁兄指明。”

黄天元左右张望了一番，低声说道：“提起此事，非同小可，关系到皇家命脉。”

朱公看他面色凝重，不由得专注道：“看京中还是一番清平世界，尚无变故，竟有这等事情发生？”

黄天元道：“此事刚发生不久。大约十日之前，大理寺抓到一名二十出头的男子，自称是圣上在民间留下的皇子。大理寺不问青红皂白，就问了个冒充皇亲之罪，草草将此人铡死了，也不曾当作大事上报。据说如今圣上震怒，要大力调查，怎奈官官相护，都互相遮掩，因此皇上至今也无法知道其中实情。像我等小民，就更无处了解真相，只有猜测的份了。”

黄天元越说声音越低，面带神秘，说得朱公和杜捕头都不由得瞪大了眼睛。

黄天元见二人听得专注，突然讪笑道：“不过这只是民间流言，空穴来风，也未可知。”

朱公也笑道：“说的也是，此乃帝王家事，我们这般平民百姓，不宜多言。”

杜捕头插嘴道：“听闻当今圣上已有多名皇子，又不确定被杀之人是否真是龙种，为何还对此事如此执着？”

朱公连忙拦住道：“话虽如此，可当今圣上也是重情重义的明君，遇到这等事情，自不会袖手旁观。”

黄天元道：“这妄铡龙种之事，我们就不要再谈论了，免得生出事端。朱贤弟，今日难得我们谈得投机，我又算是本地人，理应做个东，

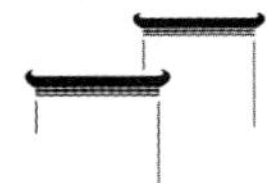

请你们喝一杯。”朱公拱手道：“恭敬不如从命，朱某就依黄兄所言。我们且去哪里用餐？”

黄天元指了指街边这几个门脸道：“这一带买卖，多是赌坊妓院。虽然烟花柳巷也有精致饭菜，可我平日里顶多是从这里路过，从不在此逗留。”

朱公故意调笑道：“看黄兄一表人才，风流倜傥，平日里与三五知己以文会友，即便流连此处，也不为越礼。”

黄天元只是笑了笑：“我们还是另寻去处为好。”

朱公只得道：“客从主便。”

三人又走了好长一段路，见路边大部分高档的酒楼都满客了，只有前方一处大酒楼，门脸比较冷清，唤作“得意楼”。黄天元便指了这家道：“咱们就在这家消遣。”朱公与杜捕头跟着走了进去。

黄天元要了二楼雅座，让朱公与杜捕头二人随意点菜。朱公也不好太奢侈，只点了煎炒烹炸焖熘熬炖八个菜。

黄天元高声让道：“朱贤弟不必，愚兄还是有些浮财的。”说罢掏出十两银子做押柜，又吩咐伙计上最贵的菜。

朱公看他如此挥霍，不知怎的，仿佛从他脸上读出“破罐破摔”四字，但初次相遇，交浅不可言深，也不便多理会。

不一会儿，饭菜齐备，自然是山中走兽云中雁、陆地牛羊海底鲜、猴头燕窝鲨鱼翅、熊掌干贝鹿尾尖，南北大菜，烧黄二酒，不必多表。

酒过三巡，菜过五味。朱公二人倒是吃得开，可黄天元仅吃了几口羊蝎子炖苁蓉，其余时间只顾大口畅饮，已有了些醉意。

朱公不由得叹道："黄兄果然是好酒量！"看黄天元依旧给自己灌酒，便劝道，"然则今日不是在家中，若黄兄真是醉倒在这里，为之奈何？"

黄天元双眼略带迷离，向雅间门口看了看道："这几日真……真是难受，生了不少闲气。朱贤弟，今日难得相聚，真……真个是要一醉方休才罢。"说完又给自己灌了几杯。

朱公和杜捕头又劝道："黄兄不要这般伤害身体，有何烦心之事，讲与小弟听听，也出出心中的这一口闷气。"

黄天元道："我这些事情，无处可说。纵然对朱贤弟讲了，也于事无补，只会对贤弟不利。"

朱公一听，更是好奇，追问道："到底是何等事情，让黄兄如此难过？说出来散散心也好，小弟保证守口如瓶。"

黄天元想了想道："既然这样，我就斗胆与朱贤弟讲说一二。"先拿出一张纸，上写着《锁魔镜·自度此曲》："山阴似铁，骤雨初休，黑林醉眼射飞猴。碧云斜卧池边柳，故景历历在眸。高歌踏海楼，笑却阎君遣马牛。男儿自当带吴钩，更上百尺竿头。"说罢又喝了一杯。朱公刚要接着听，谁知黄天元"咕咚"一声，趴在桌上睡着了。

朱公推了黄天元两把，见他果然醉得不省人事，只得对杜捕头道："这位仁兄也真是，醉倒在这里。我们又不知道他家在何处，难道还要将他丢在这里？"

杜捕头问道："难道我等还要在这里等他醒来？"

朱公笑道："当然不会，且待我去药铺买些醒酒的汤料来，与他

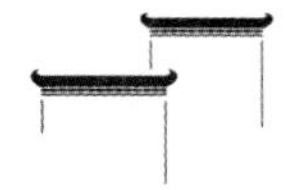

喝了解酒。你先在这里守着他。”说罢便背着手走了出去。

杜捕头并没有听话，也要跟着朱公同去。待二人走到一处安静地段，朱公回头问道：“你跟我出来，是不是有什么话要问？”

杜捕头道：“属下现在满心都是疑虑，还想向大人问个明白。”

朱公笑道：“但讲无妨。”

杜捕头小心翼翼道：“我看这黄天元，应该也有些来头，若是一般人，朱大人恐怕也不会如此用心。”

朱公道：“确实如此，你可看出什么了？”

杜捕头拱手道：“属下愚笨，只是觉得此人不凡，却说不出是何道理。还望大人指点一二。”

朱公想了想道：“看那黄天元写的《锁魔镜》，似乎是最近遇到了命案，要将真凶绳之以法，但具体尚未得知。另外你看那黄天元的相貌胡须，保养精心，再加上出手阔绰，必然是生于富贵之家。可是他眼眶发黑，这可是肾气不足之状。刚才他在桌边只吃羊蝎子炖苁蓉，恐怕就是为了补充肾气。”

杜捕头笑道：“这个属下也懂得。肾气不足的人，常常是连夜操劳，或是常常贪欢不加节制。”

朱公道：“正是如此。我们由此推断便可知道些内情：其一，他若是连夜操劳，应该不仅是肾气不足，肝气等也会大有影响，为何我等却看不出来他面色萎黄、爪甲干枯？其二，若是他平时贪欢，导致肾气不足，却不去烟花柳巷，那还是不合常理。因此依我所见，此人必然是家中妻妾众多，且身份不低，绝对不是所谓的乡土富户。

另外我看他总是说自己有烦心事，却不曾说与我等，更不去找歌姬消遣，想必是有重要且不可告人的事务在身。”朱公顿了顿，面色凝重，继续说道，“若是我猜测不错，他应当是达官显贵，奉了圣上旨意，或者出于其他目的调查龙种被铡一事，可惜这几日并未有满意的线索，故此心急如焚又无处发泄。刚才结交我等，或许是以为咱们是假装乡下员外、手头有几个闲钱的泼皮破落户，想借此打听些小道消息。”

杜捕头恍然大悟道：“原来如此。那刚才他喝得酩酊大醉，或许就是故意装作那样，等我们离开了，再脱身去调查事件。”

朱公点头道：“说得也有道理，我们且先去买些醒酒的汤药来，若是他还在，就给他喝了；若是他已经离去，咱们就把那剩下的筵席吃尽，然后留着自己醒酒。”

官吏二人在路边问明了最近的药铺所在之后，说说笑笑走过三条街，终于找到了那家。朱公进门去，吩咐那药铺伙计，用陈皮、檀香、葛花、绿豆花、苦参、白豆蔻仁、枳椇子各一两，加白醋和盐煎作汤剂，好做一味醒酒汤。

那伙计倒是十分精明，笑道：“这位客人不必吩咐，小的前一段时间给一位老妈妈的家人熬药，各色汤剂不知做了多少味，什么汤头歌都记得清楚！”待熬好了药，等凉凉了些，又取过一个大葫芦，装了递给朱公。朱公付了钱，就带杜捕头重回得意楼。

可是谁曾料到，二人正走在半路上，却遇到了黄天元迎面走来，还被几个官差押着，推推搡搡往前行。

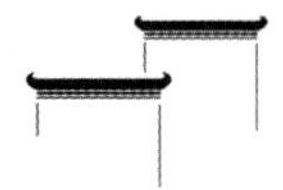

朱公连忙上前问道：“黄仁兄，这是怎么回事？为何惹了官司？”黄天元刚要解释，旁边一个为首的官差就给了他一嘴巴，打得他说不出话来。

那官差接过话茬答道：“这家伙酒后无礼，对酒店老板的女儿动手动脚，逼奸不从，打死人命。现在我们带他去刑部问罪。你若是还要多管，就是和他有干系，也将你一并抓去。”朱公连忙躲在一边。

杜捕头看那几人走远了，低声问朱公道：“大人，难道他刚才补足了肾气，酒后乱性？这可如何是好？”朱公道：“事出突然，我等先不要着急，还是先去酒楼看看再说。”

二人到了得意楼，见伙计们大都跑散了，只有两三个，刚收拾完东西往外跑。杜捕头上前拦住一问，那几个伙计答道：“本来我们这酒楼的买卖就走下坡路，伙计不多，老板也不在此照应，如今又出了这等恶事，我看以后是不能再在这里混饭了。”说罢甩手便走。

杜捕头又拦住问道：“那如今这酒楼里还有什么人？”伙计答道：“就剩下老板娘，在三楼守着刚被害的小姐哭。”

朱公和杜捕头大步上了三楼，果然见一间卧房内，有一老妇人正扎着白头绳，坐在桌边哭泣。旁边床上躺着一年轻姑娘，身上盖着一床被，上边还有些污痕，脸上毫无血色，已经身归那世了。

朱公走进问道：“这位老妈妈且先节哀，我是衙门来的仵作，特意来为小姐验尸。还请老妈妈先把当时的情况与我说明。”

老妇人哭道：“今日里有位客人在雅间吃醉了，跌跌撞撞走上三楼。见我女儿有几分姿色，就心生歹意。我女儿宁死不从，被他扼住脖颈，就这么害了性命。”说罢又不住啼哭。

朱公在床边看了看，对那老妇人施礼道：“若是老妈妈不介意，在下可要动手检查了。”

老妈妈哭道：“这孩子生前受罪，现在您就让她多消停些。她是被凶徒掐死的，您就只检查她脖颈处算了。”

朱公依言，解开女尸衣领，只见一段雪颈上，明显有两处凹痕；又翻开那女尸眼皮，看那瞳仁早已变灰；再扳开那女子的秀口，仔细看了看舌头。

一番检查过后，朱公对老妇人道：“这位老妈妈，我们也是例行公事，现在已经验看完毕。能否再问您几件事情？”

老妇人用手帕掩着脸，只是点点头。

朱公问道：“敢问您家中还有何人？”

老妇人答道：“还有孩子她父亲在。他平日里总在外边跑生意，这几天刚回来，谁知道刚回来就遇到这桩事。现在他已经到衙门和那凶徒打官司去了。”

朱公想了想，又问道：“老妈妈，敢问您女儿被害，距现在大约有多长时间？”

老妇人翻着眼睛答道：“约有小半个时辰了。”

朱公点了点头，向老妇人拱手道：“您女儿的尸首，已经检验完毕，刚才多有叨扰了。”便带杜捕头离了这卧房。

杜捕头与朱公走到楼下，忙对朱公道：“咱们可算是出来了，这屋中满是怪味。大人可曾看出什么了？”

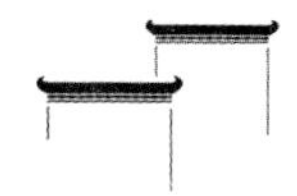

朱公正要回答，突然脚下“嘎吱”一声，踩到一样东西，拾起来一看，正是黄天元的白纸扇。

朱公大喜道：“要救黄天元，这正是一样好证物！”

杜捕头疑惑道：“仅凭这纸扇和您看了几眼的女尸，就能将他救出来？”

朱公笑道：“不仅要将他救出来，还要将真凶绳之以法。”

杜捕头还是如堕五里雾中：“看来大人已经胸有成竹了，我们这就去刑部衙门吗？”

朱公道：“非也，我们要先去找一个人。你不是和大将军钟衮是旧相识吗？”

杜捕头道：“正是。”朱公急声说道：“我们先去他的府上。”

二人快步来到钟将军府门前，杜捕头上去通报了姓名，就被门人直接引进去了。原来这钟将军和杜捕头交情莫逆，不用在门口等待。钟将军正在屋中喝茶，见杜捕头来了，忙起身相迎。

这位钟将军，以前和杜捕头在同一衙门做正副捕头，一次在山中救了一个采药的客人，谁知竟是微服私访的皇上，便受了嘉奖，随皇上进京做了官。如今见杜捕头来，依旧十分热情，向杜捕头抱拳道：“杜兄别来无恙。多年未见，不知在何处高就？”

杜捕头还礼道：“比不得钟兄，现在我仍在朱公手下做事。”

钟将军贺道：“既然是在朱公公手下做事，那必然官阶不低，最少也是御林军的校尉了。恭喜恭喜。”

杜捕头解释道：“不是朝中的朱公公，是我们那县令朱公。不知钟兄是否还记得，在你随圣上进京的时候，他刚刚从别处调任而来。”

钟将军道：“原来如此。那杜兄因何事来京城？”

杜捕头道：“这次和朱公进京办事，刚办完却又遇到一桩案件，特地来找钟兄帮忙。朱公还在门口等待。”

钟将军吩咐仆从道：“快快请进来。”

朱公与钟将军见了面，不温不火道：“将军便是以前衙门里的钟捕头？”

钟将军答道：“正是。您刚调任过来时，我就进京做事了，故此不曾多见。”

朱公道：“将军以前的事情，我都听杜捕头说了。下官由此推测，有些事情也只有将军知道了。”说罢将那踩歪了的白纸扇子递给钟将军道，“钟将军，这件东西，想必您是认得的。”

钟将军捧着扇子看了看道：“这只不过是普通的折扇，有何特别之处？”

朱公凑近低声道：“钟将军，您真是贵人多忘事，您再仔细看看这扇子上题的字？”钟将军一看，突然浑身颤抖，腿脚一软，跪在地上。

花开两朵，各表一枝。再说那黄天元，被一群差役押到刑部衙门，连推带搡上了大堂。那刑部尚书早已准备好了，堂下还跪着一个老汉，脸上包的全是血纱布条，只从布缝里髭出来白发银须，甚是狼狈。还没等他端详清楚，两边差役就喊喝堂威，催他下跪。

黄天元并不着急，只是冲上施礼道：“生员黄天元，向尚书大人施礼了。”

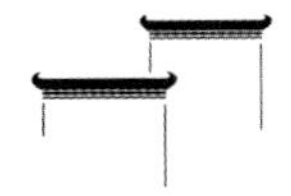

尚书喝问道：“既然口称生员，可有功名在身？”

黄天元答道：“学生是举人出身。”原来这上堂诉讼，身上有功名者，因日后有机会为官，可以立而不跪。

尚书怒道：“既是知书达理之人，又是在天子脚下，如何做出这等丧尽天良之事，杀死民女，还将其父亲殴打至重伤？”

旁边那老汉哭道：“大人，这凶徒害了我女儿，还望大老爷给我们做主！”

黄天元忙分辩道：“我在酒楼喝醉了，睡得烂熟，怎会有这种事情？大人明鉴，绝无此事。这老儿明明是血口喷人。”说着就要去扯那老汉。两边差人连忙拉住。

尚书见了火冒三丈，喝道：“这凶徒百般狡辩，还想当堂殴打证人，罪不可赦。来人，将他革去功名！”

左右差役不容分说，便扑上去，一把扯下他的头巾，丢在地上。

黄天元气得双手颤抖，指着尚书骂道：“你这赃官，我这是官家封的功名，如何就这般轻易革去？难不成受了那老儿的银子？”

尚书一听，气得将惊堂木一拍，喝道：“大胆刁民，竟敢污蔑本官！左右，与我将这穷酸恶醋的书生拖下去，重打二十！”

黄天元一听，吓得酒醒得也差不多了，见此状况，忙大吼一声：“我看谁敢！”向四下里一瞪，还真将众差役吓得一怔。

黄天元又指着那尚书，点名嚷道：“李古同！睁开你那狗眼看看，你真不认得我是谁？”

尚书又一拍惊堂木道：“皇子犯法，与庶民同罪，老爷我管你是谁！咆哮公堂，罪加一等！来人，将这刁民的嘴堵上！”

有公差拿好大一块抹布来，黄天元一看，刚叫一声“好大——”，“胆”字还未出，就被按倒塞了个严实，却还在那里呜呜作声。

尚书冷笑道：“大胆刁民，还敢抗拒天威！左右，拖下去，重责三十！”拿起刑签，猛地掷在地上。

原来那衙门打人，扔刑签是有规矩的：捏住签尾掷出，是叫手下人用三成力上刑；捏住中间掷出，是叫用五成力气上刑；若捏住签头抛出，则是叫用十成力上刑了。今日差人们都看到是捏着签头扔下的，故此如狼似虎，将黄天元在地上按住了，褪去中衣，举起水火无情棍，连背带腿，结结实实打了三十下，十分给（注：此处读作jǐ，古中原官话，憋气而使尽力气之意）力。这差役打人，也有真假之分：假打是高起慢落，左右开弓，都用杖头打人，见声见血，却不会弄成重伤；真打则是左右开弓，都用杖身打人，先在左右打出两道斜“房坡”，让血流汇在当中，第三下再落到“屋脊”上，准是重伤出血。

此次黄天元也没有人情送到，两边差役又为了讨好大人，便使尽了吃奶的力气用刑。这下可苦了他，打痛不说，还叫不出声音，直打了个一佛出世，二佛涅槃。三十板子下来，鼻中便只有出的气，没有进的气，奄奄一息。

尚书见黄天元这般惨状，不禁笑道：“你这刁民，可认罪吗？”见黄天元并不答言，又怒道：“还敢藐视本官，再打！”

两边差役忙道：“回禀大人，他刚才已被塞上嘴，说不出话来。

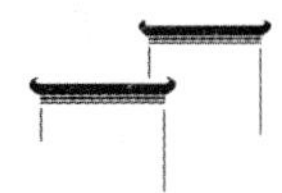

再者身上已经打遍，无处受刑了。”

尚书探头看了看黄天元，果然打得如烂鱼一般，趴在地上起不来，只得吩咐道：“再掌嘴二十。”差人又取来牛皮板子，扯下抹布，打了黄天元二十个嘴巴。打完再看，黄天元早已昏了过去。

尚书见状，只得说道：“既然犯人已无法回话，那就当他招供了吧。”

让差人拿来文书，抓着黄天元的手按了个指印。那老汉继续哭诉道：“大人圣明，这凶徒害了我女儿一条人命，还望大人为小民做主。”

尚书思量道：“正是如此。杀人偿命，古已有之。如今人犯杀伤人命，已是死罪，又嚣张至极，若是久留，必有大患。”便吩咐差人道，“来人，取铡刀来，将人犯当堂处死！”

差人取来铡刀，用芦席将黄天元卷了（防止开刀时溅血），就放在铡刀座中。有一个臂膀强壮的差役，握住铡刀柄，就要将黄天元一切两段。

正在这千钧一发之际，有两人突然跑到堂口，正是朱公和杜捕头。朱公见状，大喝一声：“刀下留人！”可那掌刀的衙役并不停手，兀自压了下去。

杜捕头眼疾脚快，一个箭步冲上前去，抬起右脚，猛一踢那芦席筒，只听里边微微传出“哎哟”一声，便滚在一旁，此时那铡刀“咔嚓”一声，正好落在刀槽内。杜捕头顺势举起拳头，正打在那差役鼻子上，捶了个满脸花，倒在地上，双手掩面，在地上不住打滚哀号。

尚书一看，急忙唤差役道：“何方狂徒，胆敢搅闹公堂，快快拿下。”

这时，门口又闯进来一群人，为首的正是钟将军，其余的都是将军府兵丁。钟将军一声令下，那些兵丁就将堂上的官吏人等，全部拿住。朱公忙解开黄天元的芦席，一看果真惨不忍睹，忙致歉道：“黄兄，小弟营救来迟，当面赎罪。”

那个打官司的老汉，见情势不好，想偷偷逃跑，却被朱公喝住道：“那位老汉，不必再这般蒙头盖脸了！我知道你是哪位，你不就是那大——”

那老汉恼羞成怒，从靴底抽出一把匕首，向地上的黄天元投过来。钟将军连忙用大刀拦住。老汉还想扑过来，早有几支利箭射在他后背上。老汉倒在地上，闷声闷气喊道：“能做荆轲，不枉此生。”便气绝身亡。

钟将军着急道：“还未曾将他审问，怎就射死了？”转念又一想，吩咐道，“将他脸上纱布扯掉，看看他是什么相貌，画影图形，贴出告示让百姓辨认。”

几名官兵上来，七手八脚将他脸上的布条一扯。谁知那布条却是用特制的胶粘在脸上的，用力一撕，脸上容貌全都毁尽了。钟将军见此情景，只得叹气，让手下士兵先护送黄天元离开。

十日之后，御花园中，皇上单独召见朱公。因为身上还有些不适，皇上侧卧在躺椅上，旁边茶几上还摆着汤药。皇上给朱公赐了座，

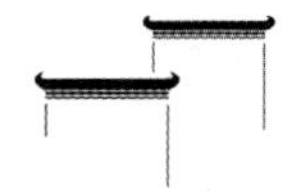

问道："朱爱卿，你是何时认出朕的？"

朱公刚要起身回话，皇上摆摆手，示意他坐下说。

朱公重新坐好，小心答道："其实刚见到陛下时，便觉陛下言语非常。圣上说话，有意避开'鄙人''在下''晚生'之类词语，'无极'又代表四方五行之中央，是至高无上，微臣便觉陛下应该身份极高。后来，在酒楼中用膳，陛下两次差点说出'朕'字，但都掩饰过去了。"

皇上笑道："朱爱卿果然细心，那酒楼老板的女儿被杀一案，你如何看待？"

朱公道："臣虽对仵作之事不曾深入研究，但凭借一些常识，也判断出女尸的一些异常。其一，我将尸首的眼睛和舌头都检查过，发现那眼中干涸，无半点泪迹，口中也无半点津液，因此一定是死过两日以上，口眼中的水分都蒸发殆尽了。其二，那女尸脖子上没有瘀青，却有两处凹痕，必然是死去一段时间，皮肤已失去弹性。"

皇上又疑惑道："既然人已死了两日，为何没有尸体腐败之气？"

朱公上奏道："这也有据可查，那女子久病在床，服用过多种汤药，因此腐败较慢。再者她常在卧房中服药，故此房中充满药味，也将腐尸之气遮掩了不少，反而形成一种难以辨认的怪味。"

皇上好奇道："哦，那朱爱卿是如何知道这些的？"

朱公答道："臣去附近唯一的药铺中给陛下买醒酒汤，吩咐伙计煎药时，他说经常给一个老妈妈的家人熬药。我又看到那女尸被子上有些不知为何物的污痕，就想到她是经常卧床吃药，将药汤弄在了被子上。若是临死前刚刚弄上的，不可能在小半个时辰中完全干燥。

另外，臣又看到一处蹊跷的摆设，那屋中的凳子和小桌都摆在床铺旁边。”

皇上问道：“桌凳摆在床边，有何不可？”

朱公道：“陛下可略作设想，若是这样摆设，入睡就不方便。因此必然是此女常年卧床，受母亲照顾，那桌凳都是给她母亲用的。除此之外，室内并无挣扎打斗的痕迹，被褥整齐，且那老妇人是坐在桌边哭泣的，因此可以证明那女子是之前去世的，并非刚刚被害。”

皇上点点头道：“说得也是，母女情深，若是女儿刚刚去世，必然抚尸而泣，将那被褥全都弄乱，也不会坐在桌边。可是朕还有一事不明，那女孩子的父亲为何状告寡人？”

朱公道：“那并非女子的父亲。因为微臣看那老妇人头上扎着白头绳。”

皇上想了想道：“对了！那老妇人头上扎着白头绳，肯定是家里死了人。如果女儿刚刚被害的话，一定是悲痛欲绝，想不起来扎头绳，因此那老妇人是个寡妇。那在刑部堂上状告朕的老汉是谁？”

朱公凑近些，小心翼翼道：“陛下圣明，据微臣推测，那蒙头盖脸的老汉不是别人，正是大理寺的官员。”

皇上一听，不由得大惊道：“爱卿何出此言？”

朱公道：“微臣只是推测，并无十成的把握。”

皇上肃然道：“爱卿但说无妨。”

朱公回禀道：“陛下，您此次出宫微服私访，想必是要调查大理寺铡龙种一事。大理寺上次因草菅人命，引起圣上注意，故此怕圣

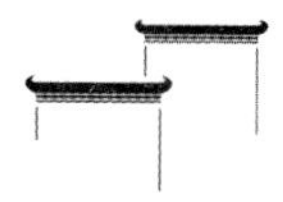

上怪罪，一不做二不休，干脆设下迷局，制造一桩冤案来陷害陛下。”

皇上惊道：“果真如此大胆？”

朱公道：“若仅仅如此，大理寺的官员也过于狂妄了。微臣推测，除此之外，另有一番隐情。”

皇上催促道：“爱卿不必顾虑，速速与朕讲来。”

朱公犯难道：“微臣若是告诉陛下，此事可就闹大了。”

皇上急道：“朱爱卿想到什么，只管说出来便是，朕恕你无罪。”

朱公低声道：“俗话说，疏不间亲。微臣若是说错了话，还望圣上开恩。”

皇上宽慰道：“朕已经说过了，不论说了什么冒犯的话，都赦你无罪。”

朱公只得答道：“那老汉临死前说他是荆轲，就是那位受燕太子丹委托而杀秦王的刺客。因此依臣之所见，陛下这次祸患的幕后主使，正是太子。”

皇上难以置信，问道：“爱卿如此说，可有凭据吗？可不能只凭这一句就断定是太子。”

朱公道：“只须顺藤摸瓜，便能得出结论。敢问圣上如今有几位皇子皇孙？年庚均是多少？”

皇上答道：“朕共有五位皇子，太子已过而立之年，其余几位皇子全都年幼。皇孙尚且没有。”

朱公思量道：“正是如此。今有人自称是皇子，年纪又与太子相仿，便有可能威胁到太子的地位。故此太子便勾结大理寺的官员，判他个大不敬之罪，草草取了性命。”

皇上皱眉道：“朱爱卿想得有些多了，若是单凭这几点原因，怎能判断太子是幕后主谋？”紧接着，皇上像突然被蝎子蜇了一下，打了个激灵道：“朱爱卿，你是不是还知道什么？”

朱公垂头答道：“微臣并不知道什么，只是推测出来的。微臣从钟将军发迹之事得出，陛下贵为天子，却微服私访，到荒山野岭中采药，想必有特定的疑难杂症，而且连太医也不能让知道，否则万一外泄，则会江山不保。”

皇上听得如同丢了魂一般，怔怔说道：“朱爱卿继续说下去。”

朱公继续说道：“因此微臣推测，皇上多次到民间寻访偏方草药，并不是为了自己，因为皇上已经有五位皇子。皇上真正的目的是为太子找药。”

皇上擦了擦汗道：“爱卿所言分毫不差，正是太子不能生育，寡人是为他寻找药方的。”朱公道：“正因为如此，太子才对这次有人自称民间龙种之事如此用心，勾结大理寺的官员，不论真假，一律处死，以免威胁自己的太子之位。”

皇上心有余悸道：“太子和那些官员害怕此事败露，就要加害寡人，真是人心难测啊！”

朱公低声道：“不仅如此，还有更加严重的。不知陛下是否还记得那个长相凶恶的宝局掌柜。那人刚见到陛下，又不认识，为何马上就十分客气？依臣所见，可能是太子知道了圣上要调查龙种被铡之事，故此派出线人，在民间各处打探消息。他见圣上走了之后，

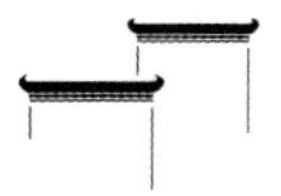

也不做买卖，立即关门打烊，或许就是去向同伙报告皇上的行踪，好设计陷害陛下。同理，那清静的得意楼，也是他们设下的陷阱。他们先雇用那死了女儿的老板娘，和她一同商议了一个毒计，又在事发之后，将那几个伙计匆匆打发走了，而且邻近的酒楼都被占满，唯独这一家冷清，都在他们的计策之内。”

皇上想了想道：“正是，朕被那几个差役押到刑部衙门时，并不见那老汉一同过来，而且衙役还打肿了朕的龙口，使朕在街上无法分辩，岂不正是事先做好的局？最后朱大人想必是要说那老汉是大理寺的官员，可他没让大人开口。最后他容貌被毁，让这一条线索断了。那刑部尚书估计也只知道是大理寺正卿命令他这样的，不一定知道太子的密谋。”

朱公道：“刚才微臣只是推测，还望圣上仔细求证，千万不可枉杀良善。”皇上点头道：“寡人知道，将太子叫来，当面问话便是。”说完叫来大太监，让他到东宫请太子，又问朱公道：“寡人多次微服私访，确实临幸过不少民间妇人。那自称是朕的龙种的青年人，也不知是否真是朕的骨肉。寡人若是真找到那人的骨殖，可否通过滴血认亲来判断他是否是朕的民间皇子？”

朱公道：“靠遗骨滴血认亲之举，不过是仵作诈取贿赂的手段。人骨中间质地细密，无法将血渗入；两端疏松，不论血水，都能渗进去。即便取来的骨头是中段细密的，仵作也能将一种药粉撒进去，使血滴渗入。这都是他们私受原被告银两，为他们做伪证用的。微臣衙中的仵作还算正直，将这些门道都告诉臣了。”

皇上沉吟道："如此看来，此事就变成了无头案，永无谜底了。朕今后也该行为检点，免得再生事端。"这时候，太监急匆匆回来禀报，说太子已经出宫，且把许多金银细软都带走了。

皇上让太监再去仔细寻找，先不要声张太子携金银逃走之事。待太监走了之后，才重重叹了口气道："寡人为太子尽心尽力，谁知他却办出这等事情！真让寡人寒心至极。"

朱公上奏道："陛下，当务之急，不是在此叹息。由前几日那场灾祸之中，微臣推测，上至达官显贵，下至市井刁民，有不少太子党存在。圣上应尽力查处，消除遗患才是。"皇上听罢，惨笑道："想不到事情竟如此严重！朱爱卿，朕想调查那大理寺的冤魂是不是皇子，还要大费周折，亲自私访，险些丧命。如今百官相互勾结，频频施放烟幕，朕如今真成了孤家寡人，不亚于每天在刀刃上行走，此刻还能相信谁？"

朱公建议道："大将军钟衮，赤胆忠心，可以放心任用。当时臣捡了皇上的扇子给钟将军看，他认出陛下的字迹，当时就跪拜叩头；听微臣讲述经过后，便带兵去救驾。只是那钟将军的士兵当中，恐怕也有太子的眼线，在大理寺官员要被抓时，怕他将太子泄露出去，故此赶忙射死。也多亏钟将军一直在陛下身边救护，他们才无法对陛下动手。"

皇上听罢，深为惶恐，半晌没说出话，过了许久，才将缓过神来，好似刚刚从大难中死里逃生，随即又转惊为笑，弄得朱公也有些糊涂了。

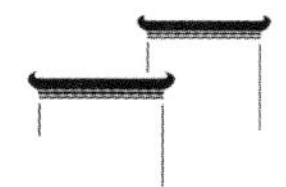

“妙哉！妙哉！”皇上拍手赞道，“朱爱卿所言，甚是透彻，听得朕只有一句话想说。”

朱公拜道：“微臣洗耳恭听。”

皇上突然正色道：“朱爱卿，你知道的太多了！”

朱公一听，不觉脊背发凉，忙跪下道：“不敢当不敢当，臣罪该万死！微臣也知此事甚为机密，因此并不曾与他人讲起。即便在钟将军府中和刑部大堂上，都不曾将皇上的身份说穿。”

皇上将手放在朱公肩头，笑道：“爱卿做事果然周全，知道朕是好脸面的人。太子和那些官员也正是抓住朕爱惜脸面之处，知道朕不肯自己说穿身份，差点将朕……只是朕还有些顾虑，这家丑不可外扬。”

朱公硬着头皮道：“但凭圣上安排。”

“既是这样，朕便当你是答应了！”皇上闻言大悦，牵起朱公双手道，“从今往后，你便是朕的结拜兄弟了！和朕成了一家人，也不算家丑外扬。朱爱卿，不，御弟，你这手为何这么湿？”

朱公慌忙拜道：“承蒙圣上厚爱，臣诚惶诚恐！”

皇上龙颜大悦，要摆酒宴为朱公庆贺，朱公婉言谢绝。皇上只得道：“既然如此，朕也不能强求，退让一步。这结拜之事，朕便不诏告天下，只你我二人知道便可。”

朱公听得“退让”二字，又不禁一阵局促，只得拜道：“微臣谢主隆恩。”

皇上又取出一柄宝剑，递与朱公道：“官场险恶，你平时又如此刚直忠正，这尚方宝剑，如朕亲临，可助御弟一臂之力。”

朱公接了宝剑，又拜了三次，口中称谢道：“圣上所赐之物，微臣定全力保管。”

皇上笑道：“又说这般见外的话，只称朕为皇兄便可。常言道‘功高莫过救驾’，御弟既然立下大功，还有何要求，但说无妨，寡人一定尽全力满足！”

朱公道：“这次有幸救驾，纯属意外。微臣在知县任上，尚有不足，怎敢再要高官重爵。请陛下赐臣回归任上，继续当县令。”

皇上大喜道：“好，就依你所言。另外朕还要将大理寺中积压的那些公案都让御弟过目，务必悬案告破、冤情昭雪。”

朱公连忙三拜九叩道：“陛下圣明，微臣代天下百姓感谢圣上。吾皇万岁，万岁，万万岁！”此时不觉中天色已暗，正是：

青花铸寰宇，
乌楼擎碧空。
长庚钉天幕，
高树染苍穹。

※

“事情就是这样，”VK 结束了这一段故事，“事后朱公和杜捕头离开了京城，继续在原来的县城中当官。”

“这下朱公可是交了好运气了！”历史学家吉伦还是有些不解，

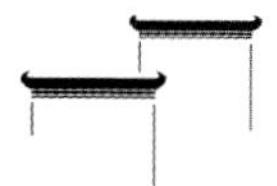

“按说他这么受皇上青睐，应该从此高官得做，骏马得骑，大权在握，名留青史。那皇上也还算英明，可他为什么不答应呢？难道朱公这样能凭借少得可怜的线索来破案的聪明人也犯傻了？”

“这就是他最聪明的地方。”VK有些难受地说，“俗话说，伴君如伴虎。”

“这个我知道，可皇上不是很赏识他吗？”吉伦有些不屑一顾。

“伴君如伴虎，并不仅仅是说陪在皇帝身边的人很容易被皇帝吃掉，还隐含了一种意思，打老虎的人也很多，如果再有冷箭射来，那虎旁边的人自然要当挡箭牌了。除此之外，我想朱公肯定知道朝中尚有很多太子余党没有查清身份，敌暗我明，若是立即加官晋爵，反而会遭他们猜疑和痛恨，对自己不利。那些人连皇上都敢动，肯定有办法暗算他，为了不让自己今后的官场生活举步维艰，朱公只好选择这么一条明哲保身的道路。”VK开始对祖先朱公进行了跨世纪的心理分析。

吉伦叹了口气，表情像故事中失望的皇上一样地说：“看来这还是个很辛酸的故事啊。从字里行间，我甚至有些为朱公感到悲哀了。值得‘庆幸’的是，这个将面子放在第一位的皇帝也变得很有心机了，每一句话都有潜台词。或许以后没有朱公在身边，他也能独当一面了吧？”

“我想他本来就不笨，聪明不过帝王家，没心机的皇帝是当不了真正的皇帝的。”VK为自己的故事得意道，“你有兴趣的话，可以分析一下他的心理。”

“对了，我又想起来一件事。会不会是由于太子党对朱公的打压，才让他的很多档案，比如籍贯、生卒年月、做官情况等都失传了？”吉伦灵光一现。

“或许吧，谁知道呢？”VK 轻描淡写地说，他已经准备往屋外走了。

“还有呢，看这个皇帝的性格，百分之百是他了！”吉伦越来越兴奋，“就是那个爱微服私访、爱冒险、爱和大臣尊卑不分、爱给自己胡乱起名字的玩闹皇帝……”

“唉，只不过是故事，你何必那么认真呢？”VK 狡黠地笑了笑，“再说，你说的那位皇帝不是没有后代吗？而且他又是著名的红灯区消费者。”

吉伦被这突如其来的打击噎得不知所措，转念又对 VK 说：“看来有关朱公的历史考证工作，我以后还要进一步收集资料。”

VK 有些无奈地回答说：“好吧，我真是服了你了。下个月吧，我会再整理出来一篇更精彩的朱公故事，给你提供更多的历史线索。”

食铁神兽

一

“川中有奇兽，状如貔貅。”

朱公拢起手卷，问旁边师爷道：“本官办了一辈子人的案件，今天竟然要办兽类的案件了吗？”

师爷拱手道：“大人，当今皇上圣明，请大人暂时寻访四川，想必还有别的用意。”

杜捕头赶上前道：“我等既已上路，便不要计较那么许多！大人何时变得这般不爽利了？”猛一拍马，大声笑道，“既然受了圣上错爱，自当建功立业，赴汤蹈火，万死不辞！”一阵朗声大笑，贯彻云霄。

原来朱公自破获了铡龙案，备受皇上赏识。自此暂留在皇帝身边行走，在京城盘桓了一月有余。文武各官员听得新有朱公之名，也纷纷结交拜望，连高丽、东瀛、暹罗、爪哇、天竺、蒙古、波斯等地使节，也多有来访。朱公只是小心应付。

一日朱公好容易闲了一阵，看到住处门口几丛红花，便想到古人一首《殿前欢》：花自芳，花旁行者累断肠，来风去雨皆匆忙，谁顾花香。花舞风，艳红光，纵有佳妆，又有何人赏？世间攘攘，皆为生往。

朱公刚感叹一阵，突然有太监传旨来，原来近年川中多有匪事，并诸般奇闻怪案，皇上便加封朱公为临时四川按察使，监理巴蜀各处大案。朱公素来不喜张扬，因此平日只穿便服，也不用车轿，行李只让各人背负。此刻，他正与师爷、杜捕头、书吏文明、仵作四人，一边谈论怪兽，一边纵马来到川边。

文明看到路边鸟飞，便说："小生出个谜语，各位猜猜可好？"不等众人答应，便说，"世间有奇鸟，庄周尝赞之。啼语称美女，飞舞倾汉室。春来营泥宫，育雏灭虫豸。疾翔隼不及，随风裁柳枝。"

朱公道："我便也用一首《西江月》答你的诗。诗经众词绝妙，燕燕曾有称道。春来成对檐边绕，衔泥做得佳巢。硕雏欲试新毛，扇飞巢中旧草，待入空中化剪刀，裁得绿叶真俏。"众人齐声喝彩。文明道："这燕子黑面红须，赵飞燕若是人如其名，纵使身段婀娜，面貌也和燕颔的张飞相似。"朱公笑道："你且不见燕子胸腹洁白，美人亦如是，不可纯白，亦不可纯黑。那皇家宠妃，必然是肤白发黑，齿白瞳黑，黑白相间，最是可爱。"

众人来到一处关隘，师爷道："这便是杏关了。过了杏关，便都是巴蜀之地，道路多为险要。"守关将士验看了朱公文书，便摆下

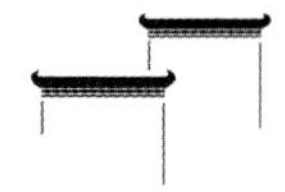

薄酒款待。

守将敬了三杯，对朱公道：“大人初来四川，便要面临诸多疑难案件，真是任重道远。”

朱公道：“将军最近可听闻什么大案未破的？”

守将叹了口气道：“巴蜀之地交通不便，小将也听不得许多川中消息。只知道这几个月，绵阳山中惊现怪兽，貌若貔貅，州官本以为是祥瑞之兆，要上表朝廷邀功请赏。谁知那怪兽甚是诡异，能吞食钢铁，还杀伤人命。官府不敢上报，只得派山民多方搜捕。”

朱公从袖中取出一个手卷道：“入川之前，我已在驿馆买了这卷新出的《川中异事》，得知这种怪兽自古便有，只是已有数年未曾现世。最近重现，四川及周围各处都有小道传说。”

守将道：“小将也不曾见过这种怪兽，只听说当地一些蛮夷之民，将其奉若神明，只是应付官府差事，不敢抓捕。”朱公谢过守将，与四名随从用完酒饭，便离关上路。

朱公等人出了杏关，一路骑马徐行，看到路两旁柳色如新，风中也还略带暖意，不禁叹道：“这川中景色，果与中原不同，九月还能是这般光景，别有一番滋味。真是：川塞秋来风景异，嫩柳发生杏关西。”

书吏文明和道：“好个‘嫩柳发生杏关西’，大人真好雅兴！学生虽然不才，也想东借西凑，把大人和前人王空山的诗句拼成一联来吟，却也合这时节：遥知兄弟登高处，嫩柳发生杏关西。”说罢又故意拿眼勾仵作道，“仵作哥哥不来一句吗？”

仵作沉思一阵，道：“我等追随大人许久，好容易才做到今日。想韶华已逝，唯有这柳色尤青，当然也有所感，只得借来前朝无名氏一句凑成一联，正是：劝君莫惜金缕衣，嫩柳发生杏关西。”众人都颇感共鸣，叫了阵好。

杜捕头也喜道：“俺虽然不知多少诗书，也借些前人词句来一句：朔方健儿好身手，嫩柳发生杏关西！”书吏笑道：“捕头哥哥这句甚是应景，你看前边那群孩童，登山越岭如履平地，可不是好身手吗？！”众人抬头远看，只见前方约十步远处，有几个羌人童子，冲着他们指指点点地说笑。

师爷苦笑道：“这边远闭塞之民，全无教化，怎能对按察使大人这般无礼。真是：群童欺我老无力，嫩柳发生杏关西！”因他一嘴南方口音，将“嫩”说成了“论”，众人听了，都哈哈大笑。书吏笑得直不起腰，挣扎道：“看来大人这句诗要成名了。走了半天，腹中也有些饥饿——借问酒家何处有，嫩柳发生杏关西！若找到一家好酒馆，便可——烹龙炮凤玉脂泣，嫩柳发生杏关西！”众人边走边说笑，那几个羌人孩童只是跟定了看。

书吏斜眼看他们道：“惊闻俗客争来集，嫩柳发生杏关西！”几个孩童面面相觑一阵，其中一个最大的，约有十四五岁，突然跑上前用汉话大声问道：“敢问几位可是从中原来的？可是来我们这里抓神兽的？”师爷正要嗔怪他怎能如此与大人说话，朱公拦住问道：“你们说的神兽，可是最近杀伤人命的食铁怪兽吗？”那少年不悦道：“不是食铁怪兽，是食铁神兽！它是我们这里的山神。”

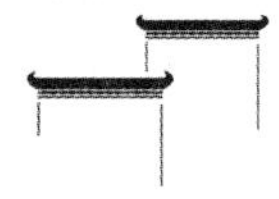

朱公正欲深问，突然一中年汉子跑过来路当中，望朱公纳头便拜，问道：“您想必是圣上派来巡察四川的朱大人了！”

朱公正要下马搀扶，杜捕头拦住问道：“你如何认得我们？”

那汉子道：“我们太守老爷等待大人良久，早已派人寻得大人画像。还得知大人身边总带着四个人，有老有少，有文有武。”

那人起身道：“这几个孩童，都是小人族里的孩子，最大的这个正是犬子小五。小人在太守老爷跟前当差，也是本地的羌人，汉名辛碧正。这些天太守老爷日日盼着大人来，总让我们四处打探。”说罢便牵起朱公马缰，要给他们带路。

杜捕头知道川中多有匪患，刚才便怕朱公下马回礼时遭了暗算，此时更是加了小心，紧握着腰刀柄，直到来到州官府衙，才放下心来。

门房通报之后，即刻便有一名州官穿戴整齐出迎，想必是早有准备。那官员见了施礼道：“下官绵阳州官鲍缜鲍细稔，迎接来迟，当面恕罪。”

朱公还礼道：“鲍大人不必多礼，远道而来，今日还要多叨扰了。”二人来到客厅，仆从伺候看茶，寒暄已毕，朱公问道：“听闻近日有神兽在山中作乱，鲍大人可知详情吗？”

鲍缜答道：“川中有许多珍禽异兽，下官平日极少进山，虽未亲眼所见，却也听百姓说过。此处山中有一种食铁异兽：身多白毛，黑目而玄耳，墨足而青肩，头如麦斗，眼似铜铃，牙排利刃，爪胜钢钩，口若血盆，掌赛磐石，后肢能二足站立，前掌可如人一般抓握，有摧山破林之力，甚是凶恶。有山民砍柴采药偶然遇到，也只是远远观看，不敢靠近。在下官到此上任之前，此兽已有数年未有人见过，如今甫一出世，便伤了几条人命。”

朱公又问道：“敢问鲍大人，这食铁兽数年之前出现时，可曾听闻有伤害人命的？”

鲍缜想了想道：“此类怪兽古来已有，可从未听闻此类事情。只是近日才连连哀报，说此兽杀人行凶。”

鲍缜又唤辛碧正拿来案卷给朱公看，朱公才知前后来由。原来两个月前，有外乡猎户梁三，在山中遇害，身上有多处猛兽抓咬伤痕。尸体手中紧握一柄短刀，似乎与猛兽有搏斗迹象。官府衙役查看周围地面，认为他是从山坡上滚落，其中后脑受伤较重。地上还有奇怪足迹，类似人掌而宽圆，爪甲约有二寸长。又有村民在山中见到食铁神兽出没，足迹相同，方知是神兽伤人。官府派村民进山搜捕未果。一月前，却又有采药人林四，在山中被断喉而死，尸身周围多有食铁兽足迹。半月前，小贩王铁头在山溪边脖颈被扭断，左面颊被抓伤并食铁兽掌印一个。三人皆不知籍贯，居无定所，亦无亲眷。

待朱公看完案卷，鲍缜苦笑道：“下官也亲自带领衙役进山寻找，无奈这食铁兽神出鬼没，并未找到。”又拿出一张神兽足印的拓片给朱公看：似虎而六趾，似熊而宽圆，似人而指甲尖利。

朱公用手在上面比画了一下大小，道：“本官也感此事甚为离奇，想即刻亲自去山中访查，不知鲍大人意下如何。”

鲍缜起身道：“大人远道而来，还是休息几日再去的好。”

朱公再三要求，执意要去，鲍缜只好说道：“大人有令，下官莫

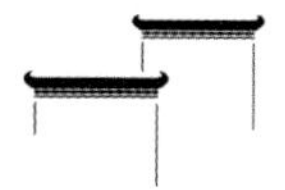

敢不从，只是这山中艰险，还望大人小心。下官有一向导推荐，前几次多亏有他带路。这次也为大人将他寻来。”鲍缜还要召集衙役随朱公同去，但朱公想到人多容易惊扰野兽，便婉言谢绝。

吩咐完毕后，朱公端杯欲饮几口茶水，无意中瞥见刚才那几个羌族童子在窗边偷看。正要询问，却被鲍缜将他们撵走。鲍缜尴尬道：“这都是府中的僮仆，全无规矩，冲撞大人，还望见谅。”朱公笑道：“不妨。”

不多时，辛碧正领来一个身形肥胖的汉子，腰上系着山民常见的粗搭膊，这便是上山的向导陈老能。朱公也确实有些好奇，不顾旅途奔波，只略休息了一个时辰，便带上杜捕头和仵作，要随陈老能上山。

鲍缜跟师爷、书吏文明出门送行，谁知在府门口遇到一位熟客，就对朱公简要介绍了一番：“这位是钱塘来的商人高山勇，与下官是老相识。”那人笑容可掬，冲朱公作了一揖，略略寒暄了几句，两厢人起步分别。

陈老能满口是巴蜀方言，朱公等人绞尽脑汁，也只能听懂八分左右。不知不觉，四人已来到山边。此处有大片矮山，路径崎岖，几人寻了半个时辰，便在泥地上看到两串神兽足迹，正与朱公之前看到的拓片相同。杜捕头眼尖，看到旁边草上一片湿漉，走近叫道：“这想来是神兽排泄的痕迹。”

仵作道：“嗅其气，观其形，神兽应当刚过去不久，我等随着这足迹追寻便是。”陈老能看见他如此文绉绉，不由得大笑。

四人正要起步，陈老能突然高叫一声：“竹叶青！”其他三人都回过头。只见一条辫子粗细的绿蛇，正窝在几人旁边。杜捕头一见，便要拔出腰刀，刚拔出一半，那蛇也猛抬起头，吐着芯子，十分警觉。说时迟那时快，陈老能赶紧伸手拦住杜捕头，嘴唇几乎不动，从牙缝中慢慢挤出几个让几人能听懂的字：“别动，蛇一般不会咬不动的人。咱们几个别乱动，一会儿它便走了。”那蛇看了几人一阵，慢慢爬动，约过了一炷香时间，才离得众人远了。四人这才松了口气，朱公发现，陈老能这时方将拦住杜捕头的手放下。

仵作赶紧道：“我们还是赶紧去追那神兽吧。”

朱公道：“下次应当找鲍太守寻一条能斗蛇的猎犬来，也方便寻找神兽。”

陈老能抖了抖衣服，慢声道：“那蛇突然出现，可能是从树梢坠下的，下次我们应当戴上斗笠，防止被树上的蛇咬到。”

众人往前寻了一番，直跟到一片山岩，便无了足迹。杜捕头有些急道：“早知如此，刚才我便拔刀和那蛇拼了，就算被咬，也能赶上那神兽。”

朱公道：“抱怨无用。我等二人一组，分头寻找，估计会快些。”杜捕头自告奋勇，和朱公一组。仵作自和陈老能一起。

朱公和杜捕头找了一阵，突然想到：“食铁神兽身形巨大，应当把巢穴做在山洞或树洞中。此间以竹林为主，没有粗壮大树，应当是藏在山洞里。”

杜捕头笑道：“大人您看，前边便有一处洞穴。”二人走到洞穴

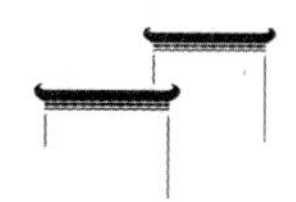

边，朱公闪在一旁。杜捕头先往里吼了几声，又往里扔了几块不大不小的石头，这都是“古宅灯光案”时，恰巧向猎户学的。朱公见洞里没有动静，正要和杜捕头进去，看看有没有兽毛等痕迹，突然旁边草窠中一阵猛动，二人心里顿时绷紧了弦。

二人脚步未动，又等了一阵，见那一尺多高的草丛中渐渐没有动静了。杜捕头突然大喝一声“谁！？”草中又猛地一颤，一人拿着一副捕兽夹缓缓站了起来，正是辛碧正。

朱公上前道:“你怎么在这里？”杜捕头不由分说,将其衣襟揪住。

辛碧正忙解释道:“小人是太守大人派来做埋伏,捕捉食铁兽的。”杜捕头喝问道：“那你刚才在这里装神弄鬼地作甚？”

辛碧正拱手道：“恕小人直言，刚才在草丛中不敢抬头，也不知是敌是友，故此假装野兽想吓跑二位，绝无歹意。”

朱公上前问道：“你说不知是敌是友，难道这山中还有什么匪人？”

辛碧正道：“这里没有深山，匪人倒不曾有。只是小人怀疑，那前几个死在山中的村民,恐怕是人为致死。太守大人高额悬赏食铁兽,可能是村民中有人为了赏金而互相残杀。”

朱公想了想，问道：“你这么说，可有何根据？”

还未等辛碧正回答，远处突然传来一声惨叫，三人都不由得转过脸去。杜捕头惊叫道：“不好，是仵作！”便急忙向发声处跑去。朱公和辛碧正紧随其后。在山中绕了约有二三百步，便看见一片陡坡。陈老能正小心翼翼地往坡下走，坡底正趴着仵作，衣衫破烂凌乱。

杜捕头忙大声问陈老能刚才出了何事，才知道原来仵作好像发现了神兽，跑近去看时被山藤绊倒，滚下石坡，如今生死未卜。

杜捕头心中焦急，仗着有功夫在身，一路小跑来到坡底，仔细查看了仵作，发现并无致命伤，只是身上有多处擦痕，右臂肿胀，不省人事。朱公等三人随后也赶到谷底。朱公看了看仵作道："我等且先送仵作回府衙，再作计较。"便解下长衫，让杜捕头和辛碧正绑在两条粗树枝间，做了小榻抬仵作，路上又问陈老能事情端详。

陈老能满脸尴尬道："方才仵作先生正在走路，突然大叫一声，说看见类似神兽的东西了，拔腿就向前飞奔，谁知被山藤绊倒，滚落石坡。那神兽听见惨叫，早已吓跑不知所踪。这里地形复杂，常有类似事情。即便小人这样常来山中的，也在下坡时候被树枝擦伤手掌。"说罢摊开手掌，掌心处还有一道麻绳般的伤痕。

朱公又问道："刚才仵作说他看见神兽了，那你可曾看见神兽吗？"陈老能摇摇头。这时路边一块大石后突然跳出一人，差点和抬着仵作的杜捕头相撞。朱公定睛一看，原来是羌族少年小五。

少年见仵作受了伤，便问道："这位伤者也是被食铁神兽所害的吗？"

朱公答道："他是不慎跌倒，摔伤成这样的。"又问小五道，"那神兽你们可见过吗？果真如太守他们所说的那般样子？"

小五大声答道："就是那样，我们在山中见过几次。当时看到如此神物，我和小伙伴们都惊呆了！"

辛碧正早已板起脸孔，对小五道："你为何在这里？"

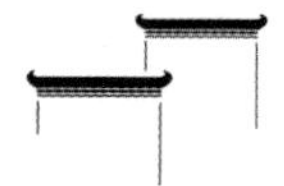

小五道：“刚才听见有惨叫声，便跑来看个分明。”辛碧正略显怒色，问道：“我问你为何跑到山里？”

小五掩嘴笑道：“如今时候也不早了，阿妈叫你回家吃饭。”

辛碧正哼了一声道：“你回去对她讲明，府衙公务繁忙，今天就不回去了！”

陈老能上前打圆场道：“你已经数日未回家了，我替你去抬送伤者，你赶紧回家去吧！”说着便来接他手中树枝。辛碧正突然冲他大吼一声：“老子不似你这般耙耳朵！”又见朱公和杜捕头都回头看他，顿觉失态，只得将手中树枝交给陈老能，赶紧辞别几人，同小五要走。

小五那眼把着陈老能问道：“陈叔叔今天可带麦糖了？”

陈老能笑道：“你这小鬼，真是贼不走空，我腰间还包着一块。”

小五伸手从他腰间摸出一个油纸包，拿出一板深黄色的糖片，掰了一半道：“做事不可斩尽杀绝，我只取一半，其他的给叔叔粘虫雀用。”又塞回陈老能腰中。朱公之前极少见此类东西，多看了几眼，陈老能便让小五将那半块给了朱公。朱公接过那包糖藏在袖中，深表尴尬。辛碧正说要上城里买些东西，自拉着小五回去了。

朱公在前走着，随口问抬人的陈老能道：“那辛碧正和他家里的不合吗？”

陈老能慢慢道：“小人和他是近在咫尺的邻居，还算有些了解。之前也没听说有什么不合，两口子一向是相敬如宾。但是近几个月，辛碧正常不回家，听说是和家里的闹了口角。”

杜捕头问道 :“刚才他说的什么耳朵，是何意思？”

陈老能笑道：“这是巴蜀方言，粑是用火烘软的意思，粑耳朵便是耳根软、禁不住枕边风的人。”杜捕头问道：“那按他的话，你便是惧内的人了？”陈老能笑了笑，不置可否。

仵作被送到府衙，让师爷医治伤情。师爷检查一遍道：“仵作右臂骨折，舌尖被自己咬伤，其他并未有重大伤情。现已给他包扎好了。”朱公方才放心。

晚饭时，朱公问师爷道：“你和文明在这边休息，可有什么新鲜事？”

师爷会意，答道：“我们两个在茶馆和人闲聊，探访民情，颇有些发现。那鲍缜为官清廉，执法公正，人称‘鲍青天’。只是绵阳地界，耕地稀少，人民穷困，鲍缜才学又较为平庸，也没有许多办法。”朱公点了点头。

文明接着说道：“今天下午还出了一件趣事。我们在街上走着，远远看到钱塘客商高山勇，师爷喊了他几声‘高先生’，又喊了几声‘山勇兄’，他竟然都不答应。这时小五突然从一条胡同跑出来，到了他跟前，叫声‘勇叔’，他才答应，停下来与小五说话。辛碧正随后追上，赶忙拉着小五要走。我们两个也走上前去和他寒暄了几句。”

师爷又道：“钱塘话我还比较熟悉。可是那高山勇的口音，却不太对劲，到底像哪里，我也说不清楚。”

几人正聊，杜捕头突然跑过来，焦急道：“大人，仵作突然不行了！”几人赶忙跑到仵作屋中，只见他正剧烈咳嗽。

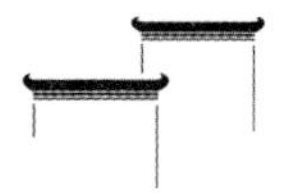

师爷急匆匆一阵检查，也不知是何原因。仵作咳了一阵，突然用左手拉住朱公手，朱公连忙将耳俯在他嘴边。仵作嘴唇微动，嗫嚅了几声，手腕一软，垂在床边。文明听说此事，失声大哭。杜捕头一向刚猛，也在墙角哭成了泪人。看得朱公与师爷也不由得垂泪。

次日清早，鲍缜急匆匆来见朱公，问道："听说大人手下的仵作不幸殉职？"

朱公摆摆手，低头叹道："他也算是死得其所，你们不必过多在意。我已让人将尸身用板车拉走，暂存在关帝庙了。"又顿了顿道，"本官到此未有政绩，却先损兵折将，看来出师不利。不过仵作临终前定了一计，有望帮鲍大人抓捕神兽。"

鲍缜一惊，道："哦，愿闻其详。"朱公道："与其派人进山搜捕，不若在山中设下陷阱，诱捕此兽。"鲍缜大喜道："下官公务繁忙无暇顾及，怎么没想到此种方法！？只是这山路复杂，要在何处安排陷阱？若是陷阱太多，又恐伤了行人。"

朱公道："俗语云'狼有狼道，狗有狗洞'，野兽通常有固定的道路，只要按照痕迹找到，在上边做下埋伏，便不怕捉它不到。"鲍缜点头称是。

朱公又道："还有两件事想劳烦鲍大人。"鲍缜道："大人尽管吩咐，下官莫敢不从。"

朱公道："其一是再请陈老能带本官进山；其二，请鲍大人置办几筐新鲜果品，用来祭奠仵作。"鲍缜道："这些好办，下官这就去。"

陈老能来了之后，朱公向他讲述要设陷阱的计划。陈老能突然道："设陷阱需要诱饵，小人家中便有，还是大件，一会儿便让家里的送来。"朱公大喜，叫上杜捕头道："既然是大件，咱们先去他家中看看。"

陈老能家就在山群旁，他妻子正在家中，与陈老能一般无二，身材肥胖宽大。陈老能家的将一口桌面大小的黑铁地锅推到院中，陈老能道："这便是诱饵了！"

杜捕头不解道："这怎么是诱饵？"

陈老能道："咱们要抓的可是食铁神兽，这便是它爱吃的。"

陈老能家的指着地锅说："大人您看，这锅上还有神兽的爪印和牙印，锅沿上还有咬缺口的地方。过年时我们陈家人在院中熬汤，全家人把汤分完后，那神兽就推翻篱笆闯进来，将锅弄成这样。"

陈老能道："为了捕获神兽，小人便舍了这口锅！"朱公甚喜，叫陈老能和杜捕头把锅推到山中，因为不便躲在草中看守，自己便回了府衙。

二人将铁锅放在发现神兽足印的小道旁，又分别躲在小道两边的草丛中。陈老能特意给自己和杜捕头戴了斗笠。杜捕头早已准备好一副弓箭，就等神兽前来。俩人谁也没敢说话，一直等到天色擦黑，才见一巨兽徐徐走来，正是传说的样子。杜捕头看它上前扒拉那地锅，抬手正要射箭，陈老能不知何时在他侧边大喝一声，一把将杜捕头推翻。那食铁兽受了惊吓，弃了铁锅，匆匆往前奔去。

杜捕头大怒道："你这是做什么？！"陈老能低声解释道："这是神兽，务必将它完完整整交给大人，不能伤害，否则多有不利。"

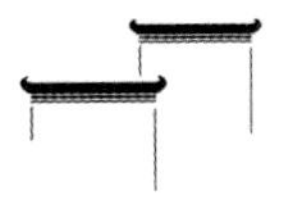

杜捕头气得捶胸顿足，也拿他没办法，只得向前追去。那神兽早已不知踪影。

二人只好将铁锅换了个地方，继续等待。杜捕头掏出草绳，对陈老能道：“等神兽过来时，你在它身后吓它一下，我在前边趁其奔跑时绊倒它。那兽身形胖大，摔倒后不易起身，我们再按住它。”陈老能点头答应。可二人直等到天边泛白，再无神兽经过。

杜捕头禁不住跺脚埋怨陈老能，陈老能也只得尴尬赔笑。二人也都疲惫，正要收拾东西离开，却见朱公和文明跑了过来。文明兴冲冲喊道：“杜捕头，大人已经捕获了食铁神兽，端的是一匹巨物！杜捕头不用在这边等了，快去帮忙。”

杜捕头惊讶道：“大人是文官，如何捕得那巨兽？”文明道：“大人设了陷阱，现在已经将怪兽困住，要请杜捕头把它弄出来。”杜捕头和陈老能赶忙随二人前往。

几人来到一小片空地，却只见师爷倒在一棵树下。众人忙将他扶起，朱公取出水囊，打湿他面颊，才将他弄醒。

师爷道：“刚才有个蒙面人，过来要拉走神兽，我正要阻拦，却被另一人用手臂从后边勒住脖子。我情知挣扎不开，便垂下手臂闭气装死，才躲过一劫。”

朱公劝慰道：“这个不妨事，神兽不只有一头，而是一种，我们再捕一头便了。”

文明问师爷道：“那您怎么又昏过去了？”

师爷道：“那人以为把我勒死了，便顺势往树边一扔，导致我后脑碰着树干，才昏了过去。”杜捕头这才找到机会，插言道：“朱大人是怎么捕获神兽的？刚才说把神兽拉走，是怎么回事？”

文明答道：“朱大人用一个带轮子的木笼，里边放上诱饵，当神兽吃得欢喜时，便用绳线牵动，合住了笼门。那门上有屈戌，借着拉动的劲，就自动扣上了。”

杜捕头又问道：“那神兽果真如传说中那样吗？”文明点头道：“正是如此。”

陈老能突然道：“我们且不要说这些了，赶快把神兽抢回来才好。我们分头去寻找吧！”说罢便头也不回匆匆跑了。师爷疑惑道：“不知他怎么这样着急？”杜捕头没好气道：“刚才我们差点捉到一头，拜他所赐，又给放跑了。想必是心中有愧！”

朱公要文明与师爷先回去，师爷只道不妨事。朱公道：“既然不妨事，那便和杜捕头走一遭，去上次师爷提到的地方。”杜捕头还兀自一头雾水，可师爷早已心领神会，拉着杜捕头先走了。

杜捕头还有些不明白想问：“朱大人，属下还有一事不明，您三个人是怎样——”还没等他问完，旁边树林中又跑来一人，却是辛碧正。他见了众人，便大声问道：“大人，你们没事吗？”

杜捕头道：“没什么事情，你怎么又来了？”

辛碧正道：“太守老爷寻不见大人，特地派小的来寻。”

文明故意轻描淡写道：“没什么大事，只是不小心，让神兽被人抢走了。”辛碧正大惊，愣了片刻，捶胸顿足道：“这事情怎的闹成这样！”

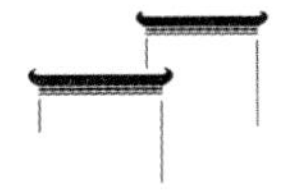

朱公道：“我们且先回去，再作计较。”

几人回了州府，三班衙役才刚刚到岗齐备。鲍缜正要用早餐，便请朱公一起到内宅。鲍缜寒暄道：“大人这是从哪里来？”

朱公端起一碗粥，道：“鲍大人，本官有一事相求，请大人立即拘捕辛碧正！”

鲍缜一听，立即将手中油饼放下，起身问道：“大人这是何意？”

朱公拿起一块油饼，道：“鲍大人先莫多问，若是晚了，估计人就跑了。”

鲍缜只好道：“来人，将辛碧正给我押过来！”朱公低声道：“还请鲍大人小心行事，切莫打草惊蛇。升堂也先免了。”

片刻后，辛碧正被两个衙役押过来，也没捆绑。鲍缜让那两个衙役先退下，朱公低声止住，只让他俩堵在辛碧正两边。辛碧正跪在桌前，不知所措。朱公放下手中油饼，低声问道：“辛碧正，你可知罪吗？”

辛碧正支吾道：“回禀朱大人，小人不知。”

朱公逼问道：“你且说，为何本官两次进山，你都在不合时机之时突然出现？”

辛碧正答道：“那是鲍大人不放心，派小人去寻找朱大人……”说罢两眼斜瞟着鲍缜。鲍缜站在旁边，赶忙接着说道：“正是如此。”

朱公道：“可是本官发现了一些细节。第一次你说是奉命去安捕兽夹，可是鲍大人却说并未想到安装陷阱之事。第二次你说是鲍大人派你来山中寻找本官的，可是本官并未向州府中任何人交代去向。

今早回到府衙，见其他差役都刚刚到齐，并没有刚刚出门寻人的迹象。难道是鲍大人只派你一个人去寻找本官？鲍大人在用早饭时见了本官，也没有表示知道本官外出的样子。”说罢也侧目看鲍缜，鲍缜也只是低下头，咳了两下，便默不作声。

朱公又道：“想到这些天你的其他表现，本官便更为怀疑了——”

辛碧正突然打断道：“回禀大人，大人只管去陈老能那里，便知道事情端详了。”朱公笑道：“本官正有此意。顺便也要去你家一趟。”又转身对鲍缜道：“鲍大人，您也随本官去一趟吧。”

三人出门去陈老能家。没走几步，便遇到杜捕头和师爷。杜捕头道：“大人，我们已经去过那个地方了。那人昨夜到今早并未回到住处，行李也没拿走。”

师爷补充道：“他那里有各色兽皮数张。还有几条九尺多长的竹片，两边都绑了丝线。我们也拿来一根，不知道是做什么用的。”说罢递给朱公。

杜捕头道：“还有熊掌虎骨若干，都不是新的。还有几十怪模怪样的白纱布小口袋，口袋底都分叉。另外，奇怪的是，他竟然还有些类似脂粉的东西。”也取出来一两件给大人看。

朱公道：“知道这些，已经足够了。只要他还没有离开，一切都好办。”

杜捕头向朱公身后看了看，突然问道：“大人，后边那个素衣竹杖、用草笠遮住面目的人，好像有些可疑。”辛碧正道：“那人好像在我们刚出衙门时就跟着了。”

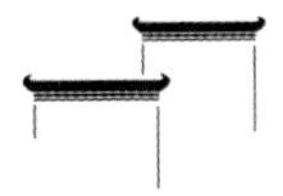

朱公道：“不必在意。我等且先去陈老能和辛碧正家。”

一行人到了陈老能家里，见他两口子正坐在屋中叹气。见了朱公等人，陈老能上前道：“大人，小人无能，找不到那抢走神兽的两人。”

朱公道：“这个不妨，你们先随本官到辛碧正家里。”夫妻俩只好听命。

辛碧正家中只有其妻和儿子小五。小五甚是机灵，见大人前来，便将一干人都让进屋中坐，自己只坐在门槛上。朱公寻把椅子坐了，让鲍缜也坐在旁边。辛碧正家的赶忙给众人倒水。朱公让众人安定下来，对辛碧正道：“现在你还有要说的吗？”辛碧正低头不语。

朱公笑道:“好，你不说，便由本官来讲了。刚才在鲍大人饭桌前，本官已提出了质疑。本官开始故意将怀疑放在你身上，还不让其他衙役离开，便是怕走漏了风声。其实，总在出事的时候意外出现的人，并不仅仅只有你一个，还有——”杜捕头突然道：“陈老能！”一把揪住他道，“其实我早该想到，是你害了仵作！你看到仵作跑去抓神兽，便将山藤甩到他脚边，将其绊倒，致使其从石坡上滚下来。因为绊倒的冲力过大，你的手心也被山藤擦伤。谁知仵作命不该绝，只是受了重伤。你又趁在后边抬他的时候，又给他下了一次毒手，导致仵作当晚便突然死了。因为江湖上常有‘咬舌自尽’之说，所有人都会以为他是舌头受伤而死的，也不忍心剖尸相验。你这条毒计，真是周到！”陈老能吓得哑口无言。

朱公又道：“仵作的舌头和手臂都受了伤，既不能说，也不能写。

若不是他临终前在本官耳边悄声说了几个字，本官还会继续被你欺骗。”

文明问道：“仵作哥哥临走前说了什么？”朱公道：“他说‘神兽是吃素的’！”见众人不解，朱公解释道，“当时仵作一定是看到了神兽在吃素，和他一同的陈老能肯定也看到了。但是他后来还是用铁锅来做诱饵，可见是故意转移我们的注意，以拖延时间。另外，本官还想到，第一次进山时遇到蛇，恐怕也是陈老能故意拖延的诡计。他听说我们要跟他进山，便将蛇掖在腰中，看准时机，偷偷将蛇抛出来，让我们几个暂时无法行动。”

杜捕头道：“那他自己不怕蛇毒吗？”

朱公道：“仵作走后，我又看了看《川中异事》那书，发现我们看到的那蛇与竹叶青相比，还是多有区别。毒蛇脑袋是三角形，身躯都是前粗后细，见了人之后，便露出毒牙恐吓。可是那蛇看了我们半天，并没有张口显牙，应该只是一种类似竹叶青的无毒蛇。”

杜捕头也道：“那蛇刚开始看我们时，样子很没精神，恐怕也是刚从陈老能腰里摸出来，呼吸还不畅通的缘故。”

朱公回忆道：“后来本官想到，杜捕头拔刀和陈老能伸手的时候，那蛇都没有攻击我们，应当是无毒的。提到寻蛇犬时，陈老能又忍不住掸了掸衣服，恐怕也是腰中藏着蛇的原因。更关键的是，陈老能给小五剩下的半块糖上，还粘有一些青绿色的碎屑，本官昨日白天让人查看过，那是一种无毒青蛇的碎鳞。”陈老能低下头，哑口无言。

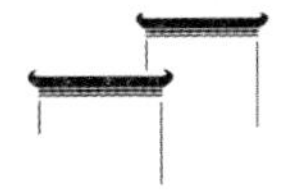

鲍缜又起身小心翼翼问道:“那大人是如何捕捉到那头神兽的?”杜捕头也表示想问。朱公道:“件作走后,本官便和师爷、书吏一道去办了件事,没有告知任何人。我们先用拉尸体的板车,找木匠在上边钉了个简易木笼,只半个时辰便完工了。又把托鲍大人买来的瓜果梨桃放在笼中,作为诱饵。”

杜捕头叹道:“吃素的兽类,肯定也都愿意吃这些果品。”鲍缜低声道:“原来朱大人是有如此用处。”

朱公继续道:“陈老能一味掩饰,阻碍我们抓捕神兽。本官想到,之前发生的三起人命案,应该也与你脱不开干系。”

杜捕头又上前道:“你束手就擒吧!”陈老能已经被他扯过一次,这回有了经验,向后一闪,便到了门边。正要退出门去,突然小五一跃而起,左臂缠住陈老能脖颈,左手抓住右臂,右手猛压他后脑,陈老能顿时被勒得上不来气。

朱公笑道:“你终于露了马脚,现在知道为何在你家里推演案情了?”小五听了大惊失色,忙撇了陈老能往外跑。门口便是山区,上了山便难寻踪迹了。小五身手矫健,快如猿猴,转眼间便爬上一块山岩。谁知上头突然站起一人,头戴草笠,身披素衣,左手执一竹杖,轻轻一挥,实则力胜千斤,正点在小五膝盖内侧。小五登时疼痛难忍,从山岩上滚下来,便爬不起来了。

杜捕头手脚麻利,冲上前去将小五捆了个结实,喝道:“怪不得你要坐在门槛上,原来早想逃跑!”那素衣人一缩身子,又不见了。

小五被拖回家中,师爷问道:“你便是那个偷袭我的蒙面人!另一个人在哪里？”小五看了看众人，欲言又止。朱公劝道：“我在府衙查了你的人口记录，今年你才十五岁，不会判处死刑。你不必担心，尽管讲来。”

小五憋了半天，突然瞪大眼睛喊道：“那另一个蒙面人，正是太守鲍大人！”众人都大吃一惊。朱公却不慌不忙，问道：“那食铁神兽，你们藏在哪里了？”

小五道：“早已卖到别处了！”朱公笑道：“你这孩童还真会说谎。神兽是今天天亮后才被抢走的，光天化日之下，如何能运到别处？即便用黑布遮掩，也免不了有嚎叫，定会引人注意。这神兽一定还被你们藏在山中。鲍大人，你可知道藏在哪里吗？”鲍缜满脸冷汗，只是拱手摇头。

朱公拿出一个杜捕头带来的白纱布口袋，问小五道：“这个东西，你可认得？”小五惊讶道：“你是从哪里得来的？”

朱公故意不理他，转身对师爷说道：“你刚才不是问那另一个蒙面人去哪里了？现在告诉你，他已经被杜捕头射死了。这便是他的遗物。想必一般人是没有这些东西的。”又走到小五跟前道：“只是没来得及知道，那头神兽被你们藏在何处了。如果你能告诉我们，便可将他尸首取回。”

小五毕竟年轻，一时也没了主意，想了想道：“山里有一个破破烂烂的山神庙，神兽就藏在庙的地窖里，本来准备晚上再运出去的。”陈老能听言，一个箭步便冲了出去，杜捕头紧随其后。朱公让其他人待在屋中，自己也追了过去。

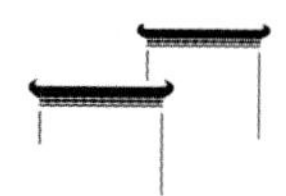

到了山神庙门前，陈老能踹开大门，迈步要进去，却被杜捕头追上死死拽住。朱公也赶上道：“你们先不要进去，恐怕中了埋伏。”又举起手中的长竹片对杜捕头道，“你先用这个试试。”

杜捕头不解其意。朱公解开竹片一头的部分丝线，让杜捕头把竹片压弯，如拱桥一般，将解开的线头缠在竹片另一头，便成了一张一人高的竹弓。杜捕头喜出望外，用腰刀草草削尖了几根树枝作箭，在庙外随便射了几发箭，试手觉得不错，才走到山神庙院中，轻轻推开大殿门。

只见山神庙大殿中，积存了厚厚的灰尘，只有零星几个脚印。大殿中供着一尊彩绘山神，身披红布斗篷，脸色亮白。供桌前有个人用草帽挡脸，缩成一团正休息。朱公使了个眼色，杜捕头便张弓拉弦，一箭射在那人腰腹部。那人猛抖了一下，便不动了。杜捕头知道那人已无还手之力，赶紧上前去看他伤势。不料那神像突然一晃斗篷，从红布下伸出一柄细刃刀来，迎头对杜捕头劈下。

杜捕头此时全然慌了神，哪里躲得开。说时迟那时快，只听一声惨叫，陈老能吓得不由得紧闭双眼。紧接着当啷一声，有人从旁边破窗而出，陈老能这才敢睁开双目，见朱公肩头正有一根竹竿。跳窗的那人跑了几步，纵身翻出围墙，谁知下来正遇见一头神兽，正卧在地上吃东西。神兽见状，也被那人吓了一跳，猛地站起身来，一掌便将他打得捻捻转儿似的转圈。那人倒地后，神兽方才害怕，扭身疾走而去。

原来杜捕头要被那人砍中时，一直跟着朱公的那素衣人不知何时出现在朱公背后。他把手中竹杖如吹唢呐一般放在嘴边，用力一鼓气，便从竹竿中飞出一支吹箭来，正中那人的右肩。那人吃痛，刀也掉在了地上，只好从旁边破窗而逃。

杜捕头上前按住那人，掏出麻绳三两下捆了，扳过脸来一看，只见满脸红白血粉交会，也分不清面目，想要问那人，却发现他昏迷了。朱公看了看，觉得那人没有致命伤，便叫杜捕头和陈老能先把那人押回陈家。杜捕头这才想起来那个被他射中腰腹的人，掀开草帽，原来是个草人。又想看那素衣人相貌，发现那人脸上全是绷带，只好作罢。那人也不出声，只是跟着几人。朱公又让杜捕头从地窖里拉出一辆囚车似的木车，外边罩着一层黑幕。将那昏迷的人放在黑幕顶上，一同拉着回去。杜捕头想偷看一下黑幕中是何物，但被陈老能抢了先，看了一眼便低声道："那是神兽，不可冲撞，小心受伤。"

到了之后，朱公看众人都在陈家，也不曾有人逃走，才松了口气，想道："本官推测的果然不错。这些人并未生乱。"先让众人坐定，朱公扫视一周，缓缓说道："如今此案已经算是告一段落，神兽也已经捕到，想必大家还有很多不解之处。"众人都点头称是。朱公语重心长道："本官之前办理过许多案件，可是本案却与之前大有不同，对作案手法的推测，远远少于对人心的推测。"

朱公走到辛碧正面前，继续道："开始时，本官怀疑你为何总是在山中出现，而且你并没有听从鲍大人的吩咐，可是鲍大人还替你遮掩，本官便想到其中另有内幕。另外，本官还发现你并不愿意小

五也出现在山中，而小五恰恰参与了抢夺神兽的案件。本官便做出了一个大胆的推测：有人先委托鲍大人捕捉神兽，许下丰厚报偿。鲍大人本来答应其要求，可又想到神兽乃川中独有的祥瑞之兆，应该献予当今天子，或许报酬不比私自卖出的少，便有了悔意。于是有人又设计了几桩神兽伤人的事件，使人不敢再说神兽是祥瑞，以动摇鲍大人的心思。”

鲍缜低声解释道：“下官与人商议买卖神兽，着实是为了改善民生，绝无私益！”

朱公看了看鲍缜，接着说道：“本官姑且相信你的说法。那人见鲍缜迟迟不肯捉捕，便贿赂辛碧正，请他抓捕神兽。因传说中神兽极其危险，故此辛碧正并不希望小五卷入此事。辛碧正假借和内人有口角，经常不回家中，在此捕捉神兽。可是他怀疑前三个人有可能是在捕猎中被害，因此也有些犹豫不决，甚至怀疑是陈老能害了那三个人。为了监视辛碧正，也为了不让神兽被其他人先捉到，某人便派了小五，让他经常进山。”

朱公来到小五跟前道：“本官调阅了你的户籍账目，发现你与出生时的指印不同。所以便只有一种解释，你并非辛碧正亲生，而是他的养子！”

辛碧正家的问道：“大人如何有小五的指印？”

朱公道：“那次小五将成块的麦糖掰成两半，自己拿走一半，另一半上也留有他的指印。除了他之外，我们其他人都没有碰过那块糖。本官便是用那上头的指印和他出生时上交官府的指印对照的。”

辛碧正道：“我家孩子七岁时，暴病而亡。这时正好遇到小五无家可归，且也是七岁，相貌与小人之子相似，便收为养子。”

朱公点头道：“或许是小五阴差阳错结识了损友，抑或他本来就是另有目的才做你养子的——鲍大人说过，川中有许多种珍禽异兽。外来客商想必不能随意买卖，因此需要在此安插眼线，偷捕盗猎，做些违法的生意。”朱公又转过来问小五道：“据本官所知，本朝律法虽然不许随意买卖珍禽异兽，可是官府经过烦琐核实后，也还是会批准大部分。为何还要如此大费周章呢？”

众人都低头不语，不知道其中奥秘。朱公环顾四周，突然说道：“珍禽异兽虽然可以买卖，可是不许走私出境！因此我们便可猜测，是有外邦客商或者出海贸易的本国客商，要以小五为眼线，做些走私的勾当。”

“还有一件事引起了本官注意，小五与钱塘客商高山勇十分亲近，可是辛碧正不太愿意让小五接近他。这便符合了之前的推测，辛碧正和某人密谋捕猎神兽，却不愿意让小五卷入。这个‘某人’便是高山勇。而他没想到的是，小五恰恰是高山勇派来监视他和山中情况的人。”

“请问大人，您是什么时候开始怀疑高山勇的呢？”鲍缜在一旁问道。

“高山勇身上有多处疑点，这些疑点凑在一起，才形成了本官的推断。其一，他自称是钱塘人，可师爷说他的口音并不是钱塘方言。其二，我派遣杜捕头和师爷去他的寓所中查看，发现他的行李中有

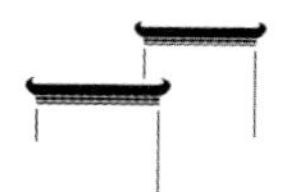

特殊的竹片，其实那是没有上弦的竹弓。此种竹弓有一人多高，本国甚是罕见，乃东瀛特有兵器。其三，他的住处有几十个白纱布的小口袋，每个口袋底都分两叉，呈丫字形。本官开始也没想到这是何种物件，回想起在京城见过的东瀛国特使，才记忆出那是东瀛的袜子。高山勇一定是习惯穿这种袜子，虽然外衣皆是汉族样式，可贴身的衣物不习惯更改，才带了这么多东瀛袜子。本官也是靠这袜子从小五口中诈出了他的下落。其四，从东瀛国使者那里听说，东洋男子常常将各色花纹涂在脸上，故此高山勇寓所中有许多类似脂粉的东西，这也是我最能判断他不是本国人士的地方，因为与衣食住行的喜好不同，中华男子很少能接受这种装扮。最后，也是最有意思的一处，师爷叫了高山勇几次，不论叫‘高先生’还是‘山勇兄’，他都不予理睬；而小五叫他‘勇叔’却立即得到了回应。因此他应该是姓高山名勇的人，他并不习惯把高山两字拆开来叫。这个名字也是典型的东洋姓名。巴蜀地理不便，恐怕也没人知道钱塘口音是什么样子，他只在沿江出海，到了钱塘等地时才表示自己的东瀛身份。”

杜捕头笑道：“那这么说，刚才偷袭我的假神像便是高山勇了？果然脸上涂了厚厚的白色脂粉！刚才他拿的那柄刀，也是中华少有的样式。我回忆之前看过的刀谱，正是倭刀，而且是武士经常带在腰间的‘胁差’短刀。”

朱公道：“再说之前那三桩人命案。昨天白天已经让仵作检查了相关证物和尸身，虽然有些腐败，可还是看出了许多异常。第一件中被害的猎户梁三，身上有多处轻伤，后脑处却是致命伤。可是仵作发现，后脑上的伤痕非常奇怪，除了圆形的一片伤痕导致颅骨碎裂以外，还有一道横条形的皮肉伤。因此本官推测，应当是他与神兽面对面搏斗时，突然脑后被人横扫一棍，当时便分了神，被神兽推下山坡。梁三正好是头部偏下，碰在山岩上丧命。可是从仵作、杜捕头和本官先后几次遭遇神兽的情形可知，神兽十分胆小，只是在狭路相逢时才与人搏斗几下，能跑便跑。于是便显出了另外两案子的可疑，林四是被极其干净利落地杀死的。若是被神兽杀死，身上应该有搏斗痕迹，和梁三一样留下多处伤痕，可是只有喉咙有一处疑似兽爪的致命伤。第三个案件中，王铁头被扭断脖颈，脸上还有怪兽掌印，大家可想想那怪兽的动作，是不是和小五勒住陈老能的姿势极其相近？再加上神兽指爪较长，那人的左脸上便会留下痕迹。依照神兽的脾气，见了人先要逃跑，不可能会从后偷袭人。想必是高山勇为了假冒神兽杀人，用熊掌虎爪等物品做成类似神兽前掌的手套或鞋套，戴上它来杀人和制造足印伪证。另外，三人都是居无定所的单身汉，不会有苦主催逼官府查案，线索也不充足，更方便凶手逍遥法外。”

杜捕头突然想起来：“我在京城和东瀛来的特使切磋过一些武功，他说过东瀛特有一种暗杀术，其中就有这样扭断脖子的姿势，其他国家并没有这类打法。那些暗杀者还有多种独门兵器，其中有一种叫‘猫手’，便是类似神兽手套的！”

这时文明突然道：“第一桩案件若是高山勇做下的，那他应该等

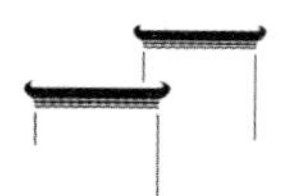

捕到神兽之后，再下手杀死猎户。可是死后伪造的那些轻伤，便与生前受的伤不一样了。因此不可能是为了争抢神兽而相互斗殴致死。再依照杜捕头和朱大人的说法，是有人为阻止猎户抓捕神兽而偷袭他的，而依照各位的表现，这个人最有可能就是陈老能了。”

陈老能叹息道：“那次确实是意外。梁三那人，好勇斗狠，和我进山时，想要用短刀和神兽搏斗。我苦劝无效，为了阻止他，便用竹棒在他后脑打了一下，谁知道他被神兽推下山坡，不幸身死了。”

朱公接着道：“陈老能或许无心要取猎户的性命，可或许正是因为这件事，启发了高山勇等人伪造神兽杀人的想法。最后还有一个疑点，高山勇只是让小五作为他的探子，却不愿意让小五来参与抓捕神兽的事情，是不是他们俩关系非比寻常？”

小五终于开口道：“其实我是在东洋出生的高山小五郎，高山勇是我亲叔叔。之前他每年来四川一次，通过我偷偷将一些珍禽和狨猴运回东瀛，卖给大名和将军阁下。这些事情都做得十分隐蔽，连辛家人也不知道。”

朱公道：“这样一来，前后案情便都说得通了。本案至此完结。”

杜捕头拦住道：“大人，属下还有几件事情不明，仵作到底是不是被陈老能所害？”

师爷听了哈哈大笑：“杜捕头，大人刚刚已经说明白了，昨天还派仵作去检查尸首。难道他死后还能去查案吗？”

杜捕头打量着旁边的素衣人道：“难道你就是仵作？为何要诈死欺瞒我们？”又见那人一直兜着右手，只是左手执杖，才相信他的身份。

朱公道：“上次和鲍大人说话，发现小五等人在一旁偷看，加之后来师爷的打探，便知道鲍大人为人宽和，府中规矩并不严格，因此下人可随意走动。这样便容易泄露风声，若不是仵作装死，恐怕很多内幕都不能查出。仵作假死停在关帝庙中，庙里还有之前那三具尸体，被盐碱覆盖停在那里，不许外人乱动。仵作假借死人的身份之便，才得以下手。”又对鲍缜道：“鲍大人，本官一直怀疑你有所隐瞒，于是便也对你隐藏行踪，和他们单独去抓捕神兽。”

杜捕头后怕道：“大人这着实是一着险棋！若是鲍缜怕他和外国商人有瓜葛的事情泄露，想要暗害大人怎么办？”朱公笑道：“这个本官也想到了，所以在鲍大人早饭时突然前往，和他同桌而食，不会怕他下毒；还让仵作拿着吹箭站在门边保护，也不让辛碧正和其他两个衙役离开，以防消息传出去，变生不测。”

杜捕头大喜道：“这次仵作可是立了大功了！”伸手便拍他肩膀，仵作猛一侧身闪过，用竹杖一点杜捕头膝盖内侧，杜捕头顿时痛得皱眉。原来仵作验伤多年，对人身上脆弱之处颇为了解，所以才能出其不意点住小五和杜捕头。杜捕头刚想发火，又想到刚刚被仵作救了一命，只好揉揉膝盖，问仵作道：“刚才你是怎么知道那神像才是真人的？”

仵作用竹杖指了指高山勇的脸，口中嘟囔道：“灰。”杜捕头方才明白，山神庙地上多有灰尘，只有高山勇的脚印，而神像却没有积灰，明显是新放上去的。朱公道：“没想到的是，仵作还能引来神

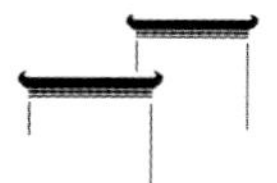

兽在山神庙窗边吃食，要不然恐怕就无法顺利抓捕高山勇了。”众人听了都笑。

朱公讲解完一干案情，便要回府做判词。杜捕头拦住道：“大人，这神兽该如何处理？”朱公笑了笑道：“它从天地间来，还放回天地间去吧！”杜捕头扯下木笼上的黑幕，发现神兽正缩成一团酣睡，并无凶猛之态，不禁又问：“大人说过知道神兽是吃素食的，并不吃铁，可为何几百年来，都被人称为食铁兽？”

陈老能争辩道：“谁说神兽不吃铁？我们家的铁锅就是物证，千真万确。”

朱公笑道：“此兽并不食铁，而是需要吃盐。当时陈家熬完汤，锅中有很多盐水，才引来此兽舔食，因为它爪牙锋利，便将锅上咬缺划破了多处。其他素食的野兽也要经常进食盐分，可是它身体比猿猴野猪等都硕大许多，岩石和汗液中的盐分有时无法满足它，便饥不择食了。”

杜捕头又问道：“陈老能，你还有一件事未曾说明，为何你三番两次搅浑水，不让我们捕捉神兽？”

陈老能脸红道：“之前多次捕捉不到神兽，确实是小人从中作梗。这其中有一件事，小人不大愿意说。”朱公再三推问，陈老能只好道：“去年清明节时，家父家母同时去世。下葬之后，我夫妻还跪在坟前不愿意走，又烧了好多纸钞，想到往事种种，我俩如幼儿一般涕泪横流，抱头痛哭。这时几十头食铁兽慢慢围在我俩周围，看到我们伤心，也纷纷哀号，不愿离去，经久不息。因此我们便知道此种兽类心存怜悯，重情重义，就不愿让人将其抓捕。此事虽然千真万确，只怕说出去不会有人相信。”

文明听了低声道：“小生听了也不相信。这食铁兽毕竟是野生畜类，怎么能如此通人性？”

朱公笑道：“其实这也并不稀奇，之前也有猿猴看到人穿兽皮，误当作同类的事情。大家且看这头野兽，它身上多是白毛，可眼眶、耳、肩、四足都是黑色。当时陈老能夫妇身穿重孝，通体皆白，又烧了许多纸钱，双手和衣袖上必定全是炭黑；哭泣时难免擦泪，眼眶也被染黑；二人相拥而泣，因此肩背也被涂上黑色；跪在纸灰旁边，致使双脚也成了黑灰色。头上不能被白布包全，两旁露出一些黑色头发，又恰似一双黑熊耳。再加之二人都身材肥胖，哭号时也不出人语，身上气味也被烧纸的浓烟掩盖，很容易被食铁兽误认为是同类。那时又正值春季，百兽发情，或许是它们通过叫声来相互呼唤，听到你二人的声音，便都过来回应。”陈老能夫妇这才恍然大悟。

此后，朱公与众人回衙，审问醒来的高山勇，果然与推测不差。案结完毕，高山勇杀伤两条人命，判处死刑，秋后问斩。陈老能判了个误伤人命，发配至琼州。小五伙同高山勇杀人，因年纪较小，发配云南。鲍缜和辛碧正勾结外国商贩，走私本国珍兽，本要罢职，念其有悔过之意，犯罪未遂，动机也无恶意，又有百姓联名作保，只罚俸一年，充作绵阳公用。

至于那头神兽，应文明之请，拉回驿馆用果品养了几日，将其尺寸、习性记录在案，还绘制了几幅画作。仵作的舌头和擦伤也基

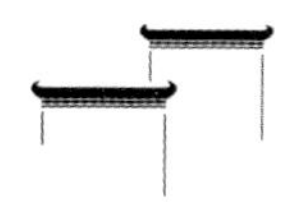

本痊愈，只是右手还有些不灵便。过了几日，朱公一行五人要离开绵阳，顺路将食铁兽用马车拉至郊外放生，依旧罩上黑幕。那兽在笼中住得舒坦，一路上不曾出声。

众人想在山中选一处好地界。文明骑在马上，见山坡前方一片开阔草地，不由得来了兴致，拍马向前飞奔，高声唱道：“春风得意马蹄疾，嫩柳发生杏关西！”

杜捕头也跟上去笑道：“书吏贤弟好文学啊！你本是个秀才，什么时候再向上考取功名？也好给你家岳母一个交代！”

文明转过头笑道：“她老人家早已让我跟定朱公了。有了朱大人在，妈妈再也不用担心我的学习！”见草地旁边一片茂林修竹，便道，“就把那大家伙放在这里了吧！”等后边马车过来，打开笼门让它离去。那兽却有些依依不舍，一直回头看文明。

文明笑道：“此物不是神兽，却有几分人性。”

师爷也笑道：“比人间那许多见利忘义的人强多了。”

文明道：“它既然不吃钢铁，那食铁兽就是妄得虚名了，不如换个名字。”

师爷道：“书吏有心兼有文才，你便替它取了吧！”

文明想了想道：“你看他与狗熊最为相似，花纹又黑白相杂如猫儿一般，我看就叫它‘猫熊’吧！”众人拍手称好，那头猫熊也点了几下头。文明放下一筐梨子，趁猫熊大快朵颐，才与众人离开，继续寻访别处去了。看这兽如此憨厚可人，五人心中也满是离别之怅。

自此，《川中异事》中又多了一笔：猫熊，古称食铁兽，有书吏文明随按察使朱公寻访绵阳，遇而得名。民为求音韵，多呼为熊猫，（乃）大误。

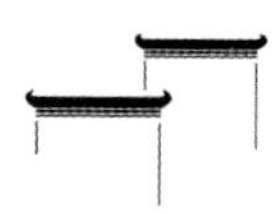

后记

写《朱公案》这个系列，源于我的一个梦，某天夜里一连梦到《一枚铜钱》《血洗少林》《五彩傀儡》《机关戏台》《双马难还》等古代案件，可惜梦是不完整的，每个案件都只有开头。例如《血洗少林》篇，梦到的内容仅限于开头小和尚说完“救救少林”为止。这一篇也是我第一次将武打的内容写入作品。另外文中提到的武术和药物，除了从其他武侠剧中听说的外，均取材于现实，请大家正确分辨。对于其他几篇，很多仅仅在梦中有一张概念图。

中国古代的讲故事的风格，一贯是喜欢将故事说得明明白白，例如在戏剧中，上场一定要先自报家门，姓名、籍贯、工作、年龄都交代清楚，甚至脸上也要涂上不同颜色，让观众一看就知道这是好人还是坏人。像《西游记》那样，有个别妖怪被打败后才知道底细的，已经算是中国小说中很少见的悬疑气息了。

而我们的古代探案小说，虽然数量不少，如《包公案》《施公案》《彭公案》《刘公案》《海公案》《于（成龙）公案》《林（则徐）公案》《蓝（鼎元）公案》等，但主要描述的是正邪斗争，推理内容极少，实在没线索了就靠托梦，有时候再加上一些神魔斗法，不能称之为推理小说。甚至最著名的三大公案（《包公案》《施公案》《彭公案》）中，审案的大人都被辅佐他的豪侠抢了风头，沦为存在感不高的角色。直到清末 1902 年，才有《李公案奇闻》，塑造了类似西方侦探的形象，被称为“中西混合的旧式小说”，可惜篇幅过短，也没能形成系列，最终影响不大。至于我们比较熟悉的《狄公案》，则是民国时期荷兰汉学家高罗佩所作，高罗佩在中国生活多年，妻子也是中国人，精通《金瓶梅》等古典小说，文风与中国明清小说家如出一辙。

为了弥补这一遗憾，笔者写下了《朱公案》系列。最初 2009 年起发表在推理杂志，受到不少读者欢迎，尤其是姓朱的读者，至今笔者都保留有许多读者来信。此次出版的是第一卷，接下来朱公还会面对许多案件，包括天煞孤星、五彩傀儡、机关戏台、双马难还、虎口余生、地府夜审、魔蛊凶咒、灭门遗孤、红颜枯骨、千虑一疏、杀人牡丹、蛤蟆大仙、皇城烈火等。

其中有一段时间，由于朱公的高智商，被皇上以使者身份派到东洋，于是又有了扶桑出使篇，包括东瀛百合、水鬼怨灵、黑礁浪人、温泉浮尸、命悬一线等篇目。归国后朱公继续发光发热，还有超长篇案件红府连环案等。目前就像徐克导演的狄仁杰宇宙一样，这些案子已经至少出了概念图。

对于朱公的主角五人组，目前透露的资料很少，甚至其中大部分人都没有全名。关于他们的身世，会像《海贼王》的叙事结构那样，慢慢地一点点透露给大家，读者在阅读过程中可以顺便收集一下这

些碎片资料。

还有些读者提意见说故事中的女性角色太少，这也是传统推理小说（不论是《狄公案》，还是《福尔摩斯》《波洛》系列等）共有的特征。在下一个故事当中，朱公就要面临一段姻缘。虽然有人说朱公命犯天煞孤星，可是他依旧想努力把握命运，他要与高太公的女儿静秋相亲，高家的仆人“兴旺发达”四人有重要戏份。

最后要说的是，故事里的人会在不违和的情况下说出一些现代的经典歌词、台词、流行语等，希望大家能在“非现代化”的阅读中找到一些有趣的彩蛋。